HEATHER GRAHAM

NUNCA DUERMAS CON
EXTRAÑOS

Editado por Harlequin Ibérica.
Una división de HarperCollins Ibérica, S.A.
Núñez de Balboa, 56
28001 Madrid

© 1998 Heather Graham Pozzessere. Todos los derechos reservados.
NUNCA DUERMAS CON EXTRAÑOS, Nº 22
Título original: Never Sleep with Strangers
Publicada originalmente por Mira Books, Ontario, Canadá.
Traducido por Rocío Salamanca Garay
Este título fue publicado originalmente en español en 2002.

Todos los derechos están reservados incluidos los de reproducción, total o parcial. Esta edición ha sido publicada con permiso de Harlequin Enterprises II BV.
Todos los personajes de este libro son ficticios. Cualquier parecido con alguna persona, viva o muerta, es pura coincidencia.
™ TOP NOVEL es marca registrada por Harlequin Enterprises Ltd.
®™ son marcas registradas por Harlequin Enterprises Limited y sus filiales, utilizadas con licencia. Las marcas que lleven ™ están registradas en la Oficina Española de Patentes y Marcas y en otros países.

I.S.B.N.: 978-84-671-3591-6
Depósito legal: B-9193-2006

Prólogo

Cassandra Stuart era hermosa y lo sabía; también sabía que podía manipular a los demás. Bastaría con que él se diera la vuelta y la mirara.
—¡Jon! ¡Jon!
Cassandra sabía que la había oído, pero Jon no se detuvo; estaba furioso con ella, así que siguió avanzando por la senda de grava que conducía al lago. Quizá se hubiera pasado de la raya en aquella ocasión, se dijo Cassandra, pero no quería estar en aquel rincón de Escocia perdido de la mano de Dios, por muy famosos que fueran los invitados de Jon ni por muy célebre que fuera su fiesta benéfica. Eran los invitados de Jon, era su fiesta. Cassandra detestaba el campo; quería estar en Londres.
Pero conocía a su marido, y sabía lo que estaría pensando en aquellos momentos. Aun habiéndose imaginado que ella le estropearía el día, que sería grosera e impaciente y que les aguaría a todos la fiesta, el muy canalla no había dado su brazo a torcer. Llevaba diez años organizando aquella celebración y ya estaban a mitad de la semana. Además, como él mismo le había dicho con palabras impregnadas de sarcasmo, por muy maravillosa que

fuera su esposa, no pensaba dejarse manejar por ninguna mujer. Por ninguna.

—¡Jon!

Cassandra sabía que él no quería volver la cabeza, que no quería mirarla, porque se imaginaba lo que ella planeaba y se había adelantado. No iba a consentir que lo manipulara.

Ella pensaba irse aquel mismo día. Era la última maniobra de sabotaje que tenía guardada debajo de la manga. Confiaba en que su marcha lo alterara como no había logrado alterarlo con malas caras y petulancia.

Pero primero quería que volviera con ella; Cassandra deseaba hacer el amor, mostrarse apasionada y excitante, recordarle que no podía vivir sin ella. Le diría que lo necesitaba, le recordaría por qué se había casado con ella. Sabía hacerlo feliz, hacerlo reír, y era increíblemente buena en la cama, aunque acabara de buscarse un amante porque, a veces, no soportaba leer en los ojos de Jon que estaba pensando en otra. «¡Vuelve!», pensó con furia. «Déjame seducirte una última vez para que no me olvides, para que así, quizá...».

Esperaría a que él abandonara el lecho para hacer las maletas y dejar una nota dirigida a «mi amado esposo» en la que le diría que lo aguardaría en el hotel Hilton de Londres, con la esperanza de que pudiera escapar de sus aburridos colegas. Y tal vez, sólo tal vez, Jon iría tras ella. ¡A veces era tan tonto! Cassandra conocía mucho mejor a los invitados y a la servidumbre que él. Sabía quién se acostaba con quién y por qué. A decir verdad, pensó, casi con una sonrisa, conocía muy bien a unos cuantos. De forma íntima, se podría decir.

Y, aun así, los celos la corroían.

—¡Jon! ¡Vuelve! —volvió a gritar. Experimentó un temor nuevo y extraño que amortiguó la impotencia y la confusión que embargaban su ánimo últimamente–. ¡Jon! ¡Si no vuelves, me las pagarás!

Hablaba en tono provocativo y enojado al mismo tiempo. Pero Jon seguía alejándose, alto, moreno, corpulento. Era un hombre apuesto, y lo estaba perdiendo.

El pánico la dominó. Jon debía de haber adivinado que estaba teniendo una aventura allí mismo, en su mansión. ¿Sabría que sólo quería desafiarlo, desquitarse? Porque estaba segura de que él también estaba teniendo una aventura.

–¡Jon! ¡Jon, maldito seas!

Su tono de voz era cada vez más petulante. Estaba en el balcón del dormitorio principal del segundo piso, que daba al jardín de atrás. Las habitaciones habían sido amuebladas con elegancia, reformadas a finales del siglo diecisiete y modernizadas por el propio Jon hacía unos pocos años. Desde el balcón, de líneas amplias y sinuosas, se podían admirar tres cuartas partes de la finca, y a sus pies se elevaba una elegante fuente coronada con un Poseidón de mármol, con tridente incluido, de valor incalculable. Aunque el invierno estaba a la vuelta de la esquina, los rosales que bordeaban la senda de baldosas que rodeaba la fuente seguían en flor. La grava reemplazaba a las baldosas pasado el arco de rosas y continuaba hacia el lago.

En los dormitorios, las paredes estaban adornadas con antiguos tapices, y había una amplia chimenea, así como una avanzada instalación de agua caliente reforzada con un generador. La cama de matrimonio con dosel descansaba sobre una tarima y, al otro lado de un arco medieval, había un jacuzzi enorme y una sauna. Cassandra disponía de un armario y de un vestidor enormes, igual que él.

–¿Qué es lo que no te gusta? –le había preguntado Jon con impaciencia, ofendido.

La decoración estaba bien; lo que Cassandra aborrecía

era el campo. No había bullicio ni movimiento alguno. Aquello no era Londres, París o Nueva York; ni siquiera Edimburgo, por el amor de Dios.

Por eso precisamente le encantaba a él, le había dicho a Cassandra.

Seguía alejándose sin parar. Cassandra se sorprendió al sentir el escozor de las lágrimas. ¿Cómo podían importarle más los imbéciles de sus amigos que ella?

—¡Jon, Jon! ¡Maldita sea, Jon!

Jon le había propuesto el divorcio; había dicho que su relación no estaba funcionando. Pero no podía divorciarse de ella. ¡No! Cassandra ya lo había advertido de que no lo toleraría. Lo arrastraría por el fango, divulgaría un sinfín de trapos sucios sobre él y sobre sus colegas.

—¡Jo...! —empezó a decir su nombre, pero advirtió que había alguien a su espalda. Giró en redondo para ver quién se había colado en su dormitorio—. ¡Tú! ¡Vete de aquí! ¿Te ha enviado él? ¡Sal ahora mismo de mi dormitorio! ¡De nuestro dormitorio! Soy su esposa. Soy yo quien se acuesta con él. ¡Vete de aquí! —se dio la vuelta para asomarse al balcón—. ¡Jon!

Oyó un ruido, como si el aire se rasgara, y se volvió de nuevo. Durante un instante, contempló aquellos ojos asesinos y adivinó las intenciones de su visitante.

—¡Dios mío! —murmuró y, desesperada, empezó a gritar de nuevo—. ¡Jon! ¡Jon! ¡Jon!

Sintió la presión del antepecho de piedra en la espalda y gritó.

Porque se estaba cayendo y podía ver su propia muerte...

Jon Stuart estaba furioso, muy furioso. No tenía intención de retroceder, pero algo en la voz de Cassandra lo hizo detenerse y darse la vuelta.

Y allí estaba ella. Cayendo...

Daba la impresión de estar volando. Como todo lo demás, lo hacía con elegancia. Llevaba una bata de seda blanca que flotaba en torno a ella. A la luz dorada del sol, su melena de color ébano lanzaba reflejos azulados. Lo sorprendió que, incluso cayendo, fuera increíblemente bella.

Y sólo una fracción de segundo después de comprender que no podía hacer nada para evitarlo, se percató de que Cassandra ya estaba muriendo: gritaba, lo llamaba y se precipitaba hacia el suelo.

Murió en los brazos de Poseidón, atrapada en ellos, como una diosa rebelde. Con los ojos cerrados y el pelo de color ébano y la bata blanca agitados por el viento, casi parecía dormir, salvo que... el tridente la había atravesado.

Y la bata nívea se estaba tiñendo de color carmesí.

Con el corazón agitado, Jon empezó a gritar, a correr con desesperación, como si pudiera alcanzarla, ayudarla, aunque ya sabía que...

Gritó.

Gritó su nombre.

La alcanzó y la abrazó. Y la sangre de Cassandra se derramó sobre él, mientras lo miraba a los ojos con tácito reproche.

1

Tres años después

La escena era escalofriante. Una hermosa mujer ataviada con un vestido medieval, con la melena rubia acariciando los engranajes del artefacto, estaba amarrada al instrumento de tortura, y un hombre barbudo de pelo oscuro se cernía sobre ella.

«*La creación del conde de Exeter, también conocido como el Potro*», leía el cartel que pendía sobre ellos. «*Llamada así en honor al hombre más diestro en el arte de arrancar confesiones de sus víctimas*».

El artista que había creado las figuras de cera también era diestro. La rubia atada al potro de tortura era exquisita, con rasgos refinados y clásicos y enormes ojos azules agrandados por el miedo a su torturador. Cualquier hombre en su sano juicio ansiaría rescatarla, mientras que el tipo que se cernía sobre ella... sus rasgos irradiaban pura maldad. Le brillaban los ojos con sadismo al pensar en el dolor que estaba a punto de infligir.

Muchas de las obras que se exhibían eran excelentes, y rememoraban antiguas historias sobre la crueldad del hombre hacia sus congéneres. Aquel retablo en particular sobresalía entre el resto.

Eso pensaba Jon Stuart mientras guardaba silencio entre las sombras, recostado con naturalidad en la pared de piedra, oculto en la oscuridad de la antigua mazmorra. Contemplaba atenta y pensativamente el retablo... y a la rubia de carne y hueso que lo admiraba.

Era casi, por el rostro, la tez y la figura, la viva imagen de la pobre belleza rubia que estaba maniatada al potro de tortura. La joven tenía una magnífica melena dorada que le caía en cascada sobre los hombros y la espalda. Era esbelta y de hermosa figura, realzada por los vaqueros ceñidos y el jersey ajustado que llevaba. Tenía unos rasgos muy femeninos: nariz elegante, recta y delicada; pómulos altos y cincelados; hermosos ojos azules; y labios llenos y moldeados. Contemplaba la obra con cierto interés... y recelo. Daba la impresión de querer reír con pesar, como si recordara que las figuras eran de cera, pero la escena daba miedo y ella estaba sola en la oscuridad. O, al menos, eso pensaba.

Sabrina Holloway.

No la había visto desde hacía más de tres años y medio y, aunque lo sorprendía un poco que estuviera allí, se alegraba de que hubiera decidido presentarse. Sabrina había declinado educadamente su invitación a la última y fatídica Semana del Misterio; la reunión en la que Cassandra había muerto.

Tanto si Sabrina se percataba de ello como si no, había sido sin duda la modelo escogida por Joshua para esculpir a la bella del potro; era la viva imagen de la víctima, y a Joshua siempre le gustaba representar a sus conocidos en sus obras. Jon mismo le había oído decir que había conocido a Sabrina Holloway en Chicago y, al ver lo prendado que se había quedado de ella, se había abstenido de revelarle que él también la conocía. No era de extrañar que Sabrina lo hubiese impactado tanto; él mismo había experimentado algo muy parecido al conocerla. Antes de que...

Bueno, la señorita Holloway era admirable y codiciable por muchas razones. Jon no había sido el único que había sucumbido a su hechizo; también había cautivado a Brett McGraff. Jon movió la cabeza. Sabrina se había casado con McGraff: un noviazgo fugaz, un matrimonio igual de fugaz y un divorcio escandaloso.

Jon la contemplaba en aquellos momentos dando gracias por la distancia que los separaba. La estudiaba serenamente. Poseía una belleza y una elegancia extraordinarias. Aunque había vivido casi como un recluso durante los últimos años, había seguido la trayectoria de Sabrina en los periódicos y en las revistas del corazón. Los periodistas se habían ensañado con el último y sonado divorcio de Brett McGraff.

Tres años y medio antes, cuando Jon la conoció, era deslumbrante; tan inocente, tan entusiasmada, tan fascinada... En aquellos momentos, Jon tenía la certeza de que se le había caído la venda de color rosa de los ojos. Había madurado y estaba...

Espectacular. Más elegante que nunca. Parecía reflexiva, incluso sabia.

«¿Y tú qué sabes?», se hostigó Jon. Quizá hubiera madurado y se hubiera convertido en una arpía ambiciosa y sin corazón, se dijo con ironía. La vida a menudo producía ese efecto en las personas. Después de todo, Sabrina se había alejado de él con voluntad de hierro, y se había mantenido firme durante el acoso de los medios de comunicación después de su divorcio, a pesar de hallarse en una situación desconcertante. Aun así, conservaba un aire insólito y atrayente, en parte sofisticado, en parte inocente, aunque Jon bien sabía por experiencia que las mujeres más delicadas y frágiles podían ser las peores viudas negras.

Era una joven campesina del Medio Oeste norteamericano, recordó Jon, y no pudo evitar sonreír. Era afectuosa y reservada al mismo tiempo, aunque en algunos momentos, cuando Sabrina había bajado la guardia, había tenido la sensación de conocerla desde siempre, y había descubierto que su personalidad era tan cautivadora y natural como su belleza. Cuando la conoció, Sabrina tenía veinticuatro años y acababa de poner el pie en la Gran Manzana. El mes anterior había cumplido veintiocho. Había tenido tiempo de sobra para aprender, para curtirse, para cambiar. Ojalá no hubiera...

En fin, se habían conocido cuando él llevaba una vida muy distinta. Y Jon obró con sensatez; no le contó películas.

Claro que ella no quiso que se las contara.

Aun así...

Jon experimentó una irritación repentina. Lo que sentía era del todo injustificado. Brett McGraff también se encontraba en el castillo, y había estado casado con Sabrina. Jon no tenía ningún derecho sobre ella y, sin embargo...

Diablos, era su castillo, su fiesta. Y pretendía charlar con todos sus invitados. La presencia de McGraff acrecentaría el desafío de volver a conocer a Sabrina.

Pero, ¿la habría metido en camisa de once varas?, se preguntó de improviso. Tal vez no debería haber incluido su nombre en la lista de invitados. Claro que no pensó que aparecería. Y todos estaban en la misma situación. Aun así, deseó no haberse arriesgado a convertirla, como a los demás, en un peón desprevenido de su sórdido juego.

Pero la suerte ya estaba echada; no había tenido elección. O llevaba adelante su plan o renunciaba a la cordura. Y había otras personas a las que debía tanto la verdad como la justicia, si no a él mismo. No estaba completamente solo en aquel juego. Había prometido hacerlo todo otra vez de la misma manera.

Quizá debería mantenerse alejado de Sabrina Holloway. De todos los presentes, ella era la única claramente inocente.

Se preguntó si podría mantenerse alejado de ella, y se dijo que Sabrina había ido allí por propia voluntad. Todos habían acudido deseosos, dispuestos a jugar. Algunos por diversión, otros por la publicidad. Cassie, la periodista incorregible, le había dicho en una ocasión:

—¡Nunca desaproveches la oportunidad de salir en una foto, querido!

Jon había notado que muy pocos escritores, actores, músicos o artistas lo hacían y, en cierto sentido, aquella semana era una oportunidad increíble para ser retratado. Ni siquiera los tipos solitarios que preferían mantenerse apartados de la vida pública se atrevían a perderse aquel encuentro. El mundo se había vuelto demasiado competitivo, y salir en los periódicos podía marcar la diferencia entre la estrechez y el desahogo económico.

No obstante, pensó, Sabrina Holloway se había hecho a sí misma bastante publicidad de manera inadvertida. Su boda con Brett McGraff y el consiguiente divorcio la habían convertido en el blanco de la prensa. Pero había seguido una trayectoria sólida, y aunque su vida pública le había proporcionado el impulso inicial, había logrado recibir los halagos de la crítica con sus novelas de misterio victorianas. Además, era joven y hermosa, y a los medios de comunicación les encantaba centrarse en personalidades con empaque y atractivo.

Estaba a punto de acercarse a ella, cuando advirtió que otra mujer caminaba hacia él. Susan Sharp. Gimió para sus adentros y consideró la posibilidad de darse a la fuga por la escalera secreta que estaba detrás de él. Sus antepasados habían sido jacobitas y el castillo estaba repleto de puertas y pasadizos secretos.

Pero Jon no huyó; no quería dar a conocer tan pronto sus secretos, así que permaneció inmóvil mientras Susan se acercaba contoneándose, congratulándose de su buena fortuna al ver que lo tenía literalmente acorralado.

—Vaya, vaya —dijo alegremente—. Así que estás aquí, entre las sombras. Qué delicia. Qué delicia más diabólica. Dame un beso, querido. Te hemos echado mucho de menos.

Sabrina Holloway contemplaba el turbador cuadro de figuras y se maravillaba de su realismo. La mujer del potro parecía estar a punto de abrir la boca y gritar. Tenía los ojos empañados, como si quisiera negar el terror que la aguardaba. Sabrina casi podía oír al hombre exigiendo a su víctima que confesara sus terribles crímenes para así librarse de la agonía del potro.

Un extraño escalofrío le recorrió la espalda.

Caramba, era una obra maestra, turbadora. Había otras personas vagando por las antiguas mazmorras del castillo de Lochlyre, contemplando las figuras, y la mayoría eran amigos, pero en aquellos momentos Sabrina se sentía intranquila en la penumbra. Sólo de pensar que podía irse la luz...

Se quedaría a solas en la oscuridad. Y con él, con el torturador de pelo oscuro, bigote fino y ojos de sádico que contemplaba a su víctima con auténtica crueldad. Las figuras eran tan realistas que no le costaba trabajo creer que pudieran cobrar vida en la oscuridad. Se moverían, caminarían, esgrimirían sus armas de muerte y destrucción...

Notó unas manos en los hombros y estuvo a punto de

lanzar un chillido. Se sobresaltó, pero logró reprimir el sonido que había empezado a brotar en su garganta.

—¿Qué te parece, amor mío?

Otro pequeño escalofrío le recorrió la espalda. Estaba otra vez turbada, pero no asustada. Brett McGraff se colocó a su lado y le pasó un brazo con naturalidad por los hombros. La avergonzaba reconocer que su presencia la hacía sentirse más segura en las antiguas mazmorras en sombras, aunque distaba de encontrarse cómoda.

Se debatía entre aferrarse a él o retirarle el brazo. Como siempre que estaba en compañía de su ex marido, experimentaba emociones conflictivas. A veces, su presencia le daba náuseas. En otras ocasiones, no siempre era inmune al encanto sensual que la había atraído de Brett en un principio. Sin embargo, casi siempre se sentía con él ligeramente impaciente y bastante tolerante.

—Es muy real —murmuró—. La verdad es que me da un poco de miedo.

—Me alegro.

—¿Por qué?

—Quiero que tengas miedo.

—¿Ah, sí?

—Puede que así te arrimes más a mí —la estrechó y bajó los labios para susurrar con voz ronca en su oído—. Nos han asignado habitaciones separadas. Por lo que se ve, nuestro anfitrión no recuerda que estuvimos casados, pero será un placer hacerte compañía en las largas noches tenebrosas.

—Estuvimos —le recordó Sabrina—, ésa es la palabra clave. Estuvimos casados una vez, hace más de tres años, durante dos semanas.

—Tardamos más de dos semanas en divorciarnos —repuso Brett con fluidez—. Y no olvides lo juntos que estuvimos durante nuestra maravillosa luna de miel.

—Brett, nuestro matrimonio terminó antes incluso que la luna de miel —le recordó. Pero él no dio su brazo a torcer.

—Y ahora volvemos a ser muy buenos amigos —añadió con convicción.

A pesar suyo, Sabrina sonrió. Brett era alto y atractivo; tenía un pelo ingobernable de color castaño y unos ojos oscuros de amante que hacían juego con su encanto lacónico y lo convertían en ídolo de los medios de comunicación. Escribía novelas de misterio sobre médicos y enfermeras que gozaban tanto de éxito comercial como de la aprobación de los críticos. Había amasado una pequeña fortuna con su arte, pero lograba exhibir su irritante arrogancia sólo en contadas ocasiones. Sabrina lo había conocido poco después de sacar al mercado su segunda novela, poco después también de que Brett se divorciara de su tercera esposa. Decir que había sido ingenua no era del todo cierto. También había estado recuperándose de una situación mucho más terrible.

Tras un noviazgo meteórico, los dos se fueron de luna de miel a París... viaje que coincidió con la publicación francesa de la última novela de misterio de Brett. Al principio, le hizo gracia el número de mujeres que se le insinuaban de manera no muy sutil, pero le hizo menos gracia averiguar a cuántas de ellas ya conocía... carnalmente. Aun así, optimista como era, decidió aceptar el pasado de Brett. Ni siquiera la molestó mucho que a las mujeres que Brett había conocido no les importara que estuviera recién casado; no le gustaba juzgar a nadie. Finalmente, había sido la indiferencia de Brett hacia la incomodidad que ella sentía lo que la había afectado. Brett la había hecho reír y la había amado cuando ella se había sentido insegura y a la deriva.

Pero también podía ser egocéntrico, egoísta y cruel.

Desapareció durante varias horas con la voluptuosa propietaria de una importante librería y se mostró impaciente con su joven esposa cuando ésta le exigió saber lo que estaba pasando. Después, le hizo saber que él era Brett McGraff y que la suerte estaba de su lado. Le dijo que no debía molestarse, que debería dar las gracias porque la hubiera hecho su esposa.

Sabrina se hundió al oír aquellas palabras. Se quedó atónita y, después, se enfureció... consigo misma. Había buscado desesperadamente a alguien que le hiciera olvidar su pasado y se había equivocado por completo. Se había encariñado con Brett y había creído que las cosas podían salir bien, pero se había equivocado. De modo que también había sido culpa suya, por no saber ver que tenían una idea muy distinta del amor y del matrimonio.

Brett vio el cambio en su mirada e intentó aplacarla, seducirla... Pero ella huyó. Y el resto fue un infierno.

No quería recordar. Había sacado varias buenas enseñanzas de aquella época, y quizá incluso le había dado a Brett alguna que otra lección. Pero él seguía sin creer que Sabrina lo hubiese dejado y que hubiese solicitado el divorcio sin exigirle ni un solo centavo. Después, cuando coincidían en diversos actos públicos, Brett siempre iba a su encuentro. Seguía refiriéndose a ella como su esposa, y a Sabrina hasta le hacía gracia pensar en los razonamientos que había usado para intentar llevarla a la cama. Debía acostarse con él porque habían estado casados; porque no era bueno hacerlo con extraños. Porque ella ya lo conocía y, por lo tanto, no se llevaría ninguna sorpresa desagradable. Porque era bueno en la cama; y ella tenía que reconocer que era bueno... Lo cual era lógico, porque tenía mucha práctica. Porque todo el mundo necesitaba disfrutar del sexo de vez en cuando, y como ella era una mojigata tan dulce, hija de unos granjeros puritanos y demás, le costaba entablar relaciones íntimas, así que no debía negarse la posibilidad de satisfacer con él un placer básico y necesario.

Hasta el momento, Sabrina había logrado resistirse. Estaba segura de que no era más atractiva que las demás mujeres; simplemente, era la única que había dejado a Brett y, por lo tanto, seguía constituyendo un desafío para él.

—En serio, mientras estemos aquí, ¿no te gustaría compartir conmigo una habitación? —le preguntó Brett.

—No —se limitó a contestar Sabrina.

—Reconócelo. Es divertido dormir conmigo.

—No tenemos la misma idea de lo que es la diversión.

—Mira a tu alrededor. Este lugar pone los pelos de punta —insistió.

—No, gracias, Brett.

—Sabré comportarme.

—Lo dudo. Además, cuando te veo me acuerdo de una advertencia que solía hacerme mi madre. No toques un juguete que no sepas dónde ha estado antes.

Brett sonrió de oreja a oreja.

—¡Ay! —se lamentó—. Pero si te hubieras quedado conmigo, sabrías exactamente dónde había estado.

—Brett, nunca supe dónde estabas cuando estuvimos casados y, en realidad, no dispuse de tanto tiempo para perderte de vista. Sé que nunca se te ocurrió pensar que el matrimonio significa monogamia...

—¿Crees que significa eso para todo el mundo? —inquirió.

—Brett, no puedo decirle a nadie lo que debe hacer cuando se casa. Sólo sé lo que yo haría.

Brett chasqueó la lengua.

—Si supieras cuántas personas son infieles a su pareja te sorprenderías.

—Brett, no quiero sorprenderme.
—¡Amigos tuyos! —insistió.
—Brett...
—Está bien, está bien. Cuando me supliques que te cuente los rumores, no te diré ni una sola palabra. A no ser, claro, que olvides tu idea del matrimonio y quieras divertirte un rato. No tengo intenciones deshonestas. Volveré a casarme contigo.

Sabrina gimió.

—Como ya te he dicho, tenemos ideas distintas de lo que es la diversión... y el matrimonio.

—De acuerdo, hazte la dura. Pero si las cosas empiezan a ponerse un poco espeluznantes, querrás meterte en la cama conmigo, aunque quizá esté demasiado llena para entonces.

—Eso no lo dudo.

—Eh, te lo estoy pidiendo a ti primero. No querrás dormir con un extraño...

—Brett, ya he dormido contigo, y no puedo pensar en nadie más extraño.

—Muy graciosa. Lo lamentarás, cielito. Ya lo verás —movió la cabeza con pesar y volvió a contemplar las figuras de cera—. ¿No son increíbles? —murmuró.

—Sí, muy reales —corroboró Sabrina. Brett movió la cabeza.

—Tan reales que, a esta luz, hasta yo me confundiría. Y estuve casado contigo.

—¿A qué te refieres?

—¿Cómo que a qué me refiero? Has estado contemplando la obra —suspiró con impaciencia—. ¡Sabrina! Fíjate bien. Ésa eres tú.

—¿Qué?

—Cariño, ¿has perdido vista desde que no estás conmigo? Fíjate. Esa mujer es idéntica a ti. Los ojos azules, el

pelo rubio, las hermosas facciones... El cuerpo bonito
—bajó la voz un poco más—. Y un trasero sensacional.

—Ni siquiera puedes verle el trasero, Brett.

—Está bien, está bien. Tienes razón. Pero eres tú. Es tu viva imagen.

—No digas tonterías... —protestó Sabrina, pero dejó la frase en el aire y frunció el ceño.

Cielos, Brett tenía razón. La figura de cera tenía un parecido alarmante con ella. Tanto era así que volvió a sentir escalofríos.

—¡Bien! —susurró Brett con voz ronca—. Veo que estás temblando. Empiezas a ponerte nerviosa e intranquila. Tienes miedo. No querrás pasar la noche sola en este tenebroso castillo. Cuando caiga la noche, oirás los aullidos de los lobos, saldrás chillando de tu cuarto y vendrás al mío. Así no tendrás nada que temer.

Sólo era una figura de cera, nada más, se dijo Sabrina. Aun así, sentía estremecimientos por todo el cuerpo. El artista había realizado tan bien la figura que los músculos y las venas de los brazos de la víctima parecieron cobrar vida mientras forcejeaba para liberarse de las cuerdas que la ataban al potro.

El miedo que reflejaban sus ojos era real.

El grito silencioso que emergía de sus labios era demasiado elocuente. Sabrina casi podía oírlo.

Brett le susurró al oído en tono de advertencia:

—No querrás estar sola.

De entre las sombras que había tras ellos, surgió una voz grave, sonora y masculina.

—Bueno, dudo que vaya a estar sola, ¿no?

Sabrina conocía aquella voz grave. Se dio la vuelta para saludar a su anfitrión.

La estaba mirando, observando. Sonrió con placer mientras añadía:

—En serio, Brett, dudo que vaya a estar sola. Hay diez escritores en el castillo, incluidos nosotros, por supuesto, además de un artista, mi ayudante y el servicio, y todos pasamos la noche aquí.

Parecía regocijado. Sabrina se desasió de Brett y miró fijamente a Jon Stuart. Había pasado mucho tiempo.

—Jon —murmuró Brett, con inequívoca irritación en la voz. Se suponía que eran amigos; aun así, Brett no parecía muy complacido con la aparición de Stuart.

—Brett, me alegro de verte. Gracias por venir.

—Siempre es un placer. Todos nos alegramos mucho de que decidieras organizar esto otra vez. Jon, conoces a mi esposa, Sabrina Holloway, ¿verdad?

Sabrina miró al cautivador dueño del castillo de Lochlyre, pero Jon Stuart ya había arqueado una ceja hacia Brett mientras le estrechaba a ella la mano. Sabrina reprimió el extraño impulso de retirársela de inmediato.

—Sabrina, me alegro de volver a verte. No sabía que os hubierais vuelto a casar.

—Y no lo hemos hecho —dijo Sabrina.
—Ah.
—Lo siento. Mi ex esposa —murmuró Brett con inocencia, y sonrió a Sabrina con complicidad, como si todavía hubiera algo entre ellos—. Es tan fácil olvidar que nos divorciamos...
—En cualquier caso, me alegro de veros aquí. Gracias por venir —dijo Stuart con educación.
—No me lo habría perdido por nada del mundo —dijo Brett—. Y lo sabes.
—Te agradezco que me invitaras —murmuró Sabrina.
—No ha sido la primera vez —señaló Jon.
—Es que... se me echaba encima la fecha de entrega de una novela —era una mentira, por supuesto. La excusa manida de cualquier escritor para escurrir el bulto.
—Bueno, debió de merecer la pena. Tu último libro es muy bueno.
—¿Lo has leído? —preguntó Sabrina demasiado deprisa. Enseguida, deseó pellizcarse. Se estaba sonrojando, inexplicablemente complacida de que Jon se hubiera interesado en leer su obra. Después, su rubor se intensificó al preguntarse lo que habría pensado de los gráficos pasajes románticos del libro. También se preguntaba si su rubor la estaría delatando—. A mí me han encantado todas tus últimas novelas —se apresuró a decir, para disimular.

Stuart desplegó una sonrisa lenta y escéptica que indicaba que no era la primera vez que oía aquellas palabras, pero que las ponía en duda en aquella ocasión.

—Es cierto —murmuró Sabrina, deseando poner fin de forma airosa a su torpe monólogo. Brett la estaba mirando con verdadero interés, porque había percibido la tensión entre ella y Jon Stuart.

—¿De verdad? —murmuró Jon que, o bien no se percataba de la incomodidad de Sabrina o le hacía gracia. Resultaba desconcertante ver que seguía superándola tanto en madurez como en seguridad en sí mismo. Había sido célebre desde su primera obra, una novela de misterio basada en la Italia de la segunda guerra mundial, que escribió poco después de terminar sus estudios en la universidad.

Sabrina sonrió con serenidad. No pensaba dejarse intimidar.

—De acuerdo, me pareció horrible que mataras al párroco en tu último libro... no se lo merecía.

Sus palabras no lo ofendieron; se rió, aparentemente complacido de su sinceridad.

—Me alegro de que me digas la verdad.

—La verdad siempre es distinta según quién la mira —intervino Brett con cierta irritación.

Jon lo negó con la cabeza.

—No, la verdad es una, aunque cada uno le dé un matiz distinto —repuso con cierta solemnidad, sin dejar de mirar a Sabrina. Después, se recompuso y dijo en tono más alegre—: Y lo cierto es que estoy encantado de que pudieras hacer un hueco en tu apretada agenda para venir aquí, Sabrina.

—Sabía que yo venía y que se sentiría cómoda —dijo Brett con posesividad.

—Estupendo —comentó Jon.

—Algunos de los presentes son amigos míos —murmuró Sabrina, mientras se preguntaba por qué le importaba que Jon Stuart pensara que seguía acostándose con su ex marido. Pero siguió hablando—. Ya sabes, los escritores solemos apoyarnos los unos a los otros. Esto está lleno de celebridades. Me halaga que me hayas invitado.

—Deseaba que vinieras —dijo Jon con educación—. Como recordarás, también lo deseé la última vez.

Cierto. La había deseado. Sabrina conoció a Jon pocos

meses antes de que se celebrara la última Semana del Misterio. Y en ese espacio de tiempo, se casó con Brett... y se divorciaron.

Y él se casó con Cassandra Kelly.

—Sólo había sacado un libro al mercado. No podía contarme entre los profesionales a los que habías invitado.

Stuart arqueó una ceja y ladeó la cabeza.

—Dianne Dorsey tenía mucho menos bagaje y estaba aquí —comentó.

—Pero acabó siendo una tragedia, así que me alegro de que Sabrina no viniera —dijo Brett—. Me alegro de verte más animado, viejo amigo —añadió, y le dio un puñetazo amistoso en el hombro—. No te hemos visto mucho el pelo últimamente. Por cierto, ¿no fue Cassie la que alabó el libro que había escrito Sabrina?

—Sí —contestó Jon con serenidad, sin apartar la mirada de ella—. Cassandra pensaba que habías creado unos personajes magníficos en un marco muy sugerente, y que habías ideado el asesinato perfecto para darle el toque justo de dramatismo.

—Fue muy amable al decir eso —murmuró Sabrina con incomodidad. Cassandra estaba muerta y ella se sentía muy culpable, porque cuando vivía no le había profesado mucha simpatía.

De acuerdo, la había envidiado y despreciado. La única ocasión en la que se habían encontrado cara a cara había sido un horror más espeluznante que cualquier obra de aquella galería. Era natural que hubiese aborrecido a Cassandra Stuart.

Un estremecimiento cálido le recorrió la espalda, pero no tenía nada que ver con las figuras que tenían delante. La turbaba la manera en que Jon la estaba mirando. A pesar de la absurda posesividad con que Brett se estaba comportando en aquellos momentos, Sabrina se alegró de repente de tenerlo a su lado.

Porque Jon Stuart imponía. Intimidaba incluso, en cierto sentido. Tal vez lo hiciera en virtud de su estatura y corpulencia. Era muy alto, de un metro ochenta y siete aproximadamente, y tenía unas facciones que, aunque toscas, resultaban muy hermosas. Su pelo no sólo era negro, sino azabache, grueso y sensual, y le caía más allá del cuello de la camisa, aunque se lo peinaba de manera que dejaba la frente al descubierto. Tenía unos ojos de color avellana incomparables, en los que se arremolinaban vetas azules, verdes y marrones que los volvían irresistibles y cambiantes, de tal manera que a veces podían parecer dorados y, otras, oscuros como la noche. Tenía rasgos fuertes y llamativos: un mentón firme y cuadrado, pómulos amplios; labios sensuales y generosos; frente alta y marcada. A la edad de treinta y siete años, era una autoridad en las novelas de aventuras y suspense; en la vida real, una reconocida revista internacional lo había proclamado como uno de los diez hombres más fascinantes del mundo. Norteamericano de ascendencia escocesa, nunca había aprovechado la fama o la fortuna para eludir el deber. Cumplió el servicio militar en la Guardia Nacional durante la operación Tormenta del Desierto.

Aunque últimamente se había mantenido apartado de la vida pública, todavía aparecía en reportajes, por lo general, con motivo de la publicación anual de su último libro o de una nueva edición de bolsillo de una obra anterior. No importaba que llevara una vida de ermitaño en los últimos años... eso sólo favorecía su reputación.

El misterio que rodeaba la muerte de su esposa lo volvía fascinante y peligroso al mismo tiempo que atormentado y digno de lástima. Algunos periodistas aseguraban que se había recluido para llorar con amargura la muerte de su esposa, mientras que otros insinuaban que lo corroían los remordimientos y que, en cierto sentido, la había matado... aunque se encontrara a treinta metros del balcón del que ella había caído. Algunos sugerían que Cassandra podía haberse suicidado, que su matrimonio se estaba viniendo abajo y que se había arrojado por el balcón en un momento de trágica autocompasión, para que la culpa recayera en su célebre marido y así dar un escándalo que lo atormentaría hasta el final de sus días. Otros opinaban que el cáncer que consumía sus hermosos senos podía haberla llevado a la desesperación. En cualquier caso, la trágica muerte de Cassandra había suscitado un sinfín de conjeturas. Y Jon Stuart había prestado declaración en los tribunales y había sido juzgado por la prensa, por sus colegas e incluso por sus admiradores. También había puesto fin a su Semana del Misterio, un conocido encuentro de escritores que celebraba todos los años en su retirado castillo de Escocia para buscar publicidad y fondos para organizaciones benéficas para niños.

Hasta aquel día.

Tres años después de la muerte de su esposa, había vuelto a abrir las puertas del castillo de Lochlyre al mundo exterior.

—Pensándolo bien, resulta curioso que Cassie alabara el trabajo de Sabrina —reflexionó Brett de improviso—, porque no solía ser tan generosa. Según decía, le gustaban mis novelas, pero puso *Escalpelo* de vuelta y media. ¿Te acuerdas, Jon? Hasta criticaba tu trabajo algunas veces y, aunque me cuesta reconocerlo, eso no resulta fácil.

—Gracias. Es todo un cumplido —dijo Jon con ironía.

Brett sonrió.

—Estoy contento. Me acabo de enterar de que *Cirugía* es número dos en la lista del *New York Times* desde el domingo pasado.

—Enhorabuena —le dijo Sabrina con fervor. Las novelas de Brett siempre se contaban entre las más vendidas, pero su reputación estaba creciendo de forma continuada, para gran deleite de su ex marido.

—Perfecto —dijo Jon—. Así podrás subir los ánimos de los demás invitados durante la semana. Recuérdales que, en contra de eternos rumores que lo desdicen, el negocio editorial todavía no ha muerto. Bueno, ¿qué os parece la cámara de los horrores este año?

—Deliciosamente macabra —dijo Brett.

—Demasiado real —se estremeció Sabrina.

—Ah —murmuró Jon, con ojos repentinamente dorados por el regocijo—. Yo que tú no me dejaría influir por el parecido con la dama del potro —le dijo—. Las figuras han sido creadas por un artista llamado Joshua Valine. También es ilustrador... te conoció en la convención de editores de Chicago y se quedó muy impresionado contigo.

—No se llevaría muy buena impresión si me ha puesto en el potro... —comentó Sabrina.

Jon rió, un sonido ronco, grave y sensual.

—Créeme, su reacción fue muy positiva. Siempre utiliza a personas de verdad, tanto si está ilustrando o trabajando con cera. Y si miras a tu alrededor, comprenderás que no podía poner a nadie en una situación realmente agradable. Fíjate en aquel rincón —dijo, todavía con un brillo en la mirada.

A pesar de que la vida la había curtido, Sabrina todavía sentía la fuerza del carisma de Stuart. Los años que había vivido en la tierra de sus antepasados habían teñido su voz grave de un leve acento escocés. Sus rasgos y su hechura, su sola presencia, eran tremendamente masculinos. Incluso la sutil fragancia de su loción resultaba embriagadora.

Sí, Jon Stuart era un hombre peligroso, se dijo Sabrina.

Y un perfecto extraño, en realidad, aunque en una ocasión lo hubiera conocido bien... en cierta manera.

—En aquel rincón —prosiguió Stuart—, Luis XVI y María Antonieta se enfrentan a la guillotina, y Juana de Arco está a punto de ser quemada en la hoguera. En el siguiente retablo, Ana Bolena va a reunirse con su verdugo y, un poco más allá, Jack el Destripador está degollando a Mary Kelly —movió la cabeza con irónica tristeza—. Me temo que a Joshua no le cae muy bien Susan Sharp. Fijaos en Mary Kelly.

—Entonces, ¿debería dar gracias por estar en el potro? ¿Porque me torturen durante horas y horas antes de morir? —señaló Sabrina. Jon ladeó ligeramente la cabeza, regocijado.

—En realidad, señorita Holloway, la hermosa rubia del potro es la única víctima que sobrevive de toda esta sala. Se llama Lady Ariana Stuart, y antes de que la estiraran hasta romperla, acusada de un intento de entregar al joven Carlos a las fuerzas de Cromwell cuando su padre, Carlos I, estaba a punto de ser decapitado, su hermano pidió clemencia al joven Carlos en persona, que para entonces ya había vuelto a subir al trono como Carlos II, rey de Inglaterra. Carlos, lujurioso como era, enseguida comprendió que sería un gran desperdicio destruir a una doncella tan exquisita, y ordenó que la sacaran de la cámara de tortura y la condujeran a sus aposentos. Cómo no, siendo tan encantador como era, la hizo su amante. Lady Ariana le dio numerosos hijos ilegítimos y vivió hasta una edad muy avanzada.

—Qué gran consuelo —dijo Sabrina.

—Muy romántico —repuso Brett con desdén—. Apuesto a que te has inventado toda la historia para tranquilizar a Sabrina.

—Os juro que es la pura verdad —les aseguró Jon Stuart.

—Bueno, Joshua se ha ensañado de lo lindo con Susan Sharp —dijo Brett, y rió entre dientes con malicioso placer—. Y es una víctima perfecta para el Destripador. A fin de cuentas, tiene fama de «entretener» a los hombres por lo que ello le pueda reportar —señaló.

—Eso no son más que rumores —murmuró Jon, y se encogió de hombros.

Sabrina apretó los dientes al oír el comentario de mal gusto de Brett y aplaudió en silencio la negativa de Jon de hablar mal de los demás.

—¿A quién utilizó el bueno de Josh como Juana de Arco? —preguntó Brett, imperturbable.

—A mi ayudante, Camy —dijo Jon—. Tengo entendido que es bastante devota, y una excelente trabajadora.

—Qué apropiado —dijo Brett—. Me gusta.

Jon sonrió de oreja a oreja.

—Por ahora, sí.

Brett profirió un gemido.

—¿De modo que hay algo que no me va a gustar?

—Seguramente, no.

—¿Me ha usado a mí?

Jon asintió.

—¿Como quién?

Jon señaló al torturador que estaba a punto de maniobrar el potro al que estaba amarrada la hermosa rubia.

—Si le quitas la barba y el bigote... —sugirió Jon con leve pesar. Brett inspiró con aspereza.

—¡Debería demandarlo!

Sabrina no pudo evitar reír, cosa que irritó aún más a Brett.

—Vamos, Brett, no seas aguafiestas. Sólo te usó como modelo, y con la barba y el bigote, nadie te reconocerá. Y recuerda, se trata de una celebración benéfica. No pierdas el sentido del humor —le sugirió.

—Sí, claro, es muy gracioso. A mí me toca torturar a mi ex esposa. Bueno, ¿y tú? —le preguntó a Jon—. ¿Estás en esta galería de hombres malvados?

Jon arqueó una ceja.

—Sí. Sí, estoy.

—¿Dónde? —inquirió Brett.

—Seguidme.

Brett miró a Sabrina y se encogió de hombros.

—Seguro que ha hecho de modelo de un rey... o de Gandhi.

—No creo que Gandhi encajara muy bien aquí, y no son pocos los reyes que no han brillado por su bondad —le recordó Jon—. Pero no influí en la decisión de Joshua. Él no me dice a mí cómo debo escribir y yo no le digo a él cómo debe esculpir.

Lo siguieron por un pasillo hasta otra sala. Un hombre alto con indumentaria europea del siglo XV se cernía sobre el cuerpo sin vida de una mujer. Ella tenía el rostro vuelto hacia él, de modo que no podían ver sus facciones. El hombre contemplaba a la mujer con una mezcla de furia y confusión en el rostro. Tenía pelo largo de color castaño claro, pero no había duda de que se trataba de Jon Stuart.

—¿Quién es? —preguntó Sabrina, confundida.

—No es muy conocido entre los norteamericanos —dijo Jon, mientras contemplaba las figuras con desapego—. Se llamaba Matthew McNamara. Terrateniente McNamara. Era un escocés que mató a tres amantes y a dos esposas.

—¿Cómo? —preguntó Brett—. No veo ningún arma.

—Las estranguló —dijo Jon sin rodeos.

—¿Cómo consiguió cometer tantos asesinatos sin que lo prendieran? —preguntó Sabrina.

—Nunca fue juzgado. Era tan poderoso entre los de su

clan que se le atribuía el derecho a ejecutar a sus mujeres rebeldes –dijo Jon. Desvió la vista de las figuras para volver a mirarla, y Sabrina advirtió que sus ojos se habían vuelto oscuros y fríos. Experimentó un ligero estremecimiento mientras él desplegaba una lenta sonrisa. ¿Se estaría burlando de ella? ¿De sí mismo? Tenía miedo.

Y algo mucho peor.

Se sentía como una polilla atraída por la llama. Ni el tiempo ni la distancia habían borrado lo ocurrido. El hecho de que Jon Stuart fuese prácticamente un extraño no significaba nada. Experimentaba la misma fascinación intensa e inmediata que había sentido al conocerlo, hacía más de tres años y medio.

Y no lo había visto desde entonces.

–¿Quién hace de esposa? –preguntó Brett. Entonces, como si de repente imaginara que la respuesta podía no resultar agradable, siguió hablando–. Joshua Valine es bueno. Muy bueno, detallista.

–Relájate, Brett. No es Cassie –dijo Jon, y una irónica sonrisa curvó sus labios–. Se trata de Dianne Dorsey. Puedes verle la cara si miras la escena desde el otro lado.

–Dianne... Sí, claro. Pensé en Cassie por la melena negra, pero Dianne también es morena... –murmuró Brett, y carraspeó. Miró a Jon con nerviosismo.

–Cassie está allí, Brett –dijo Jon, y señaló una figura que rezaba ante una ventana con parteluz–. Joshua la utilizó como modelo para María Estuardo, reina de Escocia, en la mañana del día de su ejecución.

–Sí, no hay duda de que es Cassandra –dijo Brett, y la miró fijamente durante un largo momento. Volvió a posar los ojos en Jon–. ¿No te... molesta?

–Todas las figuras me molestan... son tan reales –reconoció Jon–. Pero Josh es un artista, y así es como trabaja.

Además, creo que Cassie representa bien a María Estuardo.

—Las víctimas son todas mujeres —comentó Sabrina.

Jon sonrió.

—Bueno, según cuenta la historia, ha habido muchos hombres crueles. Pero también tenemos a algunas mujeres sanguinarias —les indicó el extremo opuesto de la sala—. Allí tenéis a la Condesa Bathory, la húngara. Se dice que sacrificó a cientos de jóvenes mujeres para poder bañarse en su sangre y así conservar su belleza y juventud. La modelo es V. J. Newfield, como podréis observar.

—¡Eso te costará caro! —le previno Brett. Jon rió.

—A V.J. le encantará. Además, al parecer, la condesa era muy hermosa, aunque estuviera sedienta de sangre —señaló otro cuadro de figuras—. Allí tenéis a Lady Emily Watson, que asesinó a diez maridos para quedarse con sus posesiones. Como veréis, intentamos que la cámara de los horrores sea igualitaria.

—¿Quién hace de Lady Emily? —preguntó Brett.

—Anna Lee Zane. Y su víctima es Thayer Newby.

Brett rió.

—Thayer, ahogado por una mujer. Le va a encantar.

Jon se encogió de hombros.

—Allí está Reggie Hampton, haciendo de la reina Isabel I y firmando la orden de ejecución de María Estuardo.

—¿Quiénes son los demás? —preguntó Sabrina, y señaló el resto de los retablos que se perdían en las sombras del sótano del castillo.

—Como podéis imaginar, Tom Heart y Joe Johnston también están aquí, pero dejaré que los busquéis vosotros mismos. Joshua también utilizó como modelo a algunos miembros del servicio, así que no os sorprendáis si Catalina la Grande os sirve el desayuno.

—¡Sabrina! —exclamó Brett—. Deberíamos volver a casarnos, y enseguida. ¡Jack el Destripador podría llamar a tu puerta para pedirte la ropa sucia!

—Creo que podré lavarme la ropa a mano, y me aseguraré de bajar a desayunar —le dijo Sabrina. Quiso darle un puntapié cuando se percató de que Jon volvía a mirarla.

Jon se limitó a encogerse de hombros, como si no hubiera oído su breve diálogo.

—Joshua ha trabajado durante más de un año en este proyecto. Cuando concluya la semana, donaremos sus esculturas a un nuevo museo de la zona norte.

—Precisarás del consentimiento de los modelos —le advirtió Brett. Jon sonrió.

—Creo que lo obtendré. La publicidad será descomunal, como podrás imaginar.

—¡Estupendo, pasaré a la historia como un maníaco torturador! —gimió Brett, pero la palabra «publicidad» lo había convencido.

—No te quejes. De una forma u otra, yo pasaré a la historia como asesino de esposas. Bueno, si me disculpáis, tengo algunos asuntos que atender. Pasadlo bien. Brett, ya conoces el castillo. Sabrina, estás en tu casa. Os veré a la hora del cóctel.

Se dio la vuelta y se alejó con resueltas zancadas. Enseguida, fue devorado por las sombras.

Sin embargo, su presencia persistía, y Sabrina se sorprendió volviendo la cabeza para contemplar de nuevo la figura de cera de Matthew, el terrateniente McNamara. Alto, tieso, corpulento; tenía las manos en las caderas mientras contemplaba a la mujer que yacía a sus pies. Apuesto, orgulloso, despiadado, poderoso... no había duda de que era el señor de sus dominios.

¿Tan poderoso que podía matar impunemente?

Hizo un esfuerzo por apartar la mirada y contemplar

las demás figuras que participaban en los diversos bailes con la muerte. La luz difusa intensificaba el horror del lugar. Las sombras inundaban la sala salvo en los puntos en los que se erigían los retablos, que surgían de la oscuridad bañados en luz púrpura. Sabrina casi podía imaginar a las figuras respirando, retorciéndose, sudando. Incluso podrían moverse en cualquier momento.

Matthew McNamara se cernía sobre su esposa con los puños cerrados; Jack el Destripador esgrimía su cuchillo; y Lady Ariana Stuart seguía gritando en silencio, aterrada.

Sabrina experimentó nuevos escalofríos, y volvió a sobresaltarse cuando Brett le puso las manos en los hombros.

—Salgamos de aquí, ¿quieres? —le dijo. Y Sabrina advirtió que incluso él parecía asustado.

—¡Señorita Holloway!

Los cócteles se servían en la biblioteca del castillo, que se encontraba al pie de la escalera señorial que conducía a los dormitorios de invitados de la segunda planta, justo enfrente del comedor principal, donde todo el mundo se reuniría para cenar. Sabrina llegó bastante tarde. Se había entretenido en la bañera, donde había hecho acopio de valor para vestirse y bajar a la biblioteca. Su breve encuentro con Jon Stuart la había dejado más turbada de lo que habría imaginado. Por una vez, debía dar gracias por la presencia de Brett, que evitaba que se sintiera demasiado perdida y sola, aunque resultara irritante.

Apenas había traspasado el umbral de la biblioteca, cuando oyó que la llamaban por su nombre. Una mujer menuda, de brillante pelo corto de color castaño, se dirigía hacia ella ofreciéndole una copa de champán. Tenía los ojos azulados, un bonito rostro en forma de corazón y una sonrisa vacilante que enseguida la hizo sentirse cómoda.

—Bienvenida. Estamos encantados de que haya venido. Bueno, yo en especial, porque soy una de sus admiradoras —plantó la copa de champán en la mano de Sabrina.

—Muchas gracias —dijo Sabrina—. ¿Usted es...?
—¡Ah! —exclamó la joven, y se sonrojó. El rubor la hizo parecer aún más bonita y delicada—. Me llamo Camy, Camy Clark. Soy la secretaria y ayudante de Jon.
—¡Claro! ¡Juana de Arco!
Camy se ruborizó aún más.
—La misma. Joshua Valine es un buen amigo mío.
Sabrina rió.
—Debe de serlo. Está preciosa, aun a punto de sufrir el martirio.
—Bueno, Josh es un cielo. Siempre saca a todo el mundo de maravilla. Usted es la víctima más hermosa que he visto nunca en un potro de tortura.
Sabrina volvió a reír y elevó su copa de champán.
—No hay duda de que tiene mucho talento.
—Y usted también. Me encanta su obra. Los hombres pueden ser muy irónicos cuando escriben. Ya sabe, todo acción pero ningún atributo entrañable en sus personajes. Me encanta su señorita Miller, es una delicia. Tan real y compasiva; valiente, pero sin resultar ridícula.
—Gracias otra vez. De verdad.
—¡Camy, Camy, Camy!
Una mujer esbelta de poco más de metro sesenta de estatura, de pelo corto de color castaño, peinado con estilo, caminaba con decisión hacia ellas. Llevaba un elegante vestido de cóctel, con zapatos de idéntico color malva pálido. Sabrina conocía a Susan Sharp porque Susan misma se creía en la obligación de conocer a todo el mundo. La mayoría de los escritores temían y apreciaban a la crítica literaria por su influencia, sobre todo en la alta sociedad, y, según se decía, podía llevar un libro o a un autor a la ruina o a la fama. Ella misma había escrito dos novelas de misterio de éxito, ya que se había basado en algunos de sus ricos y famosos conocidos para idear sus

personajes. Pero también podía ser vulgar, inflexible en sus ideas y mordaz, con lo que despertaba emociones contradictorias tanto en amigos como en enemigos. Se rumoreaba que había aborrecido a Cassandra Stuart, que a menudo había sido su rival en programas de debate sobre libros.

–¡Camy, Camy, Camy! –repitió Susan, y alargó el brazo para cerrar sus dedos exquisitamente cuidados en torno al brazo de Sabrina–. No puedes retener a la señorita Holloway en el umbral, todos estamos ansiosos por verla. Los escritores solemos ser muy buenos amigos, ¿sabes?

–Sí, por supuesto, señorita Sharp –murmuró Camy, y lanzó a Sabrina una mirada avergonzada. Susan acababa de ponerla en su sitio. Ella no era más que una ayudante. Los demás eran escritores.

–Camy, ha sido un placer conocerte, y espero que podamos pasar más tiempo juntas –le dijo Sabrina a la joven. El rostro de Camy se iluminó con una sonrisa.

–¡Gracias!

Susan condujo a Sabrina hacia el centro de la biblioteca.

–¿Qué tal te ha ido? Hacía siglos que no te veía.

–¡Si nos vimos en junio, en Chicago! –le recordó Sabrina.

–Sí, por supuesto, te iba muy bien. Muchas personas adoran a esa señorita Mailer tuya.

–Miller –la corrigió Sabrina con fluidez.

–Sí, sí, la señorita Miller. Bueno, dime. ¿Qué hay entre tú y Brett? ¿Estáis pensando en casaros otra vez?

–¿Cómo? –inquirió Sabrina.

–Bueno, Brett hace ver que todavía compartís tanta pasión, y los dos tenéis tanto talento y osadía... Nunca olvidaré la sorpresa tan deliciosa que me llevé cuando la prensa del corazón publicó esas fotos en las que aparecías huyendo desnuda de tu habitación de hotel de París.

—Susan, quizá tú nunca lo olvides, pero a mí me gustaría hacerlo. Fue un momento muy doloroso de mi vida —le aseguró Sabrina—. Mira, ahí está V. J. Newfield. Hace algún tiempo que no la veo. ¿Me disculpas?

Sabrina huyó de Susan y se acercó a V. J., Victoria Jane, Newfield. V.J. tenía entre cincuenta y sesenta años y llevaba escribiendo desde siempre o, al menos, eso parecía. Sus novelas eran sórdidas y terroríficas, pero más psicológicas que gráficas, y siempre ponían de relieve algún aspecto de la condición humana. Era muy esbelta, alta, con el pelo plateado y el porte airoso. Era una mujer imponente y sin duda lo sería hasta el día de su muerte. Sabrina la había conocido en los comienzos de su carrera literaria, con motivo de una firma conjunta de libros. En aquella ocasión, V.J. le aseguró que lo más agradable de firmar autógrafos en compañía de otros autores era que siempre había alguien interesante con quien hablar aunque nadie se acercara a comprar un libro.

—Ponles la zancadilla a medida que pasan, querida —le había aconsejado—. Cuando piensen que estás sentada detrás de una mesa repleta de libros sólo para indicarles dónde está el servicio, ¡ponles la zancadilla! Después, deshazte en disculpas y ¡ya son tuyos!

V.J. se había portado de maravilla. Como ya era famosa, había convencido a la mayoría de sus admiradores para que también compraran la novela de Sabrina, y Sabrina todavía le estaba agradecida por ello.

—¡V.J.! —exclamó con placer, mientras se acercaba a la mujer que estaba junto al bufé, contemplando los canapés de caviar mientras intentaba decidirse si podía permitirse aquel exceso.

—¡Sabrina, querida! —dijo V.J., y se volvió con una sonrisa para darle un afectuoso abrazo—. Pensé en llamarte para asegurarme de que ibas a venir. Lamenté tanto que rechazaras la última invitación... aunque acabó siendo una tragedia. Acabo de regresar de un crucero por el Nilo. ¿Recuerdas lo mucho que me apetecía conocerlo?

—Sí, y me alegro de que por fin pudieras ir. ¿Qué tal ha sido?

—Maravilloso. Estimulante. Increíble. Se respira tanta historia allí que resulta escalofriante. Y me encantan las momias.

—A mí también —dijo Brett, que pasó un brazo por los hombros de Sabrina mientras sonreía a V.J.—. Hoy día, las momias pueden ser tan excitantes como las jóvenes inocentes. Me alegro de verte, V.J. Estás magnífica. Tan sexy como siempre. Una momia estupenda.

—Las momias están muertas, aunque dado lo mujeriego que eres, puede que eso no te importe. ¿Cómo estás, Brett? Acepto un beso, pero sólo en la mejilla. Y deja de manosear a Sabrina. Ha tenido la sensatez de divorciarse de ti, y si el hombre de su vida anda buscándola, no queremos que tus tonterías lo arredren.

Brett rió, liberó a Sabrina y plantó un beso en la mejilla de V.J.

—Yo soy el hombre de su vida, V.J. —protestó en tono lastimero—. Una incorrección momentánea, y no me quiere perdonar.

—Querido mío, no soy ninguna consejera matrimonial, pero intuyo que debió de ser mucho más que eso. Aun así... —sonrió, y elevó su copa de champán—. Enhorabuena. He oído que estás justo después de Creighton en la lista de superventas.

Brett inclinó la cabeza a modo de humilde afirmación.

—Gracias, gracias. Qué oportuno que Creighton sacara

otro libro en el mismo mes, ¿eh? Podría haber sido número uno.

—Bueno, otro año será.

—Así es. Y ya que nos hemos reunido tantos novelistas de misterio, suspense y terror, deberíamos idear nuevas tácticas para cargarnos a la competencia. ¿Qué os parece?

—A mí me parece de muy mal gusto, teniendo en cuenta dónde estamos —declaró con suavidad una voz masculina, y Joe Johnston entró en el círculo. Joe era un doble de Ernest Hemingway, un hombre apuesto con una barba poblada y ademanes agradables. Escribía una serie sobre un detective privado flemático y encantador que no tenía un centavo pero que siempre lograba resolver los crímenes.

Joe unió su copa a la de Sabrina a modo de saludo y prosiguió.

—Quiero decir, ¿quién cree de verdad que Cassandra Stuart se arrojó por el balcón?

—¡Joe, calla! —lo amonestó V.J.—. Jon ha sido muy amable al volver a organizar este encuentro después de lo que ocurrió la última vez.

—A eso voy —dijo Joe—. Por eso no podemos hablar de cargarnos a la competencia.

Susan Sharp se arrimó al grupo.

—¿No podemos hablar sobre cargarnos a la gente? —protestó con indignación—. Joe, estamos en la Semana del Misterio. Se supone que uno de nosotros va a ser un asesino y a cargarse a los demás hasta que se resuelva el misterio. A eso hemos venido.

—Sí, pero es todo fingido —dijo Sabrina. Susan rió con ironía.

—Bueno, esperemos que la muerte de Cassandra no lo sea. ¿Os imagináis que entrara de repente en esta habitación?

—¡Susan, cómo puedes decir eso! —la regañó V.J.—. Si Cassandra apareciera de repente, viva...

—Si Cassandra apareciera de repente, viva, más de la mitad de los aquí presentes empezaríamos a idear la manera de matarla otra vez —repuso Susan con rotundidad—. Cassandra era perversa y horrible.

—Además de inteligente, hermosa y con talento —le recordó V.J. con fluidez.

—Supongo que sí. Pero pensadlo por un momento... todos los que estábamos aquí cuando murió hemos vuelto. La lista de invitados es la misma —dijo Susan.

—Yo no estaba aquí —le recordó Sabrina.

Susan se encogió de hombros, como si su presencia apenas tuviera importancia.

—Bueno, te habían invitado, y la cuestión es que estamos todos los que estuvimos la última vez. Todos. Dispuestos a defendernos si nos acusan.

—¿De asesinato? —preguntó V.J.

—De cualquier cosa —contestó Susan alegremente—. Todos albergamos pequeños secretos, ¿no? —inquirió, mirando a V.J. con aspereza. V.J. le sostuvo la mirada.

—Susan, si vas a ponerte a insinuar cosas sobre los demás... —empezó a decir Joe.

—Vamos, Joe, ya somos mayorcitos. Todos sabíamos que, por muy educado y compuesto que pareciera, Jon estaba furioso con Cassandra. Pensaba que su esposa estaba teniendo una aventura, y ella me dejó caer en varias ocasiones que era cierto.

—Susan, «pásame la mantequilla» te ha hecho pensar en más de una ocasión que algunas personas estaban teniendo una aventura —repuso V.J. con impaciencia.

—V.J., se trata de cómo se dice, no de lo que se dice. La cuestión es que Jon pensaba que Cassandra tenía una aventura, y ella pensaba lo mismo de él. Si los dos tenían razón, entonces, ya hay otras dos personas implicadas. Y Dios sabe que Cassandra estuvo a punto de destruir la carrera literaria de más de uno. Casi todos la hemos detestado en algún momento que otro por lo que decía sobre nuestra obra.

—Usted sí que tenía motivos para detestarla —dijo una voz suave. Era la tímida y reservada Camy, que sonrió a Susan a modo de disculpa—. Después de todo, señorita Sharp, a menudo eran rivales, ¿no es cierto?

Susan enarcó una ceja, mientras contemplaba a la joven con altanería. No la molestaba la acusación, sino que Camy la interrumpiera.

—Mi querida niña, no tengo ninguna rival de verdad. Pero, para tu información, aborrecía a Cassandra Stuart. Era una oportunista que utilizaba y manipulaba a la gente, y deberías dar gracias porque haya muerto, porque, a estas alturas, ya te habría despedido. Ahora, si me disculpas... —dio la espalda a la joven y se dirigió a los demás—. Recordad mis palabras. Todos los que estamos aquí tenemos un secreto, por no hablar de un motivo para odiar a Cassandra Stuart.

—Excepto Sabrina —comentó Joe en voz baja. Susan la miró con aspereza.

—¿Quién sabe? Quizá tenga tantos motivos como los demás. Pero tú no podrías haberla empujado por el balcón, ¿verdad? Rechazaste la invitación la última vez. ¿Por qué? La mayoría de los escritores matarían, si me perdonáis la expresión, por ser invitados.

—Por miedo a viajar en avión —contestó Sabrina con dulzura. Susan seguía mirándola fijamente.

—Apuesto a que sí —declaró. Después, giró en redondo y se alejó del grupo.

—Creo que fue ella quien lo hizo —dijo Brett, con tanta convicción que todos rieron.

—Según la policía, nadie lo hizo —afirmó Joe.
—Cassandra no se suicidó —comentó V.J.—. Se quería demasiado para quitarse la vida.
—Pero yo creía que tenía cáncer —dijo Sabrina.
—Lo tenía, pero quizá no fuera incurable —comentó Brett.
—Puede que tropezara y se cayera —sugirió Sabrina.
—Seguramente, fue eso lo que ocurrió —los interrumpió otra voz masculina. Era Tom Heart. Alto, delgado, de pelo blanco, apuesto y distinguido, era autor, aunque no lo pareciera, de algunas de las novelas de horror más espeluznantes que había en el mercado. Sonrió y elevó su copa de champán a modo de saludo—. Hola a todos, amigos, damas y caballeros, Brett, Joe, Sabrina...V.J. Me alegro de veros. Y, Sabrina, quizá hayas dado en el blanco. Según tengo entendido, Cassandra le estaba gritando a Jon, que se había hartado de sus malas caras y se estaba alejando del castillo. Quizá se inclinara sobre el antepecho un poco más de la cuenta. Ah, ahí está nuestro anfitrión, con la encantadora Dianne Dorsey de un brazo y la exquisita Anna Lee Zane del otro.

Sabrina miró hacia la puerta de la biblioteca. Efectivamente, su anfitrión había llegado... de punta en blanco.

Llevaba un esmoquin y estaba insoportablemente atractivo. La elegante indumentaria realzaba su estatura y su belleza morena. Llevaba el pelo peinado hacia atrás, y miraba con brillantes ojos enigmáticos a sus dos hermosas acompañantes mientras hablaba y reía con ellas.

Anna Lee escribía novelas basadas en crímenes reales. Rondaba los cuarenta, era menuda y femenina, y se rumoreaba que escogía alegremente a compañeros de cama de ambos sexos.

A Dianne Dorsey se la consideraba la novelista de terror más joven y prometedora. Le gustaba crear seres alienígenas con una extraña avidez por la carne humana. Era muy joven, ya que acababa de cumplir los veintidós; había publicado su primera novela durante su penúltimo año en el instituto, la segunda en el último curso y, en aquellos momentos, recién salida de Harvard, era una veterana, con cuatro libros en el mercado. Se la consideraba un genio y ya contaba con numerosos seguidores. Los novelistas maduros solían envidiar el éxito que había alcanzado a tan tierna edad, un éxito logrado con aparente poco esfuerzo. Sabrina sólo la envidiaba porque Dianne parecía haber adquirido una sólida confianza en sí misma a muy temprana edad, y ella daría un riñón por tener un aplomo semejante. Sin embargo, tenía la impresión de que Dianne había vivido una infancia difícil, de que algo la había convertido en una luchadora cuando aún no era más que una niña.

Mientras observaba a Dianne, Sabrina advirtió que Anna Lee la estaba saludando con la mano, sonriente. Le devolvió la sonrisa y el saludo.

Entonces, Dianne la vio y ella también sonrió y saludó. Sabrina levantó la mano. A Dianne le gustaba ir toda de negro. Además de la ropa, tenía el pelo de color azabache, los labios pintados de negro, y una tez blanca perfecta. Sentía debilidad por los colgantes, las joyas de estilo medieval y las prendas ceñidas, pero siempre lograba estar sexy y femenina, lo cual le confería atractivo y originalidad.

Todavía sonriendo, Sabrina se percató de repente de que Jon la estaba mirando. Una vez más, ella se encontraba junto a Brett. Y Brett estaba, de hecho, pegado a ella.

Sabrina bajó la vista enseguida. Se dijo que no quería entablar ninguna relación con nadie. No había ido allí con la esperanza de recuperar algo que había perdido. Era una mujer madura, con una buena profesión, montones de amigos y una familia estupenda. Estaba allí como invitada, participando en un importante acto benéfico, y la guinda del pastel era que su carrera literaria podía beneficiarse de todo aquello.

«¡Mentirosa!», la desafió una voz interior.

—Damas y caballeros, la cena está lista para ser servida en el comedor principal —anunció Jon. Se excusó ante sus dos acompañantes y Sabrina se mordió el labio para no dar un paso atrás mientras veía cómo caminaba con determinación hacia ella—. Sabrina, eres la única que quizá no haya tenido la oportunidad de conocer a todo el mundo. Discúlpame, Brett, ¿puedo robarte a tu ex esposa durante un momento? —preguntó con desenfado.

—Claro... durante un momento —contestó Brett en el mismo tono.

Sabrina sintió un profundo desconsuelo por el calor que la invadió cuando Jon la agarró del brazo, le dedicó su irresistible sonrisa y la condujo hasta el otro extremo del salón, hacia un hombre alto y esbelto, de pelo rubio y rizado y rasgos limpios y atractivos. Parecía un artista, con un atuendo impecable salvo por una minúscula gota de pintura en la corbata.

—Sabrina, sin duda te acordarás de Joshua Valine, nuestro afamado escultor.

—Por supuesto —dijo Sabrina, que recordó al hombre al instante cuando sus cálidos ojos castaños se posaron sobre ella. Se habían conocido en Chicago, en la convención de editores—. Nos han presentado —le dijo a Jon, y estrechó la mano de Valine—. Me alegro de volver a verlo. Sus figuras de cera son increíbles. ¡Tan reales que dan miedo! Voy a tener pesadillas con mi ex marido y ese potro de tortura.

Joshua se sonrojó y le lanzó una sonrisa fugaz.

—Gracias. Perdóneme por ponerla en el potro. Pero sobrevive, ¿sabe?

Sabrina rió con suavidad.

—Eso me han dicho —asintió—. Y me alegro de no ser una de las víctimas de Jack el Destripador.

Joshua arrugó la nariz y bajó la voz.

—Aunque a Susan Sharp no le sienta mal el papel, ¿no cree?

—Calla. Susan tiene un oído muy fino —bromeó Jon—. Veamos, Joshua. ¿Queda alguien por presentar?

—¿Conoce a Camy Clark? —preguntó Joshua.

—Sí, es encantadora. Eres muy afortunado por tenerla de ayudante, Jon.

—Es muy organizada y competente y, sí, soy muy afortunado —corroboró Jon—. ¿Qué me dices de...?

Cuando se volvía para pasear la mirada por la sala, un hombre recio de lustroso pelo rojo cortado a cepillo se acercó a saludarlos. Dirigió una sonrisa a Jon y a Joshua y le tendió la mano a Sabrina.

—Nos presentaron en una conferencia en Tahoe. No sé si se acordará de mí o no, pero soy...

—Por supuesto que me acuerdo de usted —le dijo Sabrina—. Es Thayer Newby. No me perdía ninguna de sus conferencias. Es probable que usted no me viera, porque la sala siempre estaba abarrotada de gente.

Thayer Newby se ruborizó hasta la raíz del pelo. Había sido policía durante veinte años antes de hacerse escritor, y sus conferencias sobre procedimientos policiales eran excelentes.

—Gracias —le dijo, mirándola con atención y sin soltarle la mano. Movió levemente la cabeza—. ¿Cómo pudo McGraff dejarla escapar? —preguntó. Entonces, volvió a sonrojarse—. Lo siento, no es asunto mío. Pero vi la foto, por supuesto.

Sabrina apretó los dientes e intentó no sonrojarse. Pero sentía la mirada de Jon, de pie junto a ella, y sabía que cualquiera que hubiera visto la fotografía en la prensa del corazón se habría preguntado qué la había hecho huir desnuda de la suite nupcial.

—Brett y yo tenemos ideas distintas sobre el matrimonio —dijo con toda la fluidez de que fue capaz.

—Pero siguen siendo amigos, ¿verdad? —dijo Thayer, tratando de parecer natural.

La pregunta chirriaba un poco, y Sabrina comprendió que debía de haberla visto con Brett durante casi toda la velada y que, como el resto, había llegado a la conclusión de que seguían siendo algo más que amigos.

—Sí, eso intentamos —dijo con rotundidad.

—Ah, ahí está Reggie —anunció Jon, y levantó una mano—. ¿Conoces a Reggie Hampton? —le preguntó a Sabrina.

Anciana pero dotada de una eterna juventud, Regina Hampton podía tener tanto setenta años como ciento diez. Había escrito veintenas de libros sobre una detective aficionada, una abuela que resolvía misterios en la localidad en que vivía con la ayuda de su gato. Reggie era directa, inteligente y divertida, y se había dirigido hacia ellos nada más entrar en la biblioteca.

—Reggie —empezó a decir Jon—. ¿Conoces a...?

—¡Por supuesto que conozco a esta querida niña! —exclamó Reggie. Era minúscula y delgada, y daba la impresión de que hasta un soplo de viento podía derribarla, pero abrazó a Sabrina con una fuerza sorprendente que confirmaba el rumor de que era una anciana dura de pelar—. ¡Es un placer tenerte aquí, Sabrina! Jon, ¿cómo convenciste a esta preciosa joven para que visitara a un anciano solitario y morboso recluido en su ruinoso castillo?

—Igual que te convencí a ti, pequeño carcamal —le dijo con afecto—. Le envié una invitación.

—Bueno, pues me alegro de que estés aquí. Necesitamos sangre nueva en estos encuentros —dijo Reggie.

—Ah —bromeó Susan, mientras se acercaba al grupo—. Confiemos en que no se derrame sangre nueva, ¿eh? —sonrió con malicia.

—¡Vamos a comer! Tengo hambre —gritó V.J. desde la otra punta de la sala—. Jon, has dicho que la cena estaba lista, ¿verdad? Si no comemos pronto, moriremos, y no de una forma muy misteriosa.

—¡Dios nos libre! —saltó Joe Johnston.

—Sí, Jon, vamos a cenar —dijo Brett—. Por cierto, ¿podrías sorprendernos con otra bebida, preferiblemente de cebada? El champán no es lo mío. ¿Tú qué dices, Thayer?

—Hay un bar repleto de bebidas en el comedor, con cerveza de todas las marcas, nacionales e importadas, en barril y en botella. Pasad y servíos —dijo Jon. Miró a Sabrina con ojos extrañamente oscuros. Ella tenía la impresión de que la estaba observando, analizando y pensó que, de repente, Jon deseaba apartarla de su lado—. ¿Me disculpáis? —dijo en voz baja. Y se fue.

Reggie Hampton tomó a Sabrina del brazo.

—Querida, eres un soplo de aire fresco. Dime, ¿qué ha sido de tu vida desde julio?

Sabrina intentó no mirar a Jon Stuart mientras se alejaba. Hizo un esfuerzo por concentrarse en Reggie y contestó con entusiasmo:

—He estado en casa, visitando a la familia.

—¿En la granja?

—Sí. Ahora tengo un apartamento en Nueva York, pero he estado viviendo un tiempo en casa de mis padres y de mi hermana. Acaba de tener un bebé, su primer hijo, un niño. Como podrás imaginar, estamos encantados.

—Tú también deberías tener hijos muy pronto.

—Reggie, hoy día no todas las mujeres quieren ser madres.

—Pero a ti te gustaría, ¿verdad?

—Sí, cuando llegue el momento.

—¿Vas a volver a casarte con Br...?

—No. No sigamos hablando de mí, Reggie. ¿Cómo está tu familia?

Reggie le habló brevemente de sus hijos, nietos y de

su nueva bisnieta mientras se dirigían al comedor principal, donde servirían la cena. Todos se arremolinaron primero en torno al bar, para prepararse una copa.

Brett se acercó de nuevo para ofrecerle a Sabrina un gin-tonic bastante cargado, y le susurró alegremente que había cambiado de sitio las tarjetas con sus nombres y que los había colocado juntos en la mesa. Todos se sentaron para disfrutar de un delicioso banquete de faisán y pescado. Mientras comían, charlaban y reían, cualquiera hubiera dicho que se trataba de una reunión de viejos alumnos. Después, Jon, que estaba sentado a la cabecera, se puso en pie y les recordó que estaban allí no sólo para divertirse sino para recaudar fondos para organizaciones benéficas. Cada escritor había propuesto su causa favorita, y el que resolviera el misterio decidiría a qué organización debería destinarse la mayor parte de los donativos.

—¿Cuándo empezamos? —gritó Thayer.

—Mañana por la mañana —contestó Jon—. Los que todavía tengan fuerzas, pueden seguir de cháchara el tiempo que quieran. Los que estén sufriendo los efectos del *jet lag* pueden subir a descansar. Todo transcurrirá como en años anteriores. Camy y Joshua se han encargado de organizar los detalles. Nadie conocerá la identidad del asesino, ni siquiera yo. Por la mañana, recibiréis un sobre con vuestro personaje y una descripción de la situación. El asesino sabrá quién es y tendrá que ponerse manos a la obra antes de que lo descubran. Sabrá en qué orden deberá ejecutar a sus víctimas, que serán «asesinadas» con pintura roja lavable y, cómo no, los gastos de la tintorería correrán por nuestra cuenta. ¿Alguna pregunta?

—Claro —dijo Joe Johnston, y elevó la voz para que todos lo oyeran—. Aunque no sea el asesino, ¿puedo cargarme a Susan?

Estalló la risa y, después, se disipó, ya que Susan lanzó a todos miradas fulminantes.

—Tú también estás a la cabeza de mi lista, Joe —le dijo con dulzura. Lo apuntó con el dedo e hizo un ruido semejante a un disparo—. Y acabarás bañado en algo mucho peor que pintura roja.

—Vamos, niños, vamos. Comportaos —dijo Anna Lee Zane.

—Diablos, ¡lo siento! —dijo Joe.

Anna Lee movió la cabeza, como si tratar con escritores fuera una tarea tan imposible como tratar con niños ingobernables.

Jon se puso en pie.

—Si me disculpáis, tengo algunos asuntos que atender —les dijo a todos—. Y recordad, estáis en vuestra casa. Nos reuniremos aquí mañana a las nueve de la mañana. Para los más madrugadores, se servirá café a las seis.

Salió del comedor principal y cerró la puerta de doble hoja tras él. Sabrina contempló cómo se alejaba mordiéndose el labio inferior, y deseó de repente no haber aceptado la invitación.

Brett le cubrió la mano con los dedos.

—¿Quieres ver mi habitación? —preguntó en tono esperanzado. Sabrina retiró la mano sonriente, porque Brett era en muchos sentidos como un niño grande, siempre ansioso y reacio a aceptar la derrota.

—No, me voy a la cama.

—Por mí, estupendo.

—A dormir. Soy uno de esos invitados con *jet lag*. Llegué a Londres ayer por la noche y, al castillo, esta tarde. Estoy cansada.

—Muy bien. Si cambias de idea, estoy en la habitación de al lado. Por si la noche resulta más movida de lo esperado.

—Gracias. Lo recordaré —le dijo Sabrina. Se despidió de los demás y escapó del comedor principal.

El vestíbulo del castillo y su majestuosa escalera estaban desiertos. Tanto la puerta de la biblioteca como la del comedor estaban cerradas y, de repente, Sabrina se sintió muy sola en el antiguo edificio. Subió deprisa las escaleras y recorrió el pasillo de la segunda planta, con sus arcos normandos, hacia su habitación.

Era enorme; en ella se respiraba historia pero había sido reformada y ofrecía todo tipo de comodidades. La cama descansaba sobre una tarima lujosamente alfombrada, y ante las puertas de los balcones colgaban pesados cortinajes que resguardaban la estancia de las ráfagas de aire frío. Había un armario y un cuarto de baño muy amplios, y un antiguo escritorio situado junto a una voluminosa chimenea. El fuego ardía con viveza cuando Sabrina entró en el dormitorio, vaciló y, después, con cuidado, corrió el pestillo.

Se quitó los zapatos y las medias, y se sorprendió deambulando hacia las puertas de cristal del balcón. Las abrió y salió al exterior. Desde allí se podían ver las ondulantes praderas, el agua centelleante de un pequeño lago y las crestas violáceas de las montañas del fondo. El paisaje, incluso a la luz de la luna, era arrebatador. Aquel viaje era una oportunidad única.

No debería estar allí.

Sabrina inspiró hondo.

—Dime —se preguntó en voz alta—, ¿has venido para intentar convencerte de que has superado y olvidado los prodigiosos momentos que pasaste en su compañía, o confiabas en poder acostarte con él al menos una vez más, fuesen cuales fuesen las consecuencias?

Se ruborizó. Qué humillante. ¿Se acostaría con ella otra vez? Sin duda alguna, Sabrina tenía fama de ser bastante... liberal. Cada vez que recordaba cómo había dejado a Brett, huyendo desnuda de la suite nupcial...

Tenía gracia. Brett no era un mal tipo; le gustaba que fueran amigos. Hasta resultaba halagador que todavía la deseara. Lo que Brett había hecho estaba mal, muy mal, pero su propia actitud también era reprobable. Se había casado con él sin amarlo de verdad.

Porque, cómo no, todavía seguía enamorada de Jon Stuart.

La brisa fresca la envolvió súbitamente, y recordó su primera visita a la ciudad de Nueva York, cuando acabó asistiendo a una fiesta en honor de otro cliente de su publicista, que acababa de estrenar una obra en Broadway. Sabrina no conocía la identidad del apuesto invitado cuando empezaron a hablar; sólo que se llamaba Jon. La hizo reír, le habló de los horrores de la gran ciudad y de la hazaña que sería para ella sobrevivir a su primera experiencia con un taxista neoyorquino.

A decir verdad, Sabrina había bebido demasiado. Estaba extática por el éxito de su primer libro y encantada de estar en compañía de Jon. Él tenía coche y se ofreció a llevarla al hotel.

Sabrina se quedó dormida en su hombro durante el trayecto y, cuando llegaron al hotel, todavía estaba somnolienta, embriagada y mareada. Recordaba haber abierto los ojos y haber sorprendido a Jon mirándola con aquellos ojos oscuros, veteados, fascinantes.

—Ya hemos llegado —había anunciado él.

Sabrina asintió, aunque no se movió y, entonces, él dijo:

—Puedo llevarte en brazos a tu habitación. Y es lo que debería hacer. Porque si te llevo a casa conmigo, me aprovecharé de ti. No podré resistir la tentación.

Con la brisa acariciándola en el balcón, Sabrina todavía podía recordar su respuesta.

–No la resistas, por favor.

Lo que había dicho era imperdonable, pese al alcohol que pudiera haber bebido, pensó Sabrina en el balcón, y se abrazó. Aun así, había sido maravilloso; la mejor noche de su vida. Se dirigieron al apartamento que Jon tenía en la ciudad y él la subió en brazos. La desnudó en su dormitorio y, todavía vestido, le preguntó si estaba segura...

Después, la besó, y Sabrina recordaría durante el resto de su vida las caricias de Jon, sus labios ardientes, íntimos, posesivos, en todos los rincones de su cuerpo. Se acordaría de él, del tacto de su piel, del roce de sus manos, del lunar que tenía en la región lumbar...

La noche fue mágica. Al día siguiente, prepararon juntos el desayuno, pasearon por el Museo Metropolitano de Arte Moderno y comieron en un restaurante chino antes de regresar al apartamento para pasar la tarde haciendo otra vez el amor. Por absurdo que pareciera, no le preguntó cómo se apellidaba hasta el día siguiente por la mañana, cuando averiguó que se trataba de Jon Stuart, el afamado escritor.

Jon estaba en la ducha cuando su «prometida», Cassandra, se presentó en el apartamento. Sabrina llevaba un albornoz y tenía el pelo mojado y aplastado en torno al rostro. Se había quedado atónita al ver que la puerta se abría. Cassandra se quedó mirando fijamente a Sabrina, de arriba abajo, sin mostrar enojo, sólo regocijo. Luego, la llamó pequeña zorra fastidiosa, le arrojó unos billetes y le ordenó que se fuera.

Una de las cosas que más lamentaba Sabrina en la vida era haber hecho exactamente eso... después de arrojarle a Cassandra el dinero, por supuesto. Se había criado en las tierras de labranza del Medio Oeste norteamericano y, a pesar de su formación universitaria, de su escasa experiencia laboral y de una relación de cuatro años con el capitán de su equipo de debate de la universidad, era increíblemente ingenua. Siempre que revivía la escena, se sentía nuevamente avergonzada y furiosa consigo misma. ¿Qué había sido de su coraje? ¿Por qué no le había plantado cara a Cassandra? Quizá se sintiera demasiado estupefacta, o insegura. Se limitó a recoger su ropa y a irse.

Jon no le había hecho ninguna promesa. Había sido sincero, había reconocido su relación con Cassandra y le había explicado que cortaban y se reconciliaban sin cesar. Cuando Sabrina recordaba y analizaba la situación, se daba cuenta de que había tenido miedo de perder a Jon si éste se veía obligado a elegir entre las dos. En la vida había que correr riesgos. La pena era que Sabrina había aprendido demasiado tarde la lección.

Jon la persiguió hasta su pueblo natal, Huntsville. Pero Sabrina le había pedido a su madre que le dijera que estaba en Europa. Jon le escribió diciéndole que no estaba prometido, y que la noche en que se habían conocido no había estado comprometido con ninguna mujer. Le pidió que se pusiera en contacto con él, dado que no había podido convencer a su madre de que dejara de mentir.

Sabrina acababa de llegar a la conclusión de que era una estúpida redomada por no responder, cuando se enteró de que Cassie y Jon se habían casado de forma inesperada, después de una noche de fiesta en Las Vegas.

Poco tiempo después, ella se casaba con Brett.

Fin de la historia.

Hasta que ella salió huyendo, desnuda, de la suite nupcial. Y Cassandra Stuart se precipitó desde el balcón a los brazos abiertos de la muerte.

El viento era cada vez más cortante. Sabrina se estremeció y contempló la noche.

La luna estaba en lo alto del cielo, luchando por asomarse entre las nubes. Las farolas iluminaban el patio, alrededor del cual se erigía el castillo en forma de herradura. La doncella que la había conducido a su habitación nada más llegar le había dicho que el dormitorio principal se encontraba en el extremo del ala izquierda, con balcones que daban al patio central y a la parte de atrás.

Al mirar hacia allí, Sabrina distinguió la silueta de un hombre que estaba asomado al balcón. El viento le agitaba la camisa y el pelo. De pie e inmóvil como estaba, contemplaba la luna.

Entonces, se volvió, y Sabrina supo que la estaba mirando. Era Jon. Y allí, asomada al balcón, mientras lo miraba, se preguntó si estaría sufriendo, si echaría de menos a su esposa, si estaría pensando en su muerte.

Jon elevó una mano a modo de saludo. Sabrina retrocedió hasta el umbral y, durante un instante, sintió deseos de gritar al pensar que había alguien detrás de ella.

Experimentó un pánico fugaz y extraño. Estaba en el balcón y Cassandra se había precipitado por un balcón no muy distinto a aquél. Había caído en los brazos de la estatua de Poseidón que estaba en el patio. El tridente la había atravesado, y había muerto al instante, antes incluso de que su marido regresara corriendo a su lado. Poseidón seguía debajo de aquel balcón, aunque los rosales que rodeaban la fuente ya no estaban en flor.

Era tan fácil pensar que alguien estaba detrás de ella, dispuesto a empujarla... Pero cuando giró en redondo, no vio a nadie. Entró en la habitación y descubrió que el pestillo seguía echado.

En todas las habitaciones había coñac. Sabrina aborrecía el coñac, pero se sirvió una copa, arrugó la nariz y tomó un buen trago.

—Si pretendes salir viva de aquí, tendrás que poner freno a tu imaginación calenturienta —se dijo.

En el comedor había asegurado que estaba cansada. Y

lo estaba. La diferencia horaria y la falta de sueño la habían dejado exhausta. Pero no conseguía conciliar el sueño.

Permaneció despierta durante horas. Siguió tomando coñac, haciendo muecas al tragar, y hojeó algunas revistas que le habían dado en el avión.

Tenía la última novela de V.J. y cuando acabó con las revistas empezó a leer, hasta que aceptó que no podía concentrarse. Por fin, se echó, decidida a descansar un poco.

Pero incluso cuando por fin se quedó dormida, dio vueltas en la cama y empezó a tener sueños agitados.

En la oscuridad de la noche, el hombre bajaba los peldaños en silencio, como un espectro. Intentó convencerse de que todo iría bien, de que no tenía por qué tener miedo.

Pero lo tenía. Porque la amaba.

Habían acordado verse allí con anterioridad pero, aun así, el hombre sentía un desasosiego repentino y quizá absurdo. En las antiguas mazmorras, tenía la sensación de que los asesinos de otras épocas habían vuelto a la vida y se estaban burlando de él, diciéndole que no era mejor que ellos, aunque no lo hubiera hecho él en persona. La iluminación era pálida, purpúrea, y parecía envolver con una bruma macabra los rostros de los torturadores, los verdugos y demás. Los esbirros con sus máscaras oscuras parecían moverse, hostigarlo, prevenirlo.

Se acercó al retablo de Lady Ariana Stuart y se quedó inmóvil durante un momento, olvidando tanto el miedo como la razón. Era la obra más lograda. Sus ojos reflejaban una emoción real, un ápice de la inocencia y la sinceridad propias de Sabrina Holloway. Asombrado de nuevo por el parecido con la mujer de carne y hueso que se hallaba tan cerca, se sintió tentado a tocarla, a rescatar a la bella de la bestia que la amenazaba.

—¡Mi amor!

El susurro lo devolvió al presente, y giró en redondo. Allí estaba ella. Corrió hacia él y él la estrechó entre sus brazos.

—¿Por qué tienes tanto miedo? ¿Por qué tenemos que vernos en secreto? —le preguntó con suavidad. Ella movió la cabeza junto a su pecho.

—Todo esto es muy peligroso. Sé que ellos lo saben. Sé que corremos peligro. Ojalá...

—No tengas miedo. No crees problemas cuando no los hay.

La mujer movió la cabeza y dio un paso atrás.

—¡No sabes lo perversos y peligrosos que pueden ser!

—Nuestro juego es peligroso, vida mía. Hay que actuar con mesura. Debemos limitarnos a esperar, escuchar, observar... y ver lo que ocurre.

La mujer se recostó sobre él.

—Tengo tanto miedo... Abrázame.

Él lo hizo, y sintió cómo ella se movía contra su cuerpo y lo tocaba. Notó cómo le tiraba de la ropa. Sintió sus manos... sobre la piel desnuda. Para su propia incredulidad, se excitó al instante, preso de una oleada de deseo. Paseó la mirada por el tenebroso lugar, sorprendido y un tanto horrorizado, y se excitó aún más por ello.

—Alguien podría venir. Mira dónde estamos...

Las figuras parecían mirarlos a ellos. Verdugos con capuchas negras, asesinos, esbirros, criminales... Juana de Arco, tan beata en la cruz...

La mujer rió con suavidad, y el sonido le inundó los sentidos. Gimió y se dejó caer con ella y, en pocos segundos, estaban tendidos sobre el suelo frío de piedra. Ella estaba desnuda a la luz púrpura que los bañaba. Estaba insaciable, y se elevaba sobre él, gimiendo. El hombre intentó silenciarla, pero ella se reía, y cuando los dos quedaron exhaustos, ella se tumbó a su lado y contempló los rostros que los rodeaban.

—Ha sido divertido; como una orgía —bromeó.

—Me preocupas.

—Vamos. Era como si nos estuvieran mirando. Ha sido muy excitante.

El hombre vaciló.

—Te gustaba... mirarla —dijo, y enseguida se percató de la verdad que encerraban sus propias palabras.

Ella se encogió de hombros.

—¿Y qué? Eso también era excitante.

—Pero es peligroso que nos veamos aquí, así —le dijo—. Todo lo que hagamos ahora es peligroso. Y estos días serán peligrosos. No sabemos lo que sabe la gente, lo que vieron, lo que pudieron sospechar...

—Tendremos cuidado —susurró—. No nos pasará nada. Pero necesito estar contigo...

Él asintió ligeramente.

Sabía cómo incitarlo, cómo hacer que la necesitara. Porque la amaba, por supuesto.

El hombre cerró los ojos y los abrió; después, empezó otra vez. Ella lo estaba mirando. Lady Ariana Stuart tenía el rostro vuelto hacia él y lo miraba con sus enormes y hermosos ojos azules.

Resultaba excitante. Y aun así, peligroso.

Estaba a la vez excitado y asustado. Era como si ella supiera...

No deseaba a Jon Stuart, se repetía a sí misma una y otra vez. Ya no era tan joven e ingenua, sino más sensata, más mujer. Pero en sus sueños, estaba tumbada en la cama, desnuda, esperando, deseando...

Porque él estaba allí. Alto, se cernía sobre ella vestido de negro. Era Jon.

No lo era. La figura alta estaba envuelta en la niebla y cambiaba con cada soplo de brisa gris púrpura.

Era un torturador, decidido a hacerla agonizar y a destruirla, y ella estaba atrapada, atada de pies y manos, inmovilizada, y lo único que podía hacer era contemplar los ojos de la muerte con un silencioso grito de aceptación.

Se despertó con sobresalto, temblando, empapada en sudor. Se incorporó con agitación y miró a su alrededor.

La habitación estaba vacía. El fuego ardía con suavidad; la luz de la luna se filtraba por los cristales. Era evidente que estaba sola, completamente sola. Y aun así...

Había una presencia, una fragancia, algo en el aire. Una sensación persistente de que alguien había estado allí. ¿Jon? ¿O Brett? ¿O la figura de cera de un torturador medieval?

—Demasiado tiempo en las mazmorras —se dijo con suavidad. Pero la intranquilidad persistía.

Se levantó de la cama. El pestillo seguía echado. Había estado soñando; estaba sola. Temblando, volvió a acurrucarse entre las sábanas e intentó volver a conciliar el sueño. Pero la luna empezó a ponerse y pronto los rayos del sol se filtraron por la ventana. Volvió a incorporarse.

—¡Qué diablos! —gimió con sonoridad.

Así que se levantó, se duchó y fue la primera en bajar a tomar el café de las seis. Pero ni siquiera el café ni la luz del sol pudieron disipar la extraña sensación de que no había estado sola...

Alguien había entrado en su habitación cerrada con llave.

Sabrina tenía un dolor de cabeza punzante y estaba tan cansada y abatida que apenas podía mantener erguida la cabeza.

Así que, cómo no, la primera persona que entró en el comedor a desayunar fue Susan Sharp.

—¡Buenos días! Me alegro de verte ya levantada —dijo Susan con una alegría que era doblemente irritante—. ¿No te encanta este lugar? He dormido como un bebé.

—El castillo es hermoso —contestó Sabrina.

Susan acercó una silla a la de Sabrina y se sentó a la brillante mesa de roble.

—¿Puedes creer que Cassandra detestaba este lugar?

Sabrina se dijo que no quería chismorrear, pero con Susan tenía poca elección. Y, muy a su pesar, deseaba saber lo más posible sobre Cassandra Stuart.

—¿En serio?

Susan asintió con aire lúgubre, y echó sacarina a su café.

—Lo odiaba. Nunca entendí por qué Jon la aguantaba —se encogió de hombros—. La verdad, nunca entendí por qué se casó con ella.

—Bueno, era muy hermosa. E inteligente —se oyó Sabrina comentar. Susan arrugó la nariz.

—Sí, pero... Bueno, Jon también es imponente. Podría tener docenas de mujeres. Y las ha tenido. ¿Por qué casarse con ésa?

—Debía de quererla.

—Tal vez. Pero te digo una cosa: estaba decidido a divorciarse de ella cuando Cassie murió.

—¿Cómo lo sabes?

Susan vertió un poco de leche en su café.

—Porque estaba aquí, ¿recuerdas? No hacían más que reñir. A Jon siempre le ha encantado este lugar. No fue un niño rico, ¿sabes? Su familia heredó el castillo, pero estaba casi en ruinas y, cuando pasó a manos de Jon, era una carga. La familia de Cassandra nadaba en la abundancia, a ella nunca le faltó nada. Jon vive entregado a sus causas benéficas en favor de los niños, y estas Semanas del Misterio recaudan muchos fondos. A Cassandra no le gustaban los juegos y aborrecía a la mitad de los amigos de Jon. No podía ver a V.J. porque V.J. nunca le daba coba. Decía lo que le apetecía... ya la conoces. Cassie torturaba a Jon cada vez que celebraba estas Semanas. En mitad de cualquier actividad, cuando se suponía que ella era la anfitriona, Cassandra decidía de repente que estaba harta y, o le daba una pataleta o se iba sin más. Sé que Jon había decidido poner fin a su matrimonio cuando murió.

—Susan, puede que tuvieran problemas —dijo Sabrina—, pero ¿cómo puedes saber que su matrimonio había acabado?

—Porque conozco a Jon —dijo con satisfacción. Se recostó en la silla y se miró las manos de uñas largas con naturalidad—. Pero, claro, Jon no era el único que reñía con Cassandra. Anna Lee Zane y ella habían estado a la gresca toda la semana. Para empezar, Cassandra había hecho una crítica cáustica sobre el último libro de Anna en una cadena de televisión norteamericana. Y, por supuesto, Anna es bellísima, y Jon y ella hace mucho tiempo que son buenos amigos. Cassandra nunca entendió el concepto de la amistad, sobre todo entre un hombre y una mujer, aunque a ella le vayan los dos sexos. Claro que yo tampoco cultivo muchas amistades. Resulta difícil sentir agrado hacia un hombre y no desear acostarse con él.

Susan se encogió de hombros.

—Pero eso es aparte. Cassie también despellejó a Tom Heart en una crítica que podría haberle costado su participación en una antología que se publicó el año pasado. Y, por supuesto, también tenía miedo de que Jon estuviera acostándose con alguna de las invitadas y, al parecer, ella también tenía un amante. No sé si eso es cierto o no, ya que Cassie adoraba a Jon. Simplemente, no sabía cómo ser su esposa. Siempre estaba celosa y siempre lo hostigaba. Era como si quisiera hacerle saber en todo momento que los demás hombres la encontraban deseable, que era una conquista preciada que debía conservar. A Jon nunca le han agradado las amenazas. Pero, claro, Cassie amenazaba a todo el mundo... daba la impresión de que necesitaba poder echar algo en cara a todo ser humano que conocía.

—Y tú también discutiste con ella, por supuesto.

—Por supuesto —dijo Susan, sonriendo—. Ya he dicho que la odiaba. Era una arpía.

—¡Vamos! —exclamó Brett, que entraba en aquel momento en el comedor. Se sirvió un café y se sentó al otro lado de Sabrina—. ¿De verdad era Cassie tan mala? ¿No sería una incomprendida? Quizá no le resultara fácil estar casada con Jon Stuart y satisfacer todos sus caprichos. A ella le encantaban las ciudades, el glamour, el bullicio, y a él le agradaba enclaustrarse en el campo y sentir el viento en la cara.

—Eso no es cierto —dijo Susan, que salió en defensa de Jon—. También tiene casas en Londres, Nueva York y Los Ángeles.

—Pobrecito —murmuró Brett con sarcasmo.

—¡Y tanto que pobrecito! —anunció V.J., que entró en el comedor chasqueando la lengua. Alborotó el pelo de Brett—. ¡Como si tú fueras a sufrir penalidades económicas después de tu siguiente contrato!

Brett sonrió con timidez.

—De acuerdo, yo tampoco soy un pobrecito. Ahora mismo, estoy feliz. Y también voy a ser muy, muy rico. Deberías volver a casarte conmigo, Sabrina.

—Ni hablar.

—Entonces, acuéstate conmigo. Los hombres siempre compran mejores regalos a sus amantes. Y somos buenos juntos, ¿no?

Susan y V.J. la miraron fijamente.

—¡Brett! —exclamó, casi sin voz.

Brett hizo caso omiso de la protesta y volvió a mirar a Susan.

—Mírate. Ahora defiendes a Jon, pero en su día parecías convencida de que había matado a Cassandra.

—No seas tonto. Estaba fuera cuando ella cayó.

—Quizá hubiera pagado a alguien para que la asesinara —dijo Brett, y movió las cejas.

—¿No es de mala educación que estemos aquí sentados hablando de nuestro anfitrión como si fuese un asesino en potencia? —preguntó V.J.

—Pero ésta es la Semana del Misterio —dijo Brett.

Como si obedeciera a una seña, Camy Clark entró en el comedor con un fajo de sobres.

—Buenos días a todos.

—Todavía no estamos todos —dijo Susan con sarcasmo.

Sabrina frunció el ceño; se preguntaba por qué Susan

era tan antipática con la ayudante de Jon. Camy no interfería; era callada y solía mantenerse al margen.

—Bueno, todavía es pronto —dijo Camy—. Pero si les parece bien...

—¡Ah, tienes los sobres con nuestros personajes! —dijo Brett, y le dirigió una de sus sonrisas devastadoras. Camy se sonrojó y sonrió.

—Sí, los tengo. Recuerden, todos deben saber el personaje que les corresponde pero el de nadie más. Irán recibiendo más instrucciones a medida que transcurra el juego. El asesino sabrá, por supuesto, quién es y dónde encontrar las armas. Y recuerden, el asesino puede tener un cómplice. Si los matan, estarán muertos, pero serán fantasmas y podrán advertir a los demás de algún peligro inminente y ayudarlos a resolver el crimen.

—Me muero por recibir el sobre, querida —le dijo Susan, y enfatizó la palabra «muero».

Los demás rieron. Mientras Camy empezaba a distribuir los sobres, los demás empezaron a llegar: Anna Lee, atractiva y esbelta con unos pantalones de montar y una blusa sin espalda; Reggie con su inevitable vestido floreado; Tom Heart, alto y distinguido con una chaqueta de esmoquin y unos pantalones de franela; Thayer Newby con una camiseta y pantalones de vestir; Joe Johnston, informal con un polo y unos pantalones de pinzas; Joshua Valine con aspecto de artista con una camisa vaquera manchada de pintura y unos pantalones anchos; Dianne Dorsey con una falda hasta la pantorrilla y un top de punto sin mangas. Y Jon.

Jon también vestía un atuendo informal: una camisa vaquera azul oscura, con las mangas enrolladas, y unos vaqueros ajustados. Tenía el pelo húmedo, como si se acabara de duchar, y Sabrina no pudo evitar preguntarse si se habría quedado dormido... porque no había podido conciliar el sueño durante la noche y había vagado sin descanso por su castillo. Pero sólo porque ella no hubiera olvidado una alocada aventura de su juventud, no tenía razones para pensar que Jon podía seguir interesado en ella.

Sabrina se levantó para servirse más café. V.J. se acercó a ella y le ofreció su taza para que se la llenara.

—Ah, estabas observando a nuestro anfitrión —le susurró V.J., mientras Jon saludaba a Camy y a Joshua y escuchaba algunas de sus instrucciones de última hora.

—Es un hombre misterioso —dijo Sabrina con indiferencia.

—Y, cómo no, el interrogante sigue en pie. ¿Es un asesino? ¿Susan cree que lo es? Claro que Susan no consideraría la muerte de Cassie un asesinato. Para ella, si Jon mató a su esposa, fue un homicidio justificado —V.J. se encogió de hombros y tomó un sorbo de café—. Querida, para la mitad de los aquí reunidos, asesinar a Cassandra Stuart habría sido un servicio a la sociedad.

—¡Señoritas! —las regañó Reggie desde atrás—. No se debe hablar mal de los muertos.

—¿Aunque hayan hecho maldades? —susurró Joe Johnston al acercarse.

—Sabrina —dijo Camy, y empezó a atravesar la sala hacia ella. Se detuvo, se sonrojó y se enmendó—. Señorita Holloway.

—Sabrina, por favor.

Camy se sonrojó de nuevo.

—Tu sobre. Ahora mismo, sólo sabrán cuál es su personaje. Recibirán instrucciones más tarde.

—Estupendo, gracias.

—¿Tienes el mío, querida? —preguntó V.J.

Camy le dio a V.J. el suyo y, después, le entregó a Reggie el que le correspondía.

—¡Caray! —exclamó Reggie, y alzó la vista. Sonrió—.

Soy la Dama Carmesí, una bailarina de estriptis, que intenta o finge reformarse.

—Genial —gimió Thayer Newby, y flexionó los músculos—. Yo soy el afeminado bailarín JoJo Scuchi.

—¿JoJo Scuchi? —repitió Brett, y rió.

—Abre el tuyo —lo apremió Thayer.

Brett leyó la hoja que había dentro del sobre e hizo una mueca.

—Yo soy Malcolm, el mayordomo. ¡Numero dos en la lista de libros más vendidos del *New York Times* y me ponen de mayordomo! —gimió.

Sabrina leyó su hoja y se echó a reír.

—¿Y quién eres tú, querida? —inquirió Brett.

—La duquesa. Dirijo el coro de la iglesia —contestó.

—Qué apropiado. La mujer que huyó desnuda de su suite nupcial —dijo Susan, y miró fijamente a Brett—. Ninguno de los dos llegasteis a explicar lo ocurrido —le recordó con insolencia.

Sabrina llevaba escuchando indirectas sobre lo ocurrido durante lo que parecía una eternidad y, aun así, sintió enojo y se ruborizó, sobre todo cuando se dio cuenta de que Jon había estado escuchando. ¿Esperando una respuesta?

O tal vez no, porque fue él quien contestó a Susan.

—Quizá no piensen que te deben una explicación, Sue —le dijo.

Susan abrió la boca, la cerró deprisa y elevó la barbilla.

—Espera, Susan —dijo Joe Johnston, leyendo la hoja de Sabrina por encima de su hombro—. La duquesa dirige el coro durante el día... y un negocio de prostitución durante la noche.

—Bueno, es un trabajo sucio, pero alguien tiene que hacerlo —declaró Brett—. ¿Tiene el mayordomo algo que ver? —preguntó.

—El mayordomo siempre es el asesino —bromeó Reggie.
—Me refería al sexo —dijo Brett.
—¡Eso quisieras tú! —suspiró V.J.
—Sabes que siempre he querido hacerlo con una mujer madura —declaró Brett.
—¿Cómo de madura? —inquirió V.J. con acritud. Brett sonrió con inocencia.
—Como una pasa, querida. Ésa eres tú, ¿no?
—Muy gracioso, niño, muy gracioso —V.J. chasqueó la lengua.

Dianne Dorsey se echó a reír. Sabrina se inclinó hacia delante para mirarla. Como siempre, Dianne vestía de negro. Pantalones cortos negros, blusa negra con chorreras, calcetines negros y botas negras de paseo.

—No os vais a creer quién soy.
—¿Quién? —la apremió V.J.
—¡Mary, la Hare Krishna!

Todos se echaron a reír.

—Susan, ¿quién eres tú? —preguntó V.J.

Susan se estremeció y lanzó a Camy una mirada acusadora.

—Soy Carla, la prostituta con gonorrea —todos prorrumpieron en carcajadas, pero a Susan no le hacía gracia. Miró con enojo a Camy—. ¡Lo has hecho a propósito!

—¡Tranquilízate, Sue! —dijo Brett.
—Camy no ha escrito el guión y lo sabes. Contratamos a escritores de una agencia de juegos de ingenio —dijo Jon con impaciencia. Suspiró—. Créeme, el mío es peor.

—¿Por qué? ¿Quién eres? —preguntó Susan.
—Dick el Demente —dijo Jon con ironía—. Asesino en serie, supuestamente curado por su prima, Sally la Sádica, la psicóloga.

—¡Ésa soy yo! —exclamó Anna Lee.
—Y yo soy Nancy, la enfermera indecente, contratada

por Sally la Sádica para cuidar de ti. ¡Nancy la enfermera indecente! —repitió V.J., y se estremeció.

—¿Y te quejas? —dijo Joe Johnston, riendo—. Yo soy Tilly, el travestido, la madre de Dick el Demente.

—¡Hola, mamá! —dijo Jon, y todos se echaron a reír.

—¡Oh, no! —gimió Tom Heart, y miró a Joe.

—¿Qué pasa? —preguntó Joe.

—Soy el padre de Dick el Demente, o sea que tú eres mi mujer. ¡Aj!

—Bueno, nene, te tocará dormir en el sofá —le dijo Joe.

Mientras bromeaban, Jennie Albright, el ama de llaves, con la ayuda de dos doncellas más jóvenes, colocó las fuentes de comida sobre el aparador. Jon les dio las gracias y anunció:

—El desayuno está servido. Mientras comemos, Joshua os enseñará las armas con las que podréis ser «asesinados». Esperaremos a que todo el mundo esté sentado.

Entre conversaciones y bromas de buen gusto, se sirvieron la comida y ocuparon sus puestos alrededor de la mesa. Sabrina se alegró de que V.J. se sentara junto a ella, en lugar de Susan, y Brett lo hizo al otro lado. No había duda de que intentaba dar la impresión de que eran pareja.

Jon ocupó una silla hacia el extremo de la mesa, entre Anna Lee Zane y Thayer Newby. Anna le habló, y él bajó la cabeza, sonriendo. Sabrina no pudo evitar preguntarse si habría habido algo entre ellos, dado que se rumoreaba que tanto Jon como Cassandra habían estado manteniendo relaciones fuera del matrimonio durante la última Semana del Misterio. Aun así, gran parte de lo que se decía no eran más que especulaciones. La muerte de Cassandra era el único hecho verídico.

Joshua carraspeó y sonrió.

—Damas y caballeros, ésta es la situación. Dick el Demente acaba de volver a casa como presunto heredero de la fortuna familiar, debido a la muerte súbita y provocada de su hermano mayor, Darryl el Demente. Como es natural, como él será el más beneficiado, Dick el Demente es un claro sospechoso del asesinato de su hermano, pero vosotros sois los que debéis descubrir quién acabó con Darryl el Demente y por qué. Todos los personajes ocultan algún secreto, y al final saldrá a la luz que todos tenían motivos para matar a Darryl. El asesino, o asesinos, tienen miedo de lo que puedan saber los demás, así que los irán eliminando uno a uno. Contamos con varias armas, ya que el asesino seguirá matando hasta que lo atrapen o hasta que mueran todos los que se alojan en la casa.

–Adelante –dijo Joe–. ¿Cuáles son las armas?

–Bien, empezaremos por la pistola –dijo Joshua, y les enseñó el arma en cuestión–. Dispara pintura roja –fue levantando las demás armas de juguete mientras las describía–. Rifle, dispara pintura roja. Machete, con saquito de sangre incluido. Navaja, arco y flecha, jarrón, cuerda con lazo, veneno, que en realidad es una bebida de uva que deja la lengua morada durante veinticuatro horas y, por último, y no por eso menos contundente, un candelabro. Así que eso es todo, damas y caballeros. Dejaremos pistas por el castillo, y se os harán llegar instrucciones para vuestros personajes a medida que transcurra la semana. Os aviso a todos de que el primer asesinato tendrá lugar hoy mismo, así que andad con cuidado. Ah, y el que quiera, vivo o muerto, puede reunirse a las siete para el cóctel y a las ocho para la cena, y comentar el caso. ¿Alguien quiere más café? –preguntó con afabilidad.

–Sólo si tú bebes primero –contestó Anna Lee con ironía.

–Claro –dijo Joshua. Tomó la jarra de café del bufé, se sirvió una taza, tomó un sorbo y se acercó a donde Anna

Lee estaba sentada para servirle más. Se peinó hacia atrás su pelo rubio y se inclinó junto a ella con un brillo travieso en la mirada–. Hay que andarse con ojo.

–Yo también tomaré un poco más –dijo Jon, y empujó su taza hacia él–. Anoche me acosté tarde –le explicó.

–¡Muerte por envenenamiento! –exclamó V.J., y se estremeció–. Bueno, tenía intención de ponerme a dieta de todas formas. Puedo vivir sin comida, pero no sin café.

–No sin un buen gin-tonic –protestó Reggie.

–No sin cerveza –la corrigió Brett.

–Bueno, en lo que se refiere a café y a comida, o incluso a cócteles y a cerveza, podéis tomar lo que queráis –dijo Jon con ironía–. El juego no empieza hasta que no hayamos salido del comedor. Tendremos que subir a nuestras habitaciones y quedarnos allí durante una hora, mientras Camy y nuestro maestro escultor se aseguran de esconder debidamente las armas que acabáis de ver. Si alguien encuentra el arma con la que va a ser asesinado, puede utilizarla en contra de su agresor. Pero, por ahora, comed y bebed cuanto queráis.

–Entonces, pásame una tostada más –dijo V.J.

–Yo me serviré un poco más de tocino –dijo Joe.

–Tostada para mí también, V.J. –le dijo Sabrina.

Y, de repente, todos se sintieron hambrientos. Comieron como un grupo de leñadores a punto de iniciar una dura jornada. Finalmente, uno a uno, empezaron a retirarse a sus habitaciones. Sabrina, al ver que Brett se adelantaba, se quedó rezagada a propósito, y bajó los ojos para tomar un sorbo de café. Cuando volvió a levantar la cabeza, se sorprendió al advertir que Jon y ella eran los únicos que quedaban en la sala. Jon estaba sentado al otro lado de la mesa, mirándola.

–Me alegro mucho de volver a verte –le dijo con voz ronca, sin desviar la mirada de ella.

Para gran desconsuelo de Sabrina, el corazón empezó a palpitarle con fuerza.

—Gracias.

Jon se recostó en la silla. Sabrina tenía la impresión de que la taladraba con la mirada, y buscó rápidamente algo que decir.

—Dime, ¿eres el asesino?

—¿Te refieres al juego o a la vida real? —inquirió Jon arqueando una ceja. Ella se sonrojó.

—Al juego.

—Si lo fuera —contestó despacio—, no podría decírtelo. Al igual que tú no podrías decírmelo a mí. No sería justo —se inclinó hacia delante, con una sonrisa irónica en los labios—. Pero, ¿no quieres saber si lo soy en la vida real?

Sabrina se quedó mirándolo fijamente, sintiéndose como si el desayuno se le hubiera caído del estómago a los pies.

—Jon, no he venido a interrogarte ni a traerte recuerdos tristes.

—¿Por qué no? A eso han venido casi todos los demás, tanto amigos como enemigos. ¿No quieres saber la verdad? ¿O huiste de mí sólo porque lo nuestro te importaba un comino?

Sabrina no estaba dispuesta a responder a esa pregunta, así que lo miró fijamente y preguntó:

—Bueno, ¿mataste a Cassandra? ¡Qué pregunta! Si la hubieras matado, no podrías decírmelo, ¿verdad? No hay diferencia alguna entre el juego y la vida real.

—Claro que hay una diferencia. En lo que respecta al juego, no puedo decirte si soy o no el asesino. En cuanto a la vida real... No, de ninguna manera, so pena de sufrir todas las torturas que Dios o el diablo pudieran infligir, yo no maté a mi esposa. ¿Me crees?

—Sí.

Jon enarcó una ceja y se recostó de nuevo con cautela.
—¿Por qué? ¿Qué motivos tienes para creerme?
—Bueno, yo...
—¿Qué? ¿Me conoces? —preguntó, hostigándola ligeramente. Se encogió de hombros—. Me conoces —repitió en tono de burla.
—No te conozco de verdad —le espetó Sabrina con aspereza—. Pero no estabas junto a ella cuando cayó...
—Cuando la empujaron —declaró Jon con rotundidad.
Sabrina levantó las manos.
—¿Cómo lo sabes?
—Porque conocía muy bien a Cassandra. Se gustaba demasiado para suicidarse.

Sentado a la enorme mesa, con los ojos oscuros y sagaces, parecía un señor medieval, un poderoso amo de sus dominios. Pero había un rastro de amargura en su voz y, a pesar del tono áspero, Sabrina dedujo que había sufrido mucho desde la muerte de Cassandra. ¿La habría amado de verdad, a pesar de las peleas? ¿O habría habido una segunda mujer, una aventura que se había echado a perder de forma trágica? ¿Habría habido otro hombre, y Jon Stuart seguía albergando rencor hacia él?

Seguía mirándola, taladrándola con aquellos ojos oscuros veteados, buscando algo, sin revelar nada. Las arrugas en torno a sus ojos estaban más marcadas desde la última vez que lo había visto; había envejecido pero estaba más apuesto que nunca, y Sabrina sentía el poder que ejercía sobre ella.

¿Acaso era tonta? Aunque no hubiera empujado a Cassandra, podría haber sido el asesino. Muchas personas pensaban que habría sido un milagro que no fuera él quien la matara...

Seguía mirándola, esperando. Sabrina se encogió de hombros.

—Según tengo entendido, no hay nada claro. No puedes estar seguro de nada sólo porque la conocieras. Podría haber resbalado. Podría haber sido imprudente. Nadie sabe de verdad cómo es nadie, así que...

—Cassandra no se quitó la vida.

—Quizá sea eso lo que quieres creer.

—Quizá sea la verdad.

—Jon, tenía cáncer. Puede que sintiera que...

—Estaba siguiendo un tratamiento.

—Pero era una mujer, y las mujeres tenemos mucha vanidad. Quizá temiera perder el pelo, la belleza... o incluso perderte a ti.

Jon movió la cabeza con impaciencia.

—Sabía que tenía cáncer cuando nos casamos. Me lo dijo, así que era consciente de las dificultades que tendríamos que afrontar. No se mató. Y no era en absoluto torpe. No tropezó.

—Bueno, entonces, estás convencido de que alguien la mató.

—Sí.

—Pero ¿quién...?

Jon se inclinó hacia delante. Sabrina vio la vena que latía en su cuello y percibió su tensión.

—Alguien la mató —dijo con aspereza—, pero no fui yo. Y quien lo hiciera no es de tu incumbencia. No quiero involucrarte en esto.

—Pero...

—¿Por qué huiste de mí? —preguntó con brusquedad.

—¿Qué? Yo... yo...

—No balbucees. Y no me digas que fue hace mucho tiempo, o que no sabes de lo que estoy hablando.

Sabrina elevó las manos.

—Cassandra vino. Yo me fui.

—¿Por qué?

Sabrina lo miró con fijeza.
—Fue hace mucho tiempo, la verdad...
—¿Por qué? —la interrumpió con más ardor.
—Dijo que era tu prometida. Al parecer, lo era.
Jon movió la cabeza con fiereza.
—Habíamos roto. No estaba comprometido. Te lo dije.
Sabrina se encogió de hombros.
—Pero te casaste con ella.
—Después. Sí, me casé con ella. Era hermosa y tentadora y todo lo demás, y teníamos un pasado juntos. Y ella tenía miedo de afrontar sola su enfermedad, quería que estuviera a su lado y, sí, era una arpía y, sí, lo nuestro no estaba funcionando y pensaba pedir el divorcio.

Su voz estaba impregnada de un extraño enojo, como si estuviera revelando intimidades bajo coacción, como si las palabras brotaran de sus labios contra su voluntad. Entonces, su tono de voz cambió bruscamente y preguntó con ironía:

—¿Y qué me dices de ti? ¿Por qué saliste corriendo, desnuda, de tu suite nupcial de París?
—Eso fue hace mucho tiempo y, sinceramente...
—¿No es asunto mío? Tienes toda la razón, no lo es. Pero eso no significa que no quiera saberlo —sonrió un poco—. Cuando estés dispuesta a contármelo, claro.

Sabrina lo miró de hito en hito y se sorprendió al no sentirse ofendida. Quizá Jon hubiera hablado con arrogancia, pero, por la forma en que sonreía, comprendió de repente que entendía bastante bien lo ocurrido.

—¡Eh!
Camy Clark entró en jarras en el comedor principal.
—Se supone que debéis regresar a vuestras habitaciones... ¡Tú también, jefe! —dijo con firmeza.
—Está bien, está bien, ya nos vamos —la tranquilizó Jon.
Se puso en pie con un movimiento fluido y ágil y lo-

gró acercarse a Sabrina antes de que ella se hubiera levantado. Le retiró la silla. Su sutil fragancia era muy masculina... Olía a jabón y a un ápice de loción. Seguía siendo uno de los hombres más apuestos y sensuales que Sabrina había conocido, e incluso sin tocarlo, podía percibir su presencia detrás de ella. Se sintió tentada a darse la vuelta y a arrojarse en sus brazos.

Por supuesto, no lo hizo.

Se puso en pie, le dio las gracias y sonrió a Camy. Y, al salir del comedor, prácticamente, subió corriendo las escaleras. Sin embargo, cuando se acercaba a su puerta del segundo piso, volvió a sentir la presencia de Jon a su espalda. Sabía que estaba allí antes de oír su voz.

—Buena suerte, duquesa.

Sabrina giró en redondo. Como siempre, la mirada oscura de Jon era indescifrable.

—¿Buena suerte?

—Para atrapar al asesino.

—Ah, el juego.

—¿Qué si no? Pero claro, también está la vida real, ¿no? —preguntó en voz muy grave y, de repente, parecía estar muy cerca.

—¿Estás enfadado conmigo? —preguntó ella con nerviosismo.

—¿Tú qué crees? —le dijo. A continuación, abrió la puerta y la condujo al interior. Sin soltarle el brazo, salió con ella al balcón—. Mira a tu alrededor —le dijo—. Siente el viento. Muy pronto, será frío y brutal. Éste es un lugar riguroso, sobre todo con quienes lo desprecian. ¿Crees que el castillo mismo podría haberse vuelto en contra de Cassandra? Corrían rumores de que estaba encantado. Y ahora, también el fantasma de Cassandra se pasea por el castillo. Imagina cómo debió de sentirse, aquí fuera en el balcón, sintiendo la brisa... esta misma brisa. Contemplando el paisaje que tanto aborrecía. Este mismo paisaje. Debió de quedarse atónita al darse cuenta de que alguien quería asesinarla.

La sujetaba con fuerza del brazo, y Sabrina percibió el calor, la furia y la frustración que Jon irradiaba. Tenía el corazón desbocado y, durante un instante, tuvo miedo. No conocía a aquel hombre. Que hubiese dormido con él no significaba que ya no fuera un extraño.

Sin embargo, junto al temor que latía por sus venas, experimentaba un extraño calor, una excitación estática. Le gustaba sentir la mano de Jon, le gustaba que estuviera tan cerca. Quería que se quedara; sintió otra vez la tentación de arrojarse en sus brazos. Nunca había conocido a un hombre que pudiera desatar en ella un ansia sensual tan acuciante. Intentó convencerse de que era una estúpida, de que las mujeres que se enamoraban de hombres peligrosos eran tontas de remate.

Pero Jon no había matado a su esposa.

Aun así, quizá hubiera deseado su muerte.

Claro que muchas personas habían deseado que Cassandra muriera.

—Imagínate —repitió, tirando de Sabrina, inclinándola aún más sobre el antepecho—. Imagínate estar aquí, mirando, inclinándote, y de repente...

—¡Jon!

Se echó hacia atrás al oír que lo llamaban. Sabrina exhaló un largo suspiro y, después, se dio la vuelta hacia el umbral de su cuarto.

Camy estaba allí, sonriendo pero moviendo la cabeza con impaciencia.

—¡A este paso, no podremos empezar el juego!

—Lo siento —dijo Jon con fluidez. Después, sonrió a Sabrina—. Buena suerte encontrando al asesino. Puede ser una cuestión de...

—Vida o muerte —dijo ella en voz baja.

Para gran sorpresa suya, la agarró por los hombros y la besó en la frente. Después, entró en la habitación.

Durante un momento, Sabrina se quedó inmóvil. Después, se volvió hacia la puerta y vio que Camy seguía allí.

—¡Tenemos que empezar el juego! —dijo la joven con cierta impaciencia.

Y la puerta de Sabrina se cerró finalmente con un rotundo pero suave clic.

Jon recorría el pasillo hacia su habitación consciente de que Camy lo estaba observando, ansiosa porque llegara a su habitación y se recluyera en ella. Sonrió para sí. Joshua y ella se tomaban aquel juego muy en serio, razón por la cual les había pedido que lo coordinaran en lugar de participar, por supuesto. Porque, además de la diversión y de la publicidad que obtendrían los escritores, se trataba de una celebración benéfica y no quería que se armara ningún otro escándalo. ¿Y quiénes sino la esforzada Camy Clark y el cuidadoso y detallista Joshua Valine podían encargarse de que todo fuera como la seda?

Jon abrió la puerta de su habitación, se despidió de Camy con la mano, entró y corrió el pestillo. Una vez solo, miró fijamente la cama. ¿Por qué diablos se habría casado con Cassandra?

Entró en el cuarto de baño y se refrescó la cara con un poco de agua fría. Se miró y reparó en las pequeñas arrugas que bordeaban sus ojos. Cuando se casó con Cassie, era más joven, pero no más ingenuo. Cassandra era una manipuladora de primer grado, capaz de mostrarse agradable, razonable y cariñosa cuando le convenía. Pero lo que lo incitó a caer en la trampa entonces, y lo atormentaba en aquellos momentos, era que Cassie lo había amado de verdad. Sí, ella nunca había dado su brazo a torcer, siempre había querido salirse con la suya en todo. Pero lo había amado tanto como ella era capaz de amar.

Salió al balcón y clavó la mirada en la estatua de Poseidón mientras recordaba lo ocurrido. A pesar del tiempo transcurrido, sentía una gran aflicción. Pobre Cassie. Había amado tanto la vida...

No se había matado, de eso estaba seguro. Habían dictaminado que su muerte había sido accidental. ¿Podría haberse caído?

No. Recordaba cómo lo había llamado por su nombre... recordaba el cambio en su tono de voz. Y también cómo, al final, él le había fallado.

Jon sentía un repentino mal presagio sobre la Semana del Misterio que acababa de empezar. Había sido preso de una intranquilidad irracional cuando había estado con Sabrina, en la habitación, en el balcón.

Contempló la estatua de Poseidón que había abrazado a Cassie mientras moría. Había planeado atrapar a un asesino aquella semana. En ningún momento había pensado que, en el espacio de un solo día, estaría soñando con el futuro en lugar de intentar resolver el pasado.

Y eso le daba miedo.

El miedo debilitaba a un hombre, y no podía permitirse el lujo de ser débil.

Oyó un ruido y se dio la vuelta. Habían deslizado un sobre por debajo de la puerta. Lo recogió, lo abrió... y sintió un escalofrío.

La nota que acababa de recibir era una advertencia y no parte del juego.

La mujer irrumpió en su cuarto cuando él estaba sentado delante del escritorio, con la cabeza entre las manos. Se enderezó y la miró de hito en hito. Lo contemplaba con mirada maligna. Lo señaló con el dedo.

–Sé lo que pasó. Sé exactamente lo que ocurrió. Bueno, quizá no tenga pruebas concluyentes, pero todas las piezas encajan, y en cuanto cuente lo que sé, querido, podrás despedirte de tu maravilloso estilo de vida.

El hombre siguió mirándola, desconsolado, enmudecido. Después, se sobrepuso y permaneció sentado, impasible.

–Lo que creas saber no importa.

–¿Que no importa? ¡Vamos! Sé que en tu vida hay una pasión. Quizá una antigua pasión, eso no es fácil saberlo. Pero ¿no sueñas con el futuro?

–No te entiendo. ¿A qué has venido? Si sabes la verdad, o sospechas que sabes la verdad, ¿por qué no la has difundido?

La mujer amplió su sonrisa.

–Porque todo en la vida es negociable.

–¿Quieres chantajearme?

–¡Qué palabra tan fea! No, nada de chantajes. No pienso torturarte eternamente ni nada parecido. Pero reconozco que tengo un pequeño problema de liquidez en estos momentos, así que...

–¿Y qué pasa si tienes otro pequeño problema de liquidez en el futuro?

–Bueno, intento ser razonable. Raras veces estoy tan entrampada como ahora.

–Y no se trata de una cuestión moral, ¿no? Te importa un comino que Cassandra Stuart fuera asesinada.

—Por supuesto. Muchas personas se habrían sentido tentadas a empujarla por el balcón. No todos tuvieron la oportunidad de hacerlo. ¿A quién le importó que muriera una mujer horrible y perversa?

—A algunas personas, sí —repuso el hombre con enojo.

Ella se encogió de hombros con absoluta indiferencia.

—Yo no era una de ellas. Estoy haciendo un trato contigo, nada más. No temas, no me remorderá la conciencia.

—Dime cuánto quieres.

Se lo dijo. Él asintió. Ella sonrió y se fue. A fin de cuentas, se suponía que todo el mundo estaba en sus habitaciones.

Hacía tiempo que la mujer se había ido y él seguía con la mirada clavada en la puerta, abatido y desesperado. Tendría un «pequeño problema de liquidez» al menos una vez al año... así era ella. ¿Y si se arruinaba en su intento de taparle la boca?

Claro que no tenía elección.

O sí...

Una vez sola, Sabrina intentó desechar la desazón que se había apoderado de ella. Había saltado una fuerte chispa de atracción entre ella y Jon, pero tenía la sensación de que, al mismo tiempo, Jon intentaba prevenirla de que no se acercara a él.

Vagó de nuevo hacia el balcón. Durante un instante, fue incapaz de acercarse al antepecho. ¡Qué extraña se había sentido allí con Jon! Había experimentado un ligero temor. Pero Jon no la habría empujado; no tenía motivos para hacerlo.

¿Habría habido un motivo para matar a Cassandra? Era una pregunta tonta; al parecer, todo el mundo creía que lo había.

Sabrina recorrió con la vista la fachada del castillo hacia la habitación de Jon. Se preguntó si las cosas habrían sido distintas si no hubiera sido tan joven cuando lo conoció. No sólo joven, sino ingenua. Se le aceleró el pulso al reconocer por fin la razón de su presencia allí. Se mordió el labio. Seguía enamorada de él.

Pero eso era absurdo. Hacía años que no lo veía.

Y algunas personas seguían insinuando que había participado en la muerte de su esposa, fuesen cuales fuesen las conclusiones de la investigación.

Pero la lógica estaba siendo inútil. No creía ni por un momento que Jon hubiese asesinado a Cassandra. Aun así, ¿estaría siendo terriblemente ingenua otra vez?

Oyó un ruido y entró de nuevo en la estancia. Habían deslizado una nota con las primeras instrucciones para su personaje por debajo de la puerta. Rasgó el sobre y leyó atentamente las palabras.

Duquesa, al anochecer, baja a la capilla para practicar con el coro. Reúnete con una joven díscola y muéstrale el camino. Te adjuntamos indicaciones sobre cómo llegar.

Mientras estudiaba el pequeño plano dibujado bajo el párrafo impreso, Sabrina se estremeció y murmuró para sí:

—¡Genial! ¡La capilla está en el sótano, junto a la cámara de los horrores!

Alguien llamó a la puerta con los nudillos. Sabrina la abrió y encontró a Brett esperando sonriente. No podía decirse que entrara por la fuerza, pero se adentró en el dormitorio antes de que Sabrina pudiera impedírselo.

—Cuenta, ¿qué instrucciones te han dado? ¿Qué debes hacer, doña Alcahueta? —preguntó—. ¿Eres tú el asesino?

—No puedo decírtelo. Echaría a perder el juego y lo sabes.

—Deberías decírmelo —dijo con determinación. Se tumbó sobre la cama y entrelazó los dedos por debajo de la nuca—. Deberías confiar en mí y viceversa. Podríamos atrapar juntos al asesino y convertirnos en un matrimonio de detectives de verdad. Podríamos escribir historias juntos y hacernos increíblemente ricos y famosos.

—No estamos casados, Brett.

—Bueno, eso tiene fácil arreglo. Te estás resistiendo un poco, nada más.

—¿Porque me gustaría tener un marido monógamo?

—Yo puedo serlo.

—Brett, no lo creo, pero eso da igual. Ahora, levántate de mi cama.

—Ven a ayudarme.

Sabrina suspiró con irritación mientras él le tendía la mano con expresión suplicante. Se la dio con la intención de tirar de él.

En cambio, fue él quien tiró de ella y la hizo caer sobre la cama.

—¡Ya te tengo!

Lo dijo con un alborozo tan infantil que, mientras aterrizaba sobre su pecho, Sabrina no tuvo corazón para gritar o darle un puñetazo en la mandíbula.

—Brett McGraff, eres un... —empezó a protestar, entre risas, mientras intentaba incorporarse.

Pero no terminó la frase. En aquel preciso instante, se oyeron unos disparos. Brett la abrazó con ojos muy abiertos.

—¡Sabrina! ¿Qué ha pasado? —gritó V.J., mientras traspasaba el umbral—. ¡Vaya! —exclamó al verlos juntos sobre la cama—. Lo siento mucho. La puerta estaba abierta y...

—¡Qué delicia! —exclamó Susan Sharp—. ¡Qué delicia más diabólica!

De repente, parecía que se estaba celebrando una reunión en la habitación de Sabrina.

—¿Estáis todos vivos ahí dentro?

Sabrina se sonrojó al oír la voz grave y masculina con leve acento escocés. Jon Stuart apareció en el umbral, entre V.J. y Susan.

—Eh, ¿a quién han disparado? —preguntó una segunda voz masculina. Era Tom Heart, y asomó la cabeza por encima del hombro de V.J.

—Aquí, a nadie. Estamos bien —dijo Sabrina con irritación, mientras intentaba desasirse.

Brett la retuvo. Sonrió con picardía.

—Yo hacía tiempo que no estaba tan bien.

Sabrina apretó los dientes, consiguió soltarse y se puso en pie. Mientras se alisaba la ropa, buscó algún indicio de pintura roja en su indumentaria y en la de Brett.

—No, no nos han disparado —dijo con forzada alegría. Sin embargo, estaba colorada como un tomate.

—¿A quién si no? —preguntó V.J.

—Indaguemos un poco —sugirió Tom.

—¿Qué ha pasado? —en el pasillo, el corpulento y pelirrojo Thayer Newby se había puesto en jarras. Parecía el poli que años antes había patrullado las calles de Houston, Texas. Había hablado con aspereza, y parecía dispuesto a interrogarlos a todos.

Dianne Dorsey salió de su habitación. Dos puertas más allá, Anna Lee Zane hacía lo mismo. Joe Johnston salió detrás de Anna Lee.

—¡Vaya! ¡Esto sí que tiene gracia! —exclamó Susan.

—Sólo estábamos hablando —dijo Joe con indignación.

—¡Ah, entonces quizá sean esos dos los que andan conspirando! —dijo Susan, y señaló hacia el interior de la habitación de Sabrina.

—¿Conspirando para qué? —preguntó Sabrina—. Alguien

ha disparado una pistola, pero estamos todos vivos, y nadie lleva pintura roja.

—¡Maravillosa deducción! —exclamó Brett, y aplaudió—. Todos seguimos vivos.

—¿Qué ha pasado? —preguntó Joshua, mientras se acercaba por el pasillo. Al parecer, su habitación estaba en un extremo del ala, cerca de la habitación de Jon. Miró a su alrededor con el ceño fruncido—. ¿Dónde está Camy?

Acababa de hacer la pregunta cuando Camy apareció en el rellano de la escalera, procedente de la planta inferior. Consultó la hora en su reloj de pulsera y miró a los invitados congregados en el antiguo pasillo normando.

—Ya veo que va a haber que vigilarlos de cerca —anunció—. Todavía no es la hora y ya han salido de sus habitaciones.

—Hemos oído disparos. Intentábamos dilucidar a quién habían asesinado primero —le explicó Tom Heart.

Camy movió la cabeza.

—Me parece que se equivocan. No estaba previsto que se produjera ningún disparo.

—Pues los hemos oído —insistió V.J.

—¿No sería la explosión del motor de un coche? —sugirió Camy.

—¿Del coche de quién? Estamos todos aquí.

Camy sonrió y movió la cabeza.

—Recibimos correspondencia. No estamos en el quinto infierno, aunque lo parezca.

Se miraron unos a otros.

—Quizá no fueran disparos —dijo Dianne.

—No debían de serlo —comentó Tom Heart—. No nos han disparado a ninguno. A no ser que el asesino tenga una pésima puntería. ¿Alguien tiene la puerta o alguna pared manchada de rojo?

Todos lo negaron con la cabeza.

—Ha debido de ser otra cosa —insistió Camy.

—A mí me parecieron disparos —dijo Thayer Newby.

¡Y él debía saberlo!, pensó Sabrina. Había sido policía durante más de veinte años. ¿Quién sino él podía reconocer el ruido de un arma?

Pero la cuestión era que no habían disparado a nadie. Sabrina vio a Jon mirando fijamente a Camy, sin coincidir ni discrepar con ella. Tenía los brazos cruzados.

—Yo estaba trabajando —dijo Dianne.

—Y yo —comentó Anna Lee.

—¿Trabajando en qué, querida? —preguntó Susan, y miró a Joe, que había salido del cuarto de Anna Lee con una ceja levantada.

—Joe ha realizado un amplio estudio sobre autopsias con un experto en huesos. Me estaba dando algunas ideas magníficas.

—Ah —dijo Susan con malicia. Su voz estaba cargada de duda.

—No olviden que en el sótano tenemos una bolera y una piscina climatizada, justo a continuación de las mazmorras —les recordó Camy—. Para aquellos que no estén trabajando —añadió con inocencia.

—Hace años que no juego a los bolos —dijo Sabrina mirando a V.J., que solía apuntarse a un bombardeo. Así podría bajar al sótano y averiguar el lugar exacto en el que estaba la capilla antes de tener que bajar sola, al anochecer, para interpretar su papel en el juego de misterio.

—¡Estupendo! Siempre hace falta que una persona tome la iniciativa —dijo Camy.

—Si Brett y tú no estáis trabajando... —dijo Susan con voz sugerente.

—No, no estamos trabajando —le aseguró Sabrina con la mayor serenidad posible.

Jon enarcó una ceja, murmuró que debía hacer algunas llamadas y se alejó sin hacer ningún otro comentario.

—A mí tampoco me importaría darme un chapuzón en la piscina —dijo V.J.—. ¿Por qué no nos ponemos el bañador, jugamos una partida a los bolos y luego nos relajamos en la piscina?

—Buena idea —dijo Sabrina. Se dio la vuelta para prepararse y frunció el ceño. Brett seguía en su habitación.

—Iré con vosotras —dijo en tono alegre.

—Todos podemos hacer uso de las instalaciones —dijo Sabrina—, pero tendrás que ponerte el bañador, que sin duda estará en tu habitación.

Brett alargó el brazo y le pellizcó la mejilla.

—Brett...

—Es verdad que me quieres —le dijo él. Pero se alejó por fin por el pasillo. Y Sabrina cerró la puerta y corrió el pestillo.

La habitación de Camy estaba cerca de la majestuosa escalera de piedra que conducía al vestíbulo, la biblioteca y el comedor principal del primer piso. Los escritores habían desalojado el pasillo cuando Jon salió de su cuarto en dirección al de su ayudante, pero Joshua lo detuvo llamándolo desde el umbral de su dormitorio, que estaba muy próximo al de Jon.

—Jon, ven aquí. Deberías ver esto.

Cuando Jon entró en el cuarto de Joshua, el escultor señaló el voluminoso aparato de televisión. La mujer del tiempo de una cadena de televisión local señalaba distintos puntos del mapa del norte de Inglaterra y de Escocia. Jon guardó silencio mientras la meteoróloga explicaba, sonriente, cómo se acercaba una ventisca procedente del

Atlántico Norte. Ya había cubierto de nieve y hielo el extremo norte de la isla y avanzaba hacia el sur.

—¿Qué te parece? —dijo Joshua.

—Yo diría que va a nevar —respondió Jon—. El servicio es maravilloso, creo que nunca nos hemos quedado sin existencias. Pero hablaré con el ama de llaves y me aseguraré de que haga acopio de provisiones, por si acaso nos quedamos aislados por la nieve.

—Buena idea. Pensé que querrías saberlo —dijo Joshua.

—Sí, gracias —contestó Jon. Vaciló—. Josh, Camy y tú sois los encargados de transcribir y repartir las pistas y las instrucciones del juego, ¿verdad?

—Sí, ¿por qué?

—¿Me metiste tú el sobre por debajo de la puerta?

Joshua lo negó con la cabeza, un poco nervioso.

—No. Era Camy la que iba a repartir hoy las instrucciones. ¿Por qué? ¿Hay algún problema?

Jon le enseñó a Joshua el mensaje que había recibido. El escultor palideció y movió la cabeza.

—Alguien está jugando sucio —dijo con enojo.

—Eso parece.

—¿Crees que corres peligro?

—No —respondió Jon.

—Pero...

—Olvídalo. Siento haberte importunado con esto.

—¡Que lo sientes! —dijo Joshua con indignación—. ¡Hay que averiguar quién ha...!

—Josh, déjamelo a mí. Eh, eres un artista, amigo mío, que hace las veces de director de juegos por el bien de mis causas benéficas. Esto no te concierne. Gracias por el pronóstico del tiempo. Iré a preguntarle a Camy.

Dejó a Josh y recorrió el pasillo para golpear con los nudillos la puerta de Camy.

—¡Adelante!

Abrió la puerta, se acercó a donde Camy estaba sentada, detrás de su escritorio, y arrojó la nota sobre la mesa.

—No tiene gracia, Camy. ¿Se puede saber qué te ha impulsado a hacer algo así?

—¿El qué? —inquirió la joven con indignación. Frunció el ceño, tomó la nota y empezó a leer. Jon contempló cómo palidecía de manera alarmante.

—Joshua me ha dicho que has sido tú la que has escrito las notas y las has metido por debajo de las puertas.

—Sí, he sido yo, pero yo no he escrito esto, Jon. De verdad. Te lo juro por lo que más quieras. ¿Cómo has podido pensar que yo te haría una cosa así?

—¿Las demás notas se parecen a ésta? —preguntó con aspereza.

—Sí, pero...

—¿Quién tiene acceso a tu despacho? Esta hoja tiene el membrete del castillo.

—Bueno, imagino que cualquiera podría haberse colado aquí. Y hay más papeles como éstos en el escritorio de la biblioteca. Creo que incluso en las habitaciones de invitados. Jon, no puedo demostrarte nada pero, de verdad, he visto lo mucho que has sufrido por lo ocurrido, no creerás que yo... —la impotencia le impidió terminar la frase.

Jon relajó un poco los hombros mientras contemplaba a Camy. Estaba tan angustiada...

—No, no creo que seas capaz de tanta crueldad, Camy. Lo siento. Pero alguien metió la nota por debajo de mi puerta.

Camy lo negó con la cabeza.

—Eso no es lo que yo te envié. Tu nota decía: «Estás demente pero no descerebrado. Estate alerta y aguza el oído. Como eres Dick el Demente, eres el principal sospechoso». Eso es lo que te metí por debajo de la puerta.

—¿Viste a alguien más en el pasillo? —le preguntó.

Camy movió la cabeza con firmeza y Jon empezó a sentirse culpable; los ojos de Camy estaban llenos de lágrimas.

—No vi a nadie —le dijo—. Bajé para cerciorarme de que estaba todo previsto para la cena y encendí las luces del sótano. Cuando subí, todo el mundo estaba en el pasillo.

—Bueno —murmuró Jon—. Por lo que se ve, alguien piensa que no he sufrido bastante por la muerte de Cassie. Me gustaría saber quién ha escrito esto —le dijo, y volvió a guardarse la nota en el bolsillo.

—Algunos de tus amigos son un poco excéntricos —sugirió débilmente.

—Algunos son un poco extravagantes —corroboró, sonriendo—. Bueno, mantén los ojos abiertos —y se volvió para irse.

—Jon —lo llamó Camy con vacilación. Jon se detuvo y se dio la vuelta. Ella carraspeó—. Creo... Creo que Cassie estaba teniendo una aventura. Te quería, tanto como Cassie era capaz de querer, pero creo que estaba convencida de que estabas perdiendo interés por ella, que tenías una amante. Y creo que ella también. Bueno, conociendo a Cassie, igual tenía más de uno.

Jon enarcó una ceja.

—¿Y?

—Bueno, si Cassie tenía un amante, quizá te culpe a ti por lo ocurrido.

—¿Algo más? —preguntó, mientras ella seguía mirando en actitud suplicante.

—Bueno, si tú también tenías una amante, quizá ella esté furiosa porque no hayas llevado adelante lo vuestro, ahora que Cassie ya no se interpone entre vosotros. ¿Es cierto? ¿Tenías... una amante? —se aventuró a preguntar.

Jon cruzó los brazos e hizo una pequeña mueca.

—Camy, no voy por ahí hablando de mi vida privada, nunca lo he hecho. Así que si hubiera estado con otra persona, te garantizo que muy pocas personas lo habrían sabido.

—Quizá eso sirva para determinar quién ha escrito esa nota.

—Quizá. Sólo que yo no he dicho que tuviera una amante.

—Tampoco lo has desmentido.

Jon se echó a reír.

—Olvídalo, Camy. Algunos de mis amigos son extravagantes. Dejémoslo así.

Salió de la habitación en la que Camy tenía su dormitorio y su despacho y echó a andar por el pasillo. Al advertir una irregularidad en la pared lisa de piedra, se paró en seco. Alargó el brazo y la tocó, atónito. Deslizó los dedos por la lechada.

—Dios bendito...

7

Los sótanos eran un lugar formidable.

En realidad, todo el castillo era formidable, pensó Sabrina. Una combinación intachable de antigüedad y modernidad. Del vestíbulo principal partía una escalera en curva que descendía a otro pequeño recibidor. A la izquierda estaban las puertas que comunicaban con la cámara de los horrores, la capilla y la cripta, y a la derecha, las que conducían a la zona de recreo.

Sabrina estaba junto a V.J. contemplando el agua centelleante de la piscina climatizada. Había tumbonas dispuestas alrededor y, al fondo, un bar sacado de un local de Glasgow de principios de siglo. El bar estaba modernizado y contaba con una pila, una nevera, una máquina de café y un microondas. El equipo ultramoderno de música y televisión instalado detrás de la barra armonizaba de forma artística con los antiguos cristales emplomados.

—Esto es vida —comentó V.J. con un suave suspiro—. Me encanta que Jon me invite a venir aquí. Es una lástima que ocurriera algo tan terrible la última vez. Me alegro de que por fin haya decidido regresar al mundo de los vivos... ¡Imagínate, una piscina en las antiguas mazmorras de un castillo!

Sabrina también estaba asombrada. El castillo tenía múltiples facetas. Encerraba tanta historia entre sus muros que a veces era posible recorrer sus pasillos e imaginar el paso de los siglos. Sin embargo, en aquel antiguo edificio no olía a humedad ni había corrientes de aire.

—Debe de costar una fortuna mantener un lugar como éste —dijo V.J. en un susurro, como si alguien pudiera oírla.

—Sin duda. Pero Jon debe de ganar mucho dinero con sus novelas, ¿no crees? —repuso Sabrina.

—Bueno, sí, está siempre a la cabeza de las listas de libros más vendidos. Y tengo entendido que también es un hábil hombre de negocios. Ha invertido en la Bolsa con mucha astucia; fue uno de los primeros en comprar acciones de las principales compañías informáticas y de Internet. No me entra en la cabeza que Cassie no fuera feliz con él.

Sabrina miró a su alrededor, consciente de que los demás, Brett el primero, bajarían muy pronto a relajarse y divertirse. Pero, de momento, estaba a solas con V.J. Dos mesas de billar y una de ping-pong separaban la zona de la piscina de los bolos y había varias sillas y cómodos confidentes en torno a una estufa de leña. Todo parecía tan inocente, tan divertido... Aun así, Sabrina se preguntó si, a pesar del aire moderno de aquella parte de las mazmorras, se sentiría tranquila en las profundidades del castillo si V.J. no estuviera con ella.

—Pensaba que Cassandra quería a Jon —contestó por fin—. Creía que formaban uno de esos apasionados matrimonios de artistas, que estaban muy enamorados aunque reñían entre sí.

V.J. se encogió de hombros.

—Demasiados misterios por resolver en una misma semana —dijo con alegría—. Dejemos los bolos para otro momento, ¿quieres? Prefiero meterme en la piscina.

Se quitó el albornoz y se dirigió al extremo más profundo. Todavía hermosa con unas piernas largas y torneadas y una figura esbelta y bronceada, se zambulló con elegancia y emergió en el extremo opuesto.

—El agua está deliciosa —le dijo a Sabrina.

—¡Mira eso! —exclamó Sabrina. La televisión estaba encendida y, aunque tenía bajo el volumen, aparecían imágenes de distintos puntos del país cubiertos por la nieve. V.J. nadó hasta el borde de la piscina y apoyó los brazos en los azulejos para contemplar las imágenes.

—¿Puedes creerlo? Toda esa nieve ahí fuera y aquí estoy yo, nadando a veintiséis grados en esta lujosa piscina. Sí, nuestro anfitrión sabe lo que se hace.

Se apartó del borde y siguió haciendo largos. Sabrina se quitó el albornoz y se zambulló en el agua. Ella también hizo largos durante un rato, hasta que por fin se detuvo a descansar.

V.J. se acercó a ella para retomar la conversación.

—Cassie no podría haber sido feliz con Jon. En cuanto abría la boca para saludar a una mujer, se ponía celosa y sospechaba de él. Detestaba este lugar, lo aborrecía profundamente, y siempre ideaba una excusa para intentar convencerlo de que se fuera. Antes de morir...

V.J. dejó la frase en el aire y Sabrina sintió deseos de gritar de frustración.

—¿Antes de morir...? —la apremió.

V.J. se encogió de hombros y se peinó hacia atrás el pelo húmedo.

—Tuvieron una horrible discusión durante el desayuno. Era el tercer o cuarto día de la semana, creo recordar. A mí ya me habían liquidado, entre otros, y lo estábamos pasando en grande. Susan estaba insoportable, como siempre, pero también se divertía. Creo que hasta disfrutaba peleándose con Cassie. Y ya lo creo que peleaban. ¡Armaban cada una! –rió V.J. al recordar.

–¿Pero qué pasaba con Cassie y Jon? –insistió Sabrina.

–Bueno –prosiguió V.J.–, Cassie estaba haciendo lo posible por disgustar a Jon. Se vestía con ropa provocativa y se insinuaba a todo el que llevara pantalones. Pero creo que el problema era, en parte, que ya no conseguía enfurecer a Jon –se quedó pensativa durante un momento–. Cuando se casaron, Cassie fingía ser amable y dulce, la esposa ideal. Pero tenía un lado perverso y, cuanto más evidente lo hacía, más interés perdía en ella Jon. Recuerdo una ocasión en la que Cassie intentó darle un puñetazo en la mandíbula y él se limitó a parar el golpe, a mirarla y a salir de la habitación. Ya no peleaba. Sospecho que hacía tiempo que se había desenamorado.

–Tal vez –dijo Sabrina–. Pero, ¿cómo puede saber nadie lo que siente otra persona?

V.J. la miró con una ceja levantada.

–Sabrina, el amor se refleja en los ojos de una persona. Y, créeme, había desaparecido de los de Jon.

–¡V.J.! Nunca pensé que, en el fondo, eras una romántica –bromeó Sabrina. V.J. se encogió de hombros.

–Nunca se puede saber cómo es la gente, ¿no?

–Discrepo –exclamó Brett, que entró en la sala vestido con un bañador, un albornoz y unas sandalias. Se quitó el albornoz y adoptó la pose de un atleta–. Todo el mundo sabe que soy un romántico incurable –anunció–. ¿Verdad, V.J.? Díselo a mi esposa, ¿quieres? Y de paso, recuérdale que estoy en plena forma, por favor.

V.J. miró primero a Sabrina, después a Brett.

–Lo siento, pero tu ex esposa ya debe de estar familiarizada con tu excelente forma física, Brett. Sé bueno, querido, y prepárame un vodka con soda con mucha lima. Quizá se me ocurra algo bueno que decir sobre ti.

—Que sean dos —dijo Thayer Newby al entrar en el recinto.

No se había molestado en cubrirse; había bajado directamente en vaqueros cortos. Sabrina reparó en que el ex policía era todo músculo. Con el cuello de toro, los hombros anchos y tan corpulento, parecía un Increíble Hulk pelirrojo. Se acomodó en una tumbona y sonrió.

—Ahora lo único que nos falta es un rayo de sol.

—No hay sol en los sótanos —dijo Brett—, pero hay una sauna detrás del bar, junto a los servicios.

—Probaré la sauna... si me entran ganas de levantarme de aquí —dijo Thayer. Miró hacia el umbral justo cuando Anna Lee Zane hacía acto de presencia. No necesitaba tomar el sol, tenía un bronceado perfecto. Llevaba un caftán blanco de gasa sobre un biquini también blanco, y estaba imponente.

Entró seguida de Dianne Dorsey, que llevaba una bata negra calada sobre un llamativo bañador negro.

—Podríamos pasarnos el día en las tumbonas, imaginándonos en un extraño paraíso —dijo Dianne, mientras ocupaba el asiento contiguo al de Thayer—. Brett, célebre escritor, ¿te importaría ponerme a mí también una copa?

—Yo quiero vodka con tónica —le dijo Anna Lee.

—Eh —protestó Brett—. ¿Acaso parezco...?

—Malcolm, el mayordomo —le recordó Jon Stuart, que entraba por la puerta en aquel preciso instante. Estaba sonriendo, pero a la extraña luz de los sótanos, reflejada por el agua de la piscina, parecía tenso y preocupado—. Pero —añadió—, ¿qué sé yo, si soy Dick el Demente? ¿Verdad, Sabrina? —inquirió.

Ni siquiera se había percatado de que había reparado en ella, pero la estaba mirando fijamente y la expresión de sus ojos la intranquilizó. Después, se sobresaltó al oír un fuerte estrépito en la sala de recreo. Jon ni siquiera se inmutó; no dejó de mirarla.

—¡*Strike!* —exclamó Reggie con alegría. Y Sabrina advirtió entonces que Tom Heart y Joe Johnston habían llegado y habían optado por los bolos en lugar de por la piscina.

—Dime, Sabrina —dijo Jon—. ¿Te fías de que te prepare una copa?

«He ahí un hombre en extraordinaria forma física», pensó Sabrina. Tenía los hombros anchos y musculosos, la cintura estrecha y las piernas largas y moldeadas. Sabrina no podía apartar la vista de él ni dejar de recordar...

Hizo un esfuerzo por mirarlo a los ojos, decidida a rechazar su ofrecimiento. Era demasiado pronto para beber.

—Un gin-tonic —dijo con voz débil. Pero él conocía sus gustos y ya había echado a andar hacia el bar.

Sabrina nadó hasta el borde opuesto de la piscina para salir por la parte menos honda. Tom Heart había dejado de jugar a los bolos y le estaba ofreciendo una toalla mientras ella subía la escalerilla. V.J. salió detrás de ella y Tom, con sus cabellos plateados y su porte elegante, le puso otra toalla sobre los hombros. Sabrina se envolvió en la suya mientras se dirigía al bar. Dianne, Thayer y Anna Lee ya habían tomado asiento junto a la barra y reían mientras Brett y Jon discutían sobre la manera correcta de preparar un Martini.

—Hay que removerlo, no agitarlo —dijo Jon.

—Vamos, eso no son más que sandeces de los británicos —protestó Brett—. Se hace así —declaró, y agitó el suyo—. El hielo se derrite suavemente y enfría el alcohol en su justa medida.

—Hablando de frío —dijo Jon, y se dirigió a todos ellos—. Me temo que se avecina una ventisca bastante desagradable. He pensado que podríamos cancelar esta Semana del Misterio y trasladarnos a Stirling para...

—¿Qué? —lo interrumpió Tom—. ¿Cancelar la fiesta a estas alturas?

—La borrasca se acerca a gran velocidad —dijo Jon—. Me gustaría...

—Yo no pienso irme —declaró V.J.—. Jon, querido, hemos venido desde California. No me voy a arredrar por una nevada o dos.

—Yo tampoco me voy, viejo amigo —dijo Thayer con firmeza—. Todavía no gano tanto como tú; quizá no lo haga nunca. Éstas son mis vacaciones con los ricos y famosos.

—¿Y qué si nos quedamos aislados por la nieve? —dijo Anna Lee.

—Es que tengo un mal presentimiento... —vaciló Jon.

—Jon —dijo Reggie, mientras se acercaba a ellos, con la voz impregnada de compasión maternal—. Pensaba que ya habías superado lo que ocurrió la última vez. Hemos venido a divertirnos y por una buena causa, así que no pensamos irnos a ninguna parte.

—Cassie se cayó —dijo Dianne Dorsey con firmeza—. No fue más que un accidente; eso es lo que dijo el forense.

—Así es, Jon —añadió Anna Lee con mordacidad.

Las dos se opusieron a él con tanta pasión, pensó Sabrina, que no pudo evitar pensar que cualquiera de ellas podría haber tenido una aventura con él e incluso haber detestado a Cassandra.

Jon movió la cabeza.

—Gracias, pero no son sólo los recuerdos tristes lo que me preocupa. Ni siquiera la nieve. ¿Os acordáis de los disparos que oímos esta mañana? —todos asintieron o dijeron que sí a coro—. Encontré una bala incrustada entre las piedras de la pared del pasillo.

—¿Qué? —inquirió Thayer.

—Bueno, Jon, este lugar es muy antiguo, mucho más viejo incluso que yo —exclamó Reggie—. Tal vez...

—No era una bala vieja, Reggie, sino nueva —le dijo Jon.

Tom Heart movió la cabeza con perplejidad.

—Entonces, es parte del juego.

—No era parte del juego. Es una bala de verdad —dijo Jon con cierta impaciencia.

—¿Quieres hacer más interesante el misterio, Jon? —preguntó Joe, mientras se mesaba la barba con una sonrisa sagaz.

—Se le da bien —corroboró V.J.—. Jon, ¿no te has planteado nunca ser actor?

—Damas y caballeros, se trata de una bala de verdad, que ha sido disparada en el pasillo, y alguien podría haber resultado herido. Incluso muerto —dijo con solemnidad.

—Está bien —protestó Joe—. Quizá uno de nosotros sea un capullo y haya conseguido colar el arma en el avión para protegerse en un país extranjero. Dios sabe que todos somos un poco raros. Pero no me parece bien que suspendamos la Semana del Misterio porque un idiota haya disparado un arma por equivocación —Joe hablaba como el detective privado práctico y hastiado de la vida de sus novelas.

—Está bien, entonces, ¿quién disparó el arma? —preguntó Jon, y los miró de uno a uno a los ojos.

Nadie confesó.

—¿Y bien? —dijo con suavidad.

—Alguien intenta intensificar el misterio. Nadie resultó herido —señaló Joe.

—Hay una bala en la pared —repitió Jon con rotundidad.

—¿Estás completamente seguro de que no estaba antes allí? —preguntó Thayer Newby.

—Estoy familiarizado con las armas de fuego y las municiones —dijo Jon.

—Le echaré un vistazo —dijo Thayer—. Pero a mí también me parece que uno de nosotros está intentando hacer más interesante la Semana del Misterio.

—Por favor, Jon —dijo Dianne en voz baja—. Nos encanta estar aquí. No te vuelvas paranoico por lo que ocurrió la última vez. Cassie no se suicidó. Era muy hermosa pero quizá un poco torpe. Se cayó, Jon. Se cayó, lo has pasado fatal y punto. Pasó hace mucho tiempo, lo estamos pasando en grande y nos enfadaremos mucho contigo si nos obligas a irnos ahora.

—Exacto —dijo Anna Lee con determinación.

—Es que estoy muy preocupado por todos vosotros y... —empezó a decir Jon.

—¡Jon Stuart, no pensarás echar a una anciana a la calle! —dijo Reggie con indignación.

Jon aceptó la derrota. Sabrina vio cómo cambiaba su expresión mientras miraba a la anciana escritora. Le tomó la mano y la besó.

—Jamás, ni en un millón de años, se me ocurriría echarte a la calle, Regina.

—Tú lo has dicho, jovencito —declaró, y se inclinó sobre la barra para darle un beso en la mejilla.

Jon dejó la copa que había estado preparando.

—Muy bien, damas y caballeros, dejémoslo así. Si ocurre algún otro incidente, o si el mal tiempo presenta algún grave riesgo, suspenderemos la semana —se sirvió dos dedos de bourbon y levantó la copa.

Anna Lee sonrió.

—¡Qué bien! —exclamó, y ella también se inclinó sobre

la barra para plantarle un beso, no en la mejilla sino en los labios. Brett silbó al verlo.

—Bueno —declaró—. No sabéis cuánto me alegro de que la fiesta siga adelante, pero lo siento, Jon, yo no pienso besarte.

—¡Te tumbaría si lo hicieras! —le advirtió Jon, y todo el grupo rió.

—A mí no me tumbarás, ¿verdad? —preguntó Dianne Dorsey con dulzura—. Ahora me toca a mí —dijo, y se inclinó sobre la barra para besarlo también en los labios.

—Señoritas, yo también estoy haciendo de barman —comentó Brett—. ¡No os peleéis todas por besarme!

—Tonto, los tuyos deben de ser los labios más besados de toda la historia —dijo V.J.

—No seamos desagradables —dijo Anna Lee, y lo besó prolongando un poco el contacto.

—Mucho mejor. Hay que compartir —le dijo Brett a Jon. Éste se encogió de hombros.

—Bueno, la casa es mía.

—¡Casa! —exclamó Susan—. Llama casa a esto.

Sin saber por qué, Sabrina, que no quería ser una aguafiestas, sintió la necesidad de alejarse del grupo y de las bromas.

Y de los labios tan besados.

Se sentía como una intrusa. Los demás se conocían mucho mejor y desde hacía mucho más tiempo. Todos ellos habían estado allí cuando Cassandra murió. Sabrina sentía la necesidad de apartarse de ellos, de retomar el contacto con la realidad.

Jon le había preparado la copa; la había dejado sobre la barra. Pero Sabrina recogió su toalla y salió sigilosamente de la sala de recreo. Subió las escaleras y se dirigió a su habitación.

Una vez allí, se duchó, se lavó el pelo, se envolvió en

una toalla y se acurrucó sobre la cama. Cerró los ojos... y, de repente, tuvo la incómoda sensación de que había alguien detrás de ella. Giró en redondo sobre la cama.

Estaba sola en la habitación, pero las puertas del balcón estaban abiertas. Se afianzó la toalla y se apresuró a asomarse.

No había nadie.

Pero podía ver a Jon Stuart en su balcón. Durante un momento, sintió alivio al verlo. Él también había dejado el grupo y se había refugiado en su habitación. De acuerdo, quizá se hubiera puesto celosa. O quizá se había sentido dolida al comprender que Jon había tenido muchas amantes en la vida y que ella sólo había sido una de tantas. Después de todo, se rumoreaba que había estado viendo a otra mujer cuando Cassandra murió y, en ese caso, debía de ser con alguien que se encontraba en el castillo en aquellos momentos.

Sólo de pensarlo sentía un fuerte dolor, como una puñalada en la boca del estómago. Lo miró y se preguntó en qué estaría pensando él.

Entonces, recordó que estaba en el balcón envuelta únicamente en una toalla. Quizá Jon no la hubiera visto.

Pero Jon levantó una mano a modo de silencioso saludo. Ella se lo devolvió y retrocedió deprisa, ansiosa por vestirse.

Al menos, se dijo, si Jon estaba en el balcón no podía haber estado en su dormitorio. Nadie había estado allí. Sí, las puertas del balcón estaban abiertas, pero no había encontrado a nadie fuera y, a pesar de que el castillo estaba repleto de celebridades, dudaba que hubiera entre ellos ningún superhéroe que pudiera haber salido volando.

Aunque no había duda de que estaban pasando cosas muy extrañas...

«¡Basta!», se dijo. «Vístete y prepárate para participar en la Semana del Misterio».

Oscurecía tan pronto que ya era casi de noche. Había llegado el momento de bajar a la capilla.

A ella le encantaba la cámara de los horrores. Era magnífica.

Las figuras eran tan truculentas, el miedo y el terror tan reales... Y allí, en las antiguas mazmorras, con la luz tenue, se sentía como en un mundo secreto en el que famosos asesinos volvían a la vida. Casi podían oírse los gritos callados pero elocuentes de las víctimas. Mientras caminaba con pasos suaves entre los magníficos retablos, experimentaba una grata sensación de poder.

Nadie lo sabía.

—¡Aquí!

Giró en redondo al oír el susurro, temblando con un miedo agradable. Durante un segundo, sólo una décima de segundo, creyó que una de las figuras de cera había vuelto a la vida, que Jack el Destripador merodeaba por las mazmorras o que un verdugo la seguía.

La pálida luz púrpura era tan espeluznante, las figuras tan reales... Oía el martilleo de su propio corazón. Alguien se movía, furtivo, en la oscuridad... ¿La estarían siguiendo?

Entonces, oyó cómo pronunciaban su nombre, y un delicioso escalofrío le recorrió la espalda. Era él. Había ido.

Lo vio y echó a correr hacia él. Tenía una expresión de aflicción en el rostro.

—¡Lo sabe! —exclamó—. Lo sabe y la muy zorra pretende chantajearnos. Dios, no sé qué hacer. No...

Ella lo rodeó con los brazos para callarlo, para calmarlo.

—Ahora dime de quién estás hablando y qué ha ocurrido exactamente.

Eso hizo y, mientras hablaba, temblaba. Tenía miedo. Miedo por el futuro, miedo por ella. Jamás había amado a nadie como a ella.
–Dios, no podría soportar que... –empezó a decir él.
–¡Calla, mi amor! No ocurrirá nada malo.
–¡Pero no sé qué hacer!
Ella sonrió y movió la cabeza.
–Yo sí –dijo con suavidad–. No te preocupes –lo estrechó y miró a su alrededor, a las figuras. Verdugos encapuchados, asesinos enmascarados... Sonrió y lo tranquilizó–. No te preocupes. Sé muy bien lo que podemos hacer.

El castillo era realmente grande, pensó Sabrina mientras bajaba por las escaleras hasta el vestíbulo. Estaba repleto de gente, tanto invitados como miembros del servicio; pero, en aquellos momentos, al anochecer, mientras se apresuraba a acudir a su cita, no se veía ni un alma. Qué extraño.

Siguió avanzando hasta el segundo tramo de escaleras que conducía a los sótanos del castillo. No se había sentido medrosa cuando habían bajado horas antes, sólo feliz ante la perspectiva de darse un chapuzón. Sin embargo, en aquellos momentos...

Dio la espalda a la sala de recreo y se acercó a una pesada puerta de madera de doble hoja con herrajes de latón. Estaba abierta para quienquiera que quisiera visitar la exposición, por supuesto, las magníficas representaciones escultóricas de vidas y muertes acaecidas a lo largo de la historia. Las diminutas luces del suelo que señalaban el recorrido irradiaban un inquietante resplandor malva que envolvía la estancia como la niebla en una noche oscura. Sabrina se estremeció y le pareció oír que había alguien dentro.

—¿Hay alguien ahí? —preguntó. Su voz resonaba en el silencio sepulcral. Entró y siguió la senda iluminada hasta el retablo en el que Jack el Destripador se cernía sobre su última víctima, Mary Kelly. Sabrina se detuvo y se mordió el labio. Mary Kelly era la viva imagen de Susan Sharp. Era evidente que el escultor tenía un extraño sentido del humor... o de la estética.

Oyó un ruido a su espalda, como un soplo de aire, y giró en redondo.

—¿Hola? ¿Quién...?

Se interrumpió y miró a su alrededor. No había nadie por ninguna parte. Camy Clark, en su papel de Juana de Arco, miraba al cielo desde el poste al que estaba amarrada. Ella misma estaba tumbada sobre el potro. Joe Johnston, afeitado y con una peluca blanca, hacía las veces de Luis XVI y se enfrentaba a la guillotina con Anna Lee Zane como María Antonieta a su lado. Todos parecían reales, como si hubieran estado moviéndose y se hubieran parado en seco al darse ella la vuelta.

Se le puso la piel de gallina y dio un paso atrás. Estuvo a punto de gritar al chocar contra alguien. Entonces, advirtió que se trataba del montón de paja para la pira de Juana de Arco.

«Reconócelo, este lugar es espeluznante», se dijo. No había nadie mirándola, aunque hubiera sentido una presencia, la fuerza de una mirada. Eran las figuras de cera, tan reales y truculentas, las que la «observaban» con sus penetrantes ojos de cristal.

Sabrina no tenía intención de correr, pero lo hizo. Y, mientras corría, creyó oír unas carcajadas. Una risa suave y susurrante, como una brisa.

«Muy bien, estás perdiendo la cabeza», se dijo mientras avanzaba hacia la siguiente puerta de madera. Dio por hecho que daba a la capilla, así que la abrió y entró.

No era la capilla del castillo, sino la cripta.

El suelo y las paredes de piedra albergaban sepulcros profusamente adornados con ángeles de mármol, cruces, calaveras y demás ornamentos funerarios. A Sabrina le parecían las catacumbas de una grandiosa catedral, tantos eran los muertos de siglos pasados que se extendían en aquella ala del castillo. Sólo allí, en la entrada, brillaba una tenue luz que mostraba al incauto en qué lugar había irrumpido. No había nada desagradable en la cripta, ni cuerpos corrompidos en sus mortajas ni cráneos o huesos en los nichos. De no encontrarse sola, Sabrina estaría fascinada, ansiosa por estudiar las fechas y el arte.

Pero tenía miedo; se le estaba poniendo otra vez la piel de gallina. Dio media vuelta, se detuvo, y volvió a girar. A pocos pasos de distancia, se hallaba un sepulcro de piedra con una cruz nueva y reluciente y una corona de flores naturales dispuesta encima. Había una cinta atada a la corona, y Sabrina se acercó a la tumba para leer el epitafio.

«Querida Cassie, descansa en paz y en el amor de Dios».

Sabrina retrocedió, sorprendida y nerviosa. No sabía que Cassandra Stuart estuviera enterrada allí, en el castillo, donde había perecido.

Presa de una repentina angustia, dio media vuelta y salió corriendo de la cripta. Cerró la voluminosa puerta de doble hoja y, al hacerlo, creyó oír otra vez que alguien se reía.

—¡Contrólate! —se dijo en un susurro, irritada. Si las criaturas de cera estaban volviendo a la vida, al menos, no se habían abierto paso hasta la cripta para perseguirla—. Un lugar estupendo para celebrar Halloween —murmuró con irritación, y comprendió que, por supuesto, también era el lugar ideal para celebrar una Semana del Misterio. Ella, Sabrina Holloway, escribía novelas de intriga. Debería estar encantada de estar allí, al igual que sus colegas. Debería estar divirtiéndose.

Se recostó sobre la puerta de la cripta.

—Claro. Me estoy divirtiendo de lo lindo —susurró en voz suave. Se cuadró de hombros y se dirigió hacia la tercera puerta de doble hoja, la que debía de comunicar con la capilla.

Así era.

Suspiró con alivio y miró a su alrededor. La capilla era preciosa, con arcos medievales, antiguos bancos de piedra y un altar también de piedra. Los pasajes del vía crucis estaban representados en vidrieras a lo largo de las paredes, con una iluminación especial posterior que permitía admirarlas incluso en la penumbra de los sótanos. Era evidente que unos cuantos Stuart habían sido enterrados allí en lugar de en la cripta, y sus tumbas estaban situadas perpendicularmente a la pared, entre las vidrieras del vía crucis, con las estatuas yacentes de cada uno de ellos sobre su lugar de descanso final. Como la cripta, la capilla estaba inmaculada, sin una telaraña a la vista. Había cirios encendidos en el altar y en hermosos candelabros al final de cada banco.

Sabrina avanzó hacia el altar. Al llegar allí, oyó pasos a su espalda y giró en redondo. Pensó que gritaría o se tiraría de los pelos si tampoco veía a nadie en aquella ocasión.

Pero Dianne Dorsey, ataviada con un vestido de cóctel negro y con la brillante melena de color azabache meciéndose en torno a su rostro, caminaba hacia ella sonriendo.

—¡Cuánto me alegro de verte! —exclamó la joven escritora. Sabrina sonrió.

—Y yo de verte a ti.

—¿Eres el asesino? —preguntó Dianne con nerviosismo. Sabrina rió.

—Se supone que no debo decírtelo.

—Bueno, si lo eres, seré la primera en morir.
—Y viceversa, claro.
—¿En la nota te decían que vinieras aquí? —preguntó Dianne. Sabrina asintió.
—Se supone que voy a reunirme con una de mis jovencitas de vida alegre. Para una práctica del coro.
Dianne rió.
—Bueno, a pesar de ser Mary, la Hare Krishna, durante el día, es evidente que de noche trabajo para ti.
—¿Quieres decir que no eres una corista angelical aunque mal encauzada?
—Bueno, estoy segura de que tengo una voz tan angelical como las demás coristas, pero mi nota decía que iba a recibir una buena reprimenda por perderme la última cita que fijaste para mí.
—¿Con quién?
—Con Dick el Demente... ¿Quién si no? —rió Dianne.
—Bueno, entonces, considérate debidamente regañada.
—¡Claro que no me habría perdido una cita con Jon como Dick el Demente si la hubiera tenido!
Aquel alegre comentario hizo que a Sabrina le picara la curiosidad y se preguntó qué clase de relación mantendría Dianne con su anfitrión. Pero Dianne se había puesto a vagar por la capilla, admirando las vidrieras del vía crucis.
—Son preciosas, ¿verdad? —dijo la joven.
—Magníficas —corroboró Sabrina.
—El abuelo de Jon las puso ahí a principios de siglo. Me lo dijo Jon la última vez que estuvimos aquí.
Sabrina la siguió, roída por la curiosidad.
—Esa semana debió de ser terrible. Tan trágica...
Dianne se encogió de hombros.
—Detesto hablar como Susan, pero a Cassie la aborrecía todo el mundo —desplegó una pequeña sonrisa—. Sobre todo, las mujeres.

—Según parece, Jon era feliz con ella —se aventuró a decir Sabrina, un poco avergonzada por su indagación no muy sutil.
—Jon pensaba divorciarse.
—¿Cómo lo sabes?
—Me lo dijo él.
—Jon estaba...
Dianne sonrió.
—¿Crees que me acostaba con Jon? —inquirió.
—No creo nada. Sólo...
—La verdad es que adoro a Jon. Es un buen amigo, duro de pelar y siempre dispuesto a ayudar.
—Entonces, ¿me estás diciendo que no tenías una aventura con él?
—Estoy diciendo que la tendría; ¿tú no? —le preguntó Dianne de buen grado.
—Yo no estaba aquí —le recordó Sabrina, sin contestar a la pregunta.
—Ya entiendo. Ése es el misterio que todo el mundo quiere resolver esta semana. De modo que tú también estás buscando al asesino. ¿Quieres saber si estaba teniendo un romance salvaje y apasionado con Jon, si perdí la cabeza y arrojé a su insufrible esposa por el balcón? No, Sabrina. Jon era mayorcito, sabía cuidarse solo. No le habría agradado que nadie se inmiscuyera en su vida privada. Además, sentía un gran afecto por Cassie. Cassie podía ser deslumbrante cuando quería. Creo que se estaba poniendo ácida porque era consciente de que lo estaba perdiendo, e intentaba recuperarlo a la desesperada, tal vez de una forma patética.
—¿Eso crees? Entonces, ¿la odiabas pero también sentías lástima por ella?
—No —Dianne movió la cabeza—. No te engañes pensando que Cassie me enternecía. La odiaba, y tenía bue-

nos motivos para hacerlo. Pero no creas que eran sólo las mujeres quienes la aborrecían, por deslumbrante que pudiera ser. También hizo cosas horribles a algunos hombres. Claro que otros la adoraban, como tu ex.

—¿Brett? —dijo Sabrina, sorprendida. Dianne la miró y arqueó una ceja.

—Vaya, lo siento. ¿Estáis juntos otra vez? Brett no hace más que insinuar que sois pareja, pero V.J. me dijo que no era cierto.

—V.J. tiene razón, no estamos juntos. Pero no se me había ocurrido pensar que Cassie fuera una de... de las mujeres de Brett.

—¿De verdad? —le preguntó Dianne, aparentemente perpleja—. Bueno, quizá no quisiera que sus sentimientos salieran a la luz... o que tú te enteraras. Él sí que parece interesado en volver contigo.

—Dianne, ¿me estás diciendo que Brett estaba teniendo un romance con Cassie? ¿Aquí, en la casa de Jon?

—En su castillo, querida. No debes llamarlo casa —la amonestó Dianne, regocijada—. Pero sí, estaban teniendo un romance en el castillo de Jon. Eran discretos. Brett estaba locamente enamorado... pero ya sabes cómo es: sus enamoramientos vienen y van. Seguramente, Cassie sólo quería irritar a Jon, pero Brett valora su amistad con él.

—Aunque no lo bastante para no acostarse con su esposa.

—Vamos, ese tono que empleas resulta peligroso. Moralista incluso. Qué interesante. Pero claro, nuestro anfitrión causa un gran impacto en la mayoría de las mujeres, ¿no crees? Todas saltamos en su defensa. Como Lucy defendía al conde Drácula incluso mientras él le chupaba la sangre.

—No intento ser moralista, y me cuesta imaginar a Jon Stuart como el conde Drácula.

—Alto, moreno, apuesto... devastador —dijo Dianne—. Lo reconozco, lo adoro. Le entregaría mi sangre de buena gana.

—Pero Dianne, si un hombre se acuesta con la mujer de su amigo difícilmente puede conservar su amistad.

—Ya te lo he dicho, Brett estaba colado. Locamente enamorado.

—¡Eres una zorra, Dianne!

Dianne y Sabrina se volvieron hacia la puerta al oír la voz.

—¡Brett, estás en una casa de oración! —dijo Dianne—. No puede decir eso en una capilla, ¿verdad? —le preguntó a Sabrina. Sabrina se encogió de hombros.

—Bueno, lo ha dicho, ¿no?

—Podrías ir al infierno por eso, Brett —bromeó Dianne. Pero a Brett no le hacía gracia. Avanzaba por el pasillo echando humo.

—¡No es cierto! —declaró con furia. Lanzó a Dianne una mirada fulminante y, después, miró con más petulancia a Sabrina—. ¡Tú me conoces! ¡No es cierto!

Sabrina lo miró y enarcó una ceja muy despacio.

—¿Qué no es cierto, Brett? ¿Intentas decirme que no estabas teniendo una aventura con Cassandra Stuart?

No llegó a negarlo. Volvió a encararse con Dianne.

—¿De dónde has sacado esa información? ¡No son más que patrañas! —estaba muy agitado, tenía las manos en las caderas y su hermoso rostro distorsionado por la ira.

Dianne elevó la barbilla.

—Me lo dijo alguien que lo sabía.

—¡Vamos!

—Una persona a la que Cassie hacía confidencias.

—¡Esa mujer deliraba! ¡No te atrevas a ir por ahí con el cuento de que yo me acostaba con Cassandra!

—¿Es un cuento, Brett? —lo desafió Dianne.

—Maldita seas, Dia... —empezó a decir. Pero Dianne lo

interrumpió. Se había echado la melena hacia atrás con un gesto desafiante y estaba en jarras, con sus largas uñas negras apoyadas en las caderas.

—Quizá fueras tú quien la arrojó por el balcón, Brett.

—¿Yo? Esto sí que tiene gracia, Dianne. Vamos, yo no estaba casado con ella; no necesitaba deshacerme de nadie. Tú estabas loca por Jon. Siempre lo has estado y siempre lo estarás. Y ahora me señalas a mí con el dedo e intentas hacerle creer a mi esposa...

—Ex esposa, Brett —intervino Sabrina. Pero él no le hizo caso y siguió hablando.

—Primero intentas hacerle creer a Sabrina que me acostaba con una mujer casada... y, después, ¡me acusas de haberla asesinado!

—Quizá tuvieras miedo de que se lo dijera a tu amigo del alma. Sólo te estaba utilizando, Brett. Sí, ya sé que eres el amante perfecto, pero Cassie amaba a Jon, aunque lo hiciera de una forma morbosa y retorcida. Y...

—Si alguien tenía motivos para matarla, era Jon. ¿Por qué intentas hacerme parecer culpable?

—¡Jon no estaba en la habitación, sino fuera!

—Entonces, alguien lo ayudó. Uno de los invitados, sus empleados... ¡un maldito extraño!

—Y quizá Cassie se rió de ti un poco más de la cuenta, un poco más de lo tolerable...

—¡Debería ponerte un ojo a la virulé! —exclamó Brett—. Claro que nadie se daría cuenta, con ese condenado maquillaje negro que llevas. ¿Qué mosca te ha picado, Dianne? ¿Intentas atemorizar a tus lectores para que compren tus libros?

—Brett, ¿eso es lo más ingenioso que se te ocurre decir? ¿Acaso lo único que te importa en la vida son las listas de ventas y el lugar que ocupas en ellas? Estamos hablando de la vida de una mujer.

—¡Sí! De la vida, no de la muerte. Hablo en serio, Dianne. ¿Cómo te atreves a hacer esas acusaciones? ¿Quieres saber la verdad? ¿Toda la verdad? Me había encariñado con Cassie. No deseaba su muerte ni...

En la capilla resonó un disparo. Atónita, Sabrina se puso en cuclillas; Dianne también se agachó.

Brett no se movió tan deprisa. Y una mancha empezó a extenderse por la espalda de su blusa de seda azul; una mancha de color rojo sangre.

La nota lo había conducido a la cripta.

No la nota con instrucciones de la Semana del Misterio, sino la primera nota que le habían entregado por debajo de la puerta... la que Camy había negado haber escrito. Decía:

Eres un pobre demente si te crees inteligente. No eres más que un depravado, una rata, un degenerado. Deberías estar enterrado, yacer con tu esposa, bajo una losa. Si lo que ansías es una noche de pasión y locura, ve a dormir con ella a su sepultura.

De modo que había bajado a la cripta, donde descansaban los restos de sus antepasados. Y los de Cassie. A pesar de su proclamado odio hacia Escocia, en su testamento había expresado su deseo de reposar en el castillo de su marido. Para eludir a los morbosos buscadores de escándalos y celebridades, Jon había hecho creer a los periodistas que iba a ser enterrada en los Estados Unidos. La familia de Cassie había accedido al deseo de Jon y no habían dado detalles sobre el funeral.

De modo que allí yacía su esposa, en el centro de la cripta del castillo de Lochlyre.

Al parecer, sus invitados sabían dónde descansaba, porque había flores sobre su tumba. Jon maldijo entre dientes mientras las contemplaba. ¿Las habrían dejado allí como homenaje a Cassie o para desestabilizarlo a él? ¿Acaso alguno sus invitados creía de verdad que él la había asesinado?

¿O alguien se sentía terriblemente culpable e intentaba echarle la culpa a Jon?

De haber estado con ella, no se habría caído. Cassandra no se habría quedado sola... a merced de un asesino que la había sorprendido en una precaria posición.

Un súbito disparo lo hizo entrar en acción. Salió corriendo de la cripta, convencido de que no había sonado muy lejos.

Se dio de bruces con Thayer Newby. Tom Heart y Joe Johnston lo seguían de cerca.

—¿Hay alguien más aquí abajo? —inquirió Joe.

—¡La capilla! —gritó Thayer.

Salvaron la corta distancia que los separaba de la puerta de la capilla e irrumpieron juntos en ella.

Dianne y Sabrina estaban allí, agazapadas junto al altar. Brett estaba en el suelo, entre las dos hileras de bancos... maldiciendo, a pesar de encontrarse en una capilla.

Brett alzó la vista cuando los oyó entrar. Jon advirtió que Reggie y Anna Lee se habían unido a ellos.

—¿Puedes creerlo? —dijo Brett, disgustado—. ¡Yo soy el primero en morir! ¡Maldición! No he visto ni oído nada. Aquí estaba yo, el blanco perfecto. He sido un idiota, un gili...

—¡Brett! Recuerda dónde estamos —le dijo Sabrina.

Estaba junto a Dianne, y era evidente que las dos mujeres habían intentado consolar a McGraff por verse relegado a la condición de fantasma. Sabrina lo miraba con sus enormes ojos azules y el rostro circundado por su refulgente melena rubia. Jon hizo un esfuerzo por concentrarse en lo ocurrido.

Se dio cuenta de que el corazón seguía latiéndole con fuerza. La bala que había encontrado horas antes en el pasillo lo había turbado. Había temido que alguien se estuviera paseando por el castillo con un arma de verdad a fin de matar a alguien de verdad.

Se sintió tan aliviado al ver que el disparo era parte del juego que tomó asiento. Brett se había sonrojado y lo miraba a los ojos.

—Lo siento, Jon. Supongo que este lugar es sagrado o algo así, ¿no? Pero recibimos instrucciones de venir aquí.

—Bueno, es una capilla, sí —dijo Jon—. Pero es comprensible que maldigas, sobre todo si te han disparado con pintura roja. Bueno, ¿quién ha sido? —miró con expresión inquisitiva a Dianne y a Sabrina.

Dianne sonrió de oreja a oreja. Sabrina se encogió de hombros.

—No lo vimos. Estábamos discutiendo.

Jon frunció el ceño.

—¿Sobre qué?

—Sobre un asunto sin importancia. Ni siquiera me acuerdo. ¿Y tú, Dianne?

La joven elevó una ceja y, luego, se encogió de hombros.

—No... No lo recuerdo muy bien. Por el momento.

—¿Hace cinco minutos estabais discutiendo tan acaloradamente que no habéis prestado atención a lo que pasaba y ahora ni siquiera podéis recordar de qué hablabais? —preguntó Jon con escepticismo.

Sabrina lo negó con la cabeza. El rubor de sus mejillas se intensificó y parpadeó antes de mirarlo de nuevo a los ojos.

Estaba mintiendo; Jon lo sabía.

—¡Estáis comportándoos como un puñado de lunáticos! —los acusó Thayer.

—Bueno, ¿qué quieres? —dijo Brett con irritación—. Me han puesto perdido de pintura roja. ¡Mierda! ¡Maldita sea! Ay... diablos. Jon, lo siento.

—Yo digo que es la hora del cóctel —anunció Reggie.

—Eso, eso —corroboró Tom.

—¡Eh, esperad! —protestó Joe, mientras se mesaba la barba y los miraba a todos uno por uno—. Analicemos primero la situación. Hemos venido a resolver un misterio. Sabrina, cuéntanos qué ha pasado.

Sabrina lo miró, empezó a hablar y se interrumpió. Miró a Jon y bajó los ojos.

«¿Qué diablos?», se preguntó Jon. Entonces, Sabrina movió la cabeza con timidez.

—Sinceramente, Joe, ya sabes lo mucho que nos aferramos todos a nuestras ideas. Parece una tontería, pero estábamos tan absortos discutiendo, que ninguno de los tres hemos prestado atención a lo que ocurría.

—¡Entonces, estamos perdiendo el tiempo! —dijo Joe, contrariado.

—No estoy de acuerdo —protestó Tom—. Sabemos que el mayordomo no lo hizo, ya que Malcolm, el mayordomo, está muerto.

—¿El mayordomo ha muerto? —preguntó de repente una voz nueva. Susan Sharp, ataviada con un vestido de cóctel azul oscuro que realzaba su belleza morena, entró con paso decidido en la capilla. Vio a Brett y se echó a reír.

—Caramba, no has durado mucho, ¿verdad, querido?

—Susan, créeme, tú tampoco durarás mucho —la previno Brett con ferocidad.

—Vamos, no seas un mal perdedor. Te han matado, mientras que yo sigo viva y coleando.

—No, Susan —le dijo Brett con firmeza—. Carla, la prostituta con gonorrea, sigue viva y más o menos coleando. De momento.

—La semana no ha hecho más que empezar —los tranquilizó Reggie—. Ya sabemos que el mayordomo está fuera de juego y que Sabrina no es el asesino, ni Dianne.

—Eso no es cierto. No sabemos nada, salvo que ninguno de ellos piensa abrir la boca —protestó Tom—. Recordad que el asesino puede tener un cómplice. Alguien que atraiga a las víctimas a su trágico final. Eso significa que tanto Dianne como Sabrina podrían ser cómplices del asesinato.

—Pero, ¿quién apretó el gatillo? —preguntó Joe—. Veamos, estamos aquí todos menos... V.J.

—Perdona, pero estoy aquí, en el umbral —le dijo V.J., y todos se volvieron hacia la puerta.

Esplendorosa con un vestido largo de lentejuelas, V.J. estaba apoyada con naturalidad en el marco mientras los observaba con regocijo.

—Ah, pero, ¿dónde estabas? —preguntó Tom, que se acercó a ella sonriente.

Por primera vez, a Jon se le ocurrió pensar que sus dos amigos hacían muy buena pareja. Tom Heart también estaba elegante con su traje con chaleco y corbata y el brillante pelo plateado. Qué interesante. Quizá se estuviera cociendo algo entre aquellos dos. Tom y V.J. siempre habían congeniado mucho. La última vez que se habían reunido en el castillo, el marido de V.J. seguía vivo. Ya no. Y se decía que, aunque Tom seguía casado, llevaba varios meses separado de su esposa de treinta años.

V.J. elevó una copa de champán.

—¿Que dónde estaba? Donde debía estar. En la biblioteca, con los cócteles... yo sola. No sabía que la fiesta se había trasladado a la capilla —miró alrededor—. De modo que el mayordomo ha mordido el polvo. Qué pena. Ya no podremos decir que el culpable es él. Bueno, la capilla es preciosa. Mucho mejor que la cripta. Si tenemos que pasar algún tiempo aquí abajo, que sea con esas hermosas vidrieras y no entre sepulturas y cadáveres —hizo una mueca—. Lo siento, Jon. Me olvidaba de que son tus parientes.

—Lo entiendo, V.J. —le dijo—. Yo también prefiero tomar una copa entre los vivos.

—Ya os dije que era la hora del cóctel —dijo Reggie—. V.J. es la única con sentido común.

—Diablos, estoy de acuerdo.

—¡Brett McGraff! —lo regañó Reggie con indignación—. ¡Estamos en una capilla!

—Lo siento —masculló Brett con resignación.

—Cuidado, Brett —lo previno Dianne—. La pintura te está calando los pantalones.

—¡Diablos, tienes razón! ¡Maldita sea! Oh, no. Ya estoy otra vez maldiciendo en la capilla. Ojalá pudiera dejar de hacerlo —dijo Brett. Se puso en pie, miró hacia el crucifijo del altar y se santiguó. Los demás lo miraban de hito en hito—. Está bien, está bien, mis padres me dieron una educación católica. ¿Alguna objeción?

Acto seguido, giró en redondo.

—Me cambiaré de camisa para poder tomar el cóctel con un atuendo blanco fantasmal —salió a grandes zancadas de la capilla—. ¡Mierda! —maldijo por última vez.

La tensión se disipó en cuanto los demás prorrumpieron en carcajadas. Reggie salió detrás de Brett.

—Damas y caballeros, voy a la biblioteca. ¿Alguien quiere acompañarme?

—Desde luego —contestó Jon.

—Joe Johnston, ven aquí y ofrece tu brazo a una vieja dama —le ordenó Reggie.

—¡Sí, señora! —dijo Joe, y corrió a su lado. Los demás empezaron a salir. Jon se detuvo junto a la puerta, esperando.

V.J. salió del brazo de Tom. Dianne, Thayer y Anna Lee salieron juntos, Dianne insistiendo en que no había visto nada. Susan rozó a Jon al pasar.

Sabrina seguía delante del altar. Lo miraba como si estuviera intentando idear la manera de esquivarlo teniendo en cuenta que bloqueaba la única salida. Jon echó a andar hacia ella.

—¿Querías quedarte rezagada por alguna razón? —le preguntó.

—No —dijo enseguida.

—¿Intentas esquivarme?

—No —repitió Sabrina.

Pero estaba mintiendo otra vez, y Jon creyó saber por qué. La discusión entre Brett y Dianne había girado en torno a él. O a Cassie. O a lo ocurrido hacía tres años.

Y Sabrina no quería que la interrogara. Bueno, quizá no fuera el momento.

Estaba muy quieta, haciendo esfuerzos por no apartar sus hermosos ojos azules de los de él. El pelo le caía en torno a los hombros como hilos de seda, y Jon sintió el repentino impulso de alargar el brazo y acariciarlo.

No, se dijo a sí mismo, quería hacer mucho más que eso.

La vida era tan fugaz y había tantas cosas que se olvidaban fácilmente... Pero recordaba a Sabrina. Su sonrisa vacilante. Sus suaves caricias. Su pasión. Lo confiada que había sido cuando la conoció.

Todavía sonreía con vacilación. Pero ya no era tan confiada; lo miraba con claro recelo.

La idea de que pudiera sospechar que había matado a sangre fría a su esposa lo llenó de amargura. Deseó poder zarandearla y defender su inocencia. No, lo que quería hacer era tocarla, abrazarla, una vez más. Diablos, a Brett McGraff lo preocupaba lo que había dicho en la capilla. Lo que Jon quería hacer en la capilla era mucho menos perdonable.

Dios, podía recordar el cuerpo desnudo de Sabrina bañado en sudor, aquellos límpidos ojos azules medio ocultos por las largas pestañas, y todas y cada una de sus curvas tentadoras.

—Los demás ya se han ido. Deberíamos darnos prisa —dijo Sabrina, y pasó junto a él de camino hacia la puerta.

Jon la siguió pero, incapaz de contenerse, la agarró del brazo y la hizo girar.

—Tenemos que hablar —declaró, con voz más áspera de lo pretendido.

Sabrina miró la mano que se cerraba en torno a su antebrazo. Sus largos cabellos rubios le rozaron los dedos, suaves como la seda. Para desconsuelo de Jon, aquel leve contacto bastó para excitarlo.

—No es el momento ni el lugar —dijo Sabrina con nerviosismo.

—Tenemos que hablar —insistió Jon.

—Después —replicó, y se soltó.

—Te tomo la palabra —dijo Jon.

Salió con ella de la capilla y advirtió que, aunque se había desasido, no se apartaba de él. Entonces, adivinó que no quería quedarse sola en los sótanos del castillo de Lochlyre... con él.

Pero claro... ¿quién iba a querer?

Por sorprendente que pareciera, Sabrina no tuvo sueños aquella noche; durmió como un lirón. La velada había concluido de forma placentera; todos ellos intentando deducir por qué el mayordomo había muerto primero. La cena había estado deliciosa, cordero asado, y Sabrina comió con apetito. Tomó café normal en lugar de descafeinado con el postre y, aun así, nada más meterse en la cama, se quedó dormida.

Hasta que la despertó un repiqueteo incesante en la puerta. Ya era de día.

–¡Sabrina, despierta! ¡Corre!

Al oír la voz apremiante de su ex marido, se levantó como una bala de la cama, se puso la bata y corrió a abrir.

Brett estaba vestido con vaqueros y un jersey grueso.

–Eh, Bella Durmiente, dispones de menos de una semana para encontrar al asesino. Si te pasas el día durmiendo, no te convertirás en una célebre detective.

–Estoy despierta. ¿A qué vienen tantas prisas?

–¡Vamos a dar un paseo a caballo!

–¿A caballo?

Brett asintió.

—Hemos organizado una excursión. Vamos, date prisa, ya llegamos tarde. Puede que los demás ya se hayan ido. Querrás conocer los alrededores antes de que el mal tiempo nos lo impida, ¿no?

—Necesito un café, Brett.

—Yo te lo traeré —la apremió con las manos—. Vamos, ponte en marcha.

Brett cerró la puerta y desapareció. Sabrina se encogió de hombros y decidió que, si el resto de los invitados había salido a dar un paseo a caballo, ella no quería quedarse atrás. Le encantaba montar, y los alrededores eran muy hermosos.

Se dio una ducha rápida y se vistió con la ropa que había tenido cuidado de llevarse al cuarto de baño. Salió vestida con vaqueros, camisa, chaqueta y botas, y encontró a Brett acurrucado cómodamente en la cama. Le ofreció el café.

Sabrina tomó la taza.

—Levántate —le ordenó a Brett.

—¿Por qué?

—Cualquiera que te viera pensaría que has dormido aquí.

Brett frunció el ceño y la miró fijamente.

—¿De qué tienes tanto miedo?

—¿Qué quieres decir?

—¿Por qué te preocupa lo que piensen los demás?

—Brett, eres mi amigo y te aprecio, pero también eres mi ex marido y, aunque estoy segura de haber cometido montones de errores en la vida, no quiero tropezar dos veces con la misma piedra. No voy a volver a casarme contigo, no voy a volver a dormir contigo y no quiero que la gente piense que somos una pareja.

Seguía observándola mientras se incorporaba.

—Así que es eso.
—¿El qué?
—Hay algo entre vosotros dos.
—¿Entre qué dos?
—Entre tú y nuestro anfitrión. Tenía razón.
—¿Sobre qué tenías razón?
—Has dormido con él.
—Brett, por favor...
—Todavía te quiero, Sabrina.
—Brett, tú nunca me has querido.
—Te quise. Te quiero. Pero no te preocupes, voy a demostrarte que puedo ser bueno para ti. Tómate el café y pongámonos en marcha.

No había nadie en el pasillo, ni en las escaleras, ni siquiera en el vestíbulo mientras lo atravesaban para salir al jardín. Los establos estaban a la derecha. Había dos caballos ensillados y preparados.

—Los demás han debido de irse ya —murmuró Brett.
—¿Estás seguro? —preguntó Sabrina, súbitamente recelosa. Brett rió.
—Bueno, como fantasma que soy, no puedo ser el asesino, así que no intento atraer a la duquesa a su trágico final.
—Tienes razón —dijo Sabrina. Se acercó a uno de los caballos, un airoso bayo de unos dieciséis palmos de altura. Le acarició el hocico de terciopelo—. Eres una belleza. Ha sido una idea genial, Brett. Gracias por venir a buscarme.
—De nada. Pero pongámonos en marcha.

La ayudó a subir a la silla antes de montar sobre el ruano que estaba sujeto con un ronzal junto al bayo. Empezó a alejarse del castillo a paso lento, volviendo la cabeza con nerviosismo. Sabrina pensó que estaba preocupado por ella.

—Vamos, sigue. ¡Ya sabes que sé montar! —le dijo con deleite.

Ésa era una de las ventajas de haberse criado en el Medio Oeste. Sin embargo, pocas veces se había encontrado en un paraje tan espectacular como aquél. Las praderas ondulantes se extendían por el valle mientras que, a lo lejos, las colinas se elevaban y se hacían cada vez más escarpadas hasta fundirse con los peñascos que había al noroeste. El lago centelleaba al sol bajo los riscos y parecían inmersos en un mar de hierba y flores. El aire frío y cortante presagiaba tormenta, pero era una delicia sentirlo, y Sabrina se alegraba de estar fuera del castillo.

—¿Hacia dónde se han ido? ¿Lo sabes? —le preguntó a Brett.

—Por supuesto.

—¿Cómo?

—He estado aquí antes, ¿recuerdas?

—¿Adónde nos dirigimos?

—Hacia allí —señaló hacia el nordeste.

—¿Ah, sí? ¡Te hecho una carrera hacia ese bosquecillo! —gritó Sabrina, y hostigó a su montura. El caballo se lanzó al galope. El animal era brioso, el aire estimulante y el paisaje hermoso. Sabrina estaba extática.

Oyó a Brett galopando detrás de ella y, al llegar al bosquecillo, tiró de las riendas y lo esperó.

—¿Te acuerdas del paseo a caballo que dimos en las afueras de París? —le preguntó Brett—. El campo estaba cuajado de flores.

—Y de mujeres —puntualizó Sabrina.

Brett pasó de largo el comentario y la miró con sinceridad.

—He aprendido la lección, Sabrina.

—Brett, haces insinuaciones sexuales a toda persona remotamente femenina.

—¿Remotamente femenina? ¡Eso duele!

—Brett, eres...

—¡Sabrina! —se acercó y le puso la mano en el muslo—. Sólo lo hago porque te deseo tanto que no puedo consentir que los demás sepan cuánto.

Sabrina lo miró con perplejidad. Luego dijo:

—Brett, ¿estabas teniendo una aventura con Cassandra Stuart cuando murió?

—¿Yo? —preguntó, atónito. Después, resopló—. Te estás dejando influir por esa tragedia, Sabrina, y no debes permitirlo. Cassie murió. Debemos dejarla descansar en paz, olvidarnos del pasado y seguir adelante con nuestras vidas. Vamos, ¡te echo una carrera hasta esa pequeña colina de ahí!

Brett se alejó y Sabrina lo siguió. Mientras cabalgaban, el aire, más frío que hacía apenas unos minutos, le azotaba la cara. Alzó la vista. El cielo, de un intenso color azul, se estaba poniendo violáceo. Frenó junto a Brett en lo alto de la colina.

—El tiempo está empeorando. Deberíamos reunirnos con los demás.

—Quizá ya hayan llegado a la cabaña de caza.

—No veo ningún caballo.

—Puede que estén en la parte de atrás. Vamos a echar un vistazo.

Apremió a su caballo y empezó a alejarse al trote. Como no tenía otra elección, Sabrina lo siguió.

La nota que Jon había recibido aquella mañana decía así: *Asiste a la sesión de espiritismo que va a celebrarse en la cripta a las once.*

Joe Johnston y Tom Heart estaban en el vestíbulo cuando bajó a tomar un café y, como buenos jugadores que eran, seguían intentando dilucidar por qué el mayordomo había muerto primero.

—Sabía algo. Las personas que saben algo son peligrosas —dijo Joe.

—Estaba chantajeando a alguien —sugirió Tom.

—Seguro —corroboró Joe.

—Yo digo que hay un cómplice. El asesino no trabaja solo —siguió especulando Tom.

—Y yo digo que todavía no disponemos de mucha información. Pero estoy de acuerdo contigo, creo que hay dos personas metidas en el ajo.

—Claro que el peligro de tener un cómplice es que, aunque uno cometa el crimen perfecto, debe preocuparse por la otra persona. De si deja una pista, de si le entra el pánico, de si lo delata...

—De si es un idiota y mete la pata.

—¡Exacto! —exclamó Tom, complacido de que Joe estuviera de acuerdo con él—. Sobre todo cuando el asesino es inteligente pero está unido sentimentalmente a su cómplice.

—Y el cómplice es un idiota. Suele pasar.

—Y, cómo no, un hombre puede resultar un perfecto imbécil cuando comete un asesinato por amor a una mujer...

—Es decir —lo interrumpió V.J. desde el umbral—, que la mujer que, cómo no, sería la cómplice, es una idiota.

—Vamos, Victoria... —dijo Tom.

—No, no me vengas con eso de «Vamos, Victoria» —dijo V.J. con severidad—. Estabas insinuando que el asesino debe de ser un hombre inteligente que utiliza como cómplice a una mujer idiota.

—Los dos podrían ser increíblemente astutos —sugirió Joe con diplomacia, pero ya era demasiado tarde.

V.J. le dirigió una mirada fulminante.

—Quizá sea una mujer la asesina y tenga a un pelele como cómplice —declaró.

—Quizá sea una mujer la asesina —dijo Tom, mirando a V.J.— y su cómplice sea un pelele que está locamente enamorado de ella y que intenta impedir que los dos terminen sus días entre rejas.

—O eso —intervino Jon con fluidez—, o tanto el asesino como el cómplice son mujeres. V.J., querida mía, sabemos que las mujeres pueden ser perniciosas.

V.J. chasqueó la lengua y movió la cabeza con tristeza.

—Ya veo que sois mayoría. Si me disculpan, caballeros, tengo una cita con el destino —y salió del comedor.

Joe miró la hora en su reloj.

—Yo también tengo que irme.

—¿A la cripta? —preguntó Jon.

—¿A la sesión de espiritismo? —inquirió Tom.

—La sesión tendrá lugar en la cripta. Será mejor que bajemos juntos —dijo Jon.

—Es tu castillo —declaró Tom con galantería—. Tú primero.

Jon se sorprendió sintiendo un incómodo hormigueo en el cuello mientras sus colegas bajaban tras él las escaleras que conducían a los sótanos. Tener a alguien detrás se estaba convirtiendo en una experiencia turbadora.

Sin embargo, llegaron a la cripta sin que se produjese ningún incidente. V.J., Dianne, Reggie y Anna Lee Zane ya estaban allí. Había velas encendidas y una bola de cristal sobre una mesa baja de madera. En torno a la mesa había desperdigados varios cojines a modo de asientos. Las mujeres ocupaban ya sus puestos. La mesa estaba situada lo más lejos posible de las tumbas, a unos treinta metros. Aun así, el escenario era un tanto espeluznante: la pálida luz de las velas, las llamas reflejadas en la bola de cristal, las volutas de humo que se desvanecían en el aire... Y la tumba de Cassie, una de las más próximas, todavía brillante.

—Únanse a nosotras, caballeros —los invitó Dianne. Sentada frente a la bola de cristal, estaba leyendo las instrucciones del juego. Vestida con unos pantalones negros elásticos y un jersey negro, y con la melena corta de azabache, la tez pálida y las uñas pintadas de rojo, interpretaba muy bien el papel de pitonisa.

Su mirada pesarosa, en contraste con su tono desenfadado, se cruzó con la de Jon.

—Debemos contactar con Malcolm, el mayordomo —dijo con ironía—; darnos la mano, cantar y pedir a los espíritus del castillo que lo traigan ante nosotros —hizo una mueca—. Imagino que nuestro Brett, el pobre y difunto Malcolm, está escondido detrás de alguna tumba, a punto de hacer de espíritu. ¿Empezamos? —preguntó.

—Falta gente —dijo Jon. Sabrina, entre otros.

—Aquí viene Thayer —dijo V.J., que estaba cómodamente sentada en un cojín—. Esperaremos un minuto más a Susan y a Sabrina...

—Bueno, no podemos esperarlas eternamente —repuso Anna Lee con impaciencia. Puede que no hayan recibido instrucciones de asistir a la sesión de espiritismo.

—O quizá una de ellas sea el asesino —sugirió Joe.

—La teoría de la conspiración: las dos son asesinas —dijo Tom.

—Bueno, es imposible que Sabrina esté aquí —anunció Anna Lee con exasperación—, porque se fue a caballo con su ex marido hace no mucho.

—¿Se fue a caballo con Brett? —dijo V.J. con incredulidad.

—¿Adónde? —inquirió Dianne.

Jon caminó hacia donde Anna Lee estaba sentada y la levantó para interrogarla.

—¿Cuándo? ¿Cuándo se fueron?

Parecía sorprendida, casi turbada, por la presión a la que la estaba sometiendo.

—Hace una hora, creo. Los vi saliendo de los establos cuando...

—¿Solos? —preguntó Reggie. Anna Lee asintió.

—¡Qué delicia! Los rumores que corren sobre ellos deben de ser ciertos —exclamó Dianne.

—¿Hacia dónde se fueron? —preguntó Jon.

—Hacia el noroeste.

—Jon, no te preocupes; no les pasará nada. Estuvieron casados, y es evidente que están otra vez juntos... —empezó a decir Dianne.

—¡Y hay una ventisca avanzando ahora mismo hacia aquí! Podrían quedarse incomunicados por la nieve, los muy idiotas. Incluso morir —dijo Jon con intenso enojo—. Disculpadme —giró en redondo con brusquedad y se marchó.

Jon no entendía aquel miedo repentino. Sabrina sabía montar a caballo; no era torpe. Y, le gustara o no, había estado casada con Brett y no había duda de que se había ido con él de buena gana.

Aun así, sabía que debía encontrarlos. La ventisca que se avecinaba podía ser traicionera, y ninguno de los dos estaba familiarizado con la violencia con que solía nevar en aquella zona. Mientras salía de la cripta, oyó cómo los demás comentaban su brusca marcha.

—Bueno, no le ha hecho mucha gracia, ¿no os parece? —murmuró Dianne.

—Está preocupado —lo defendió V.J.

—¿Crees que habría salido en busca del mayordomo con tanto ímpetu? —insistió Dianne, dolida. Jon podía imaginarla mirándolo fijamente, con desafío, enfadada—. ¡Mira que ir a rescatar a la encantadora señorita Holloway delante de su amado ex! Cassie debe de estar retorciéndose en su tumba.

—Creo que Jon es un hombre responsable que se preocupa por sus invitados —anunció Reggie con impaciencia—. Y yo soy una anciana con el cuerpo contorsionado sobre un ridículo cojín. ¿Por qué no acabamos de una vez con esto?

«Dios te bendiga, Reggie», pensó Jon.

Momentos después, ya había subido las escaleras y estaba fuera del castillo, escudriñando el cielo. Nubes grises se agitaban con furia y oscurecían rápidamente el cielo. El viento arreciaba. Jon corrió hacia los establos.

La primera gota de precipitación pareció inocente... un pequeño beso húmedo en el rostro de Sabrina mientras desmontaba.

—¡Está nevando! —le dijo a Brett.

—No, sólo es un poco de lluvia —contestó—. Pero no importa, nos refugiaremos en la cabaña.

Se acercó a ella, la rodeó con el brazo y corrieron juntos hacia la puerta. Brett la abrió y Sabrina buscó a los demás con la mirada en cuanto entró.

No había nadie. La cabaña estaba vacía, salvo por los muebles y el acogedor fuego que ardía en la chimenea.

Era un lugar masculino pero cálido, una auténtica cabaña de caza, con paneles de madera sin lijar, la cabeza de un oso por encima de la repisa y una cama cubierta con un edredón. La pequeña cocina contaba con un surtidor de agua en la pila y una antigua nevera. Tenía un aspecto rústico... salvo por la cubeta de hielo y el champán que descansaban rodeados de pequeños sándwiches y fresas recubiertas de chocolate sobre una mesa junto a la cama.

Sabrina giró en redondo para encararse con Brett.

—¿Dónde están los demás? —le preguntó. Él se encogió de hombros.
—¿No están aquí? Puede que se hayan perdido.
Sabrina lo miró con severidad.
—Brett, ¿dónde están?
Brett volvió a encogerse de hombros, pero después la miró un tanto arrepentido.
—Sabrina....
—Me has traído aquí a propósito, ¿verdad?
—Sé que si pasamos un rato a solas...
—¡Brett!
Seguía de pie en el otro extremo de la habitación, mirándola fijamente.
—Te quiero, Sabrina. Ya lo sabes.
Ella movió la cabeza con impaciencia.
—Brett, tal vez pienses que me quieres, pero créeme, quieres a cualquier mujer.
—Dame una oportunidad. Iremos despacio. Santo Dios, Sabrina, hasta tú tienes necesidades.
—Brett, eres mi amigo. Sigamos siendo amigos.
—Es por él, ¿verdad? —dijo Brett con enojo.
—¿Cómo? —preguntó Sabrina con cautela, porque la actitud de Brett había cambiado. Sus ojos de amante despreocupado habían adquirido un brillo hostil e intenso. Avanzó hacia ella.
—Es por él, por nuestro grandioso y admirable anfitrión. Estás obsesionada. Claro que es por él. Te acostarías conmigo, salvo que quieres acostarte con Jon.
—Brett, debes comprender...
—Bueno, ya está. Es cierto. Quieres acostarte con él... otra vez. ¿Otra vez, verdad? ¿Cuándo te acostaste con él exactamente, si no te importa que te lo pregunte?
—Sí, sí me importa. Cuando estuvimos casados, te fui fiel. Tú a mí no. Así que no, no puedes hacerme pregun-

tas. Brett, quiero seguir siendo tu amiga. No lo eches todo a perder. Vámonos de aquí.

Echó a andar hacia la puerta, pero él alargó el brazo y cerró los dedos como si fueran tenazas en torno a la muñeca de Sabrina. Atónita, Sabrina vio la rabia que centelleaba en los ojos de Brett.

—De eso nada —le dijo—. No vamos a irnos de aquí. Todavía no.

—Brett, suéltame.

—Ni hablar, Sabrina —dijo con pasión—. Lo he hecho por ti, todo por ti. Todo... incluso lo de Cassie. No puedo consentir que te vayas. ¿Es que no lo has adivinado todavía?

V.J. estaba nerviosa, demasiado nerviosa para quedarse callada en la cripta.

—¿Y bien? —dijo.

—Yo sigo pensando que Jon nos ha aguado la fiesta. Y es él quien la ha organizado —protestó Dianne.

—Está preocupado, cariño —dijo V.J., mientras observaba a Dianne. La joven estaba muy inquieta. ¿Qué habría provocado aquella agitación? De repente, parecía muy joven y angustiada. V.J. suspiró, sorprendida de sentir pena por una joven que había logrado el éxito en su profesión a tan tierna edad—. Dianne, se avecina una fuerte tormenta, y ni Brett ni Sabrina conocen los alrededores.

—La nieve siempre es la nieve —dijo Thayer Newby—. No puede ser peor en un sitio que en otro. Ahora que lo pienso, recuerdo una vez, cuando me estaba formando en Nueva Inglaterra, que hizo tanto frío y nevó tanto que hubo personas que murieron congeladas en los coches.

—Resulta tranquilizador saber que una tormenta no

puede ser peor que otra que acabó con la vida de varias personas —murmuró V.J.

Tom le cubrió la mano con la suya, como si percibiera su creciente impaciencia.

—Puede que estén en apuros —corroboró Joe, mientras se rascaba la barba.

—¿Creéis que Jon puede necesitar ayuda? —preguntó Thayer.

—¿Acaso alguno de nosotros conoce bien los alrededores? —inquirió Reggie.

—Reggie, no te ofendas —intervino Tom—, pero no pretenderás ayudar a Jon...

—Eh —protestó Reggie—. Mira quién fue a hablar. V.J., dile tú que ya está decrépito, ¿quieres?

Todos rieron fugazmente.

—Eh, ¿dónde está Susan? —preguntó Thayer, como si de repente se hubiera percatado de su ausencia y lo considerara muy sospechoso.

Anna Lee profirió una risita.

—Quizá haya seguido a Brett y a Sabrina para espiarlos. Siempre está metiendo las narices donde no la llaman, y cuantos más trapos sucios encuentra, mejor.

—De acuerdo, entonces, ¿dejamos que Jon lleve a cabo el rescate y nosotros seguimos con la sesión? —propuso Joe—. Así podremos levantarnos de esta estúpida mesa.

—Tienes razón, acabemos con este juego —coreó Anna Lee.

V.J. contempló a sus colegas. Dianne se estaba comportando de manera muy extraña; Anna Lee estaba de un humor de perros; Reggie mantenía su pose de reina Victoria y, en aquellos instantes, rascándose la barba como estaba, Joe parecía un maníaco chiflado. Thayer estaba mirando a Anna Lee como si supiera algo que no debía. Susan no estaba allí, y Anna Lee tenía razón, seguramente estaba husmeando en la vida de alguien. Mis amigos, pensó. ¡Menudo grupo! Después, sintió la mirada de Tom y se tranquilizó un poco.

—Sí, invoquemos a los espíritus —corroboró V.J.

—Sabes —dijo Joe—, si es cierto que Brett y Sabrina se están dando un revolcón en alguna parte, al menos habrán buscado donde refugiarse y estarán a salvo de la nieve.

—Si Brett está dándose un revolcón con su ex esposa, no estará haciendo el papel de difunto mayordomo. Malcolm no saldrá de su tumba para hacer ruidos fantasmales —dijo Dianne con rotundidad—. ¿Seguís queriendo que hagamos la sesión? —inquirió. Bajó la cabeza y empezó a mover el cuerpo hacia delante y hacia atrás—. ¡Espíritus, salid de entre los muertos y dadnos una señal! ¡Golpead la madera, gritad!

De repente, oyeron una sucesión de gritos ahogados y espeluznantes.

—¿Qué diablos ha sido eso? —preguntó Thayer, que se puso en pie con sobresalto.

Todos se levantaron y miraron a su alrededor. El sonido resonaba en toda la cripta, pero no parecía provenir de allí.

—¡Socorro! ¡Socorro! ¡Por el amor de Dios!

—¡Dios mío! —exclamó Dianne, con una palidez cadavérica en el rostro.

—Los gritos vienen de... —susurró V.J.

—¡De la cámara de los horrores! —concluyó Reggie.

Se miraron unos a los otros... y echaron a correr hacia la prodigiosa exposición de Joshua.

Brett soltó a Sabrina y cayó de rodillas ante ella para rodearla con los brazos. Sabrina estaba atónita.

—¡Sabrina, dame una oportunidad! Puedo cambiar. Me he equivocado. He sido un insensato desde que nos separamos. He hecho cosas de las que no me siento orgulloso. Pero creo que te quiero de verdad y...
—Brett.
—Sabrina, necesitaba verte a solas. Por favor, perdóname por...
—Brett, ¿qué era lo que decías sobre Cassie?
—¿Sobre Cassie? —repitió, sin comprender.
Estaba a solas con aquel hombre. A solas y lejos del castillo, en plena tormenta de nieve. No podía creer que Brett fuera capaz de matar a nadie, pero él mismo había dicho que lo había hecho todo por ella. Todo. Incluso lo de Cassie.
—Brett, ¿asesinaste a Cassandra Stuart? —preguntó.
—¡No!
—Has dicho que...
—Mis discusiones con ella —balbució—. Sabrina, reconozco que te mentí para traerte aquí, pero debes escucharme.
—Brett —protestó Sabrina de nuevo, mientras intentaba retroceder. Brett seguía de rodillas y le rodeaba las piernas con los brazos. Era una situación ridícula. Buena parte del público lector femenino daría cualquier cosa por estar en su lugar; Brett McGraff era famoso, encantador y rico... número dos en la lista de libros más vendidos, justo después de Michael Creighton. Pero esas mujeres no habían estado casadas con él. Además, ¿cómo podía sentirse halagada cuando había dicho: «Creo que te quiero de verdad»?
Aun así, Sabrina no podía creer que Brett fuera un asesino. A veces se comportaba como un niño entrañable, y en aquellos momentos parecía sincero. No quería herir sus sentimientos.

—¡Dame una oportunidad, sólo una oportunidad! Estoy de rodillas ante ti, Sabrina.

—No sigas, Brett, por favor —de nuevo intentó apartarse. Él seguía sin soltarla.

—Es por él, ¿verdad? Lo sabía. Sabía que había algo entre vosotros.

—Brett, voy a caerme por tu culpa.

—Sabrina, puedo superarlo. Te perdonaré.

—¿Que tú me perdonarás? Brett...

—Sabrina, no sabes con qué pasión deseo...

—Brett, tú sólo me deseas porque te estoy rechazando, y no estás acostumbrado a que ninguna mujer te diga que no. Brett, por favor...

Seguía retrocediendo cuando chocó contra algo sólido. La cama. Perdió el equilibrio y cayó hacia atrás.

Brett se apresuró a sacar partido a la situación. Se levantó en un abrir y cerrar de ojos y se arrojó sobre ella. Mientras Sabrina forcejeaba con él para quitárselo de encima, empezó a resbalar, arrastrando tras ella la ropa de cama. En apenas unos segundos, estaba en el suelo, hecha una maraña con Brett, una almohada y el edredón. Otra almohada cayó sobre su cabeza.

—Brett... —jadeó.

Pero mientras el edredón seguía cayendo sobre ella, oyó un crujido similar a un trueno y la puerta se abrió de par en par.

—¡Se ha atrancado! ¡La puerta se ha atrancado! —le dijo Tom a Joe, mientras hacía fuerza con su cuerpo.

Seguían oyéndose chillidos al otro lado.

—¡Haz algo! —le ordenó V.J.

Dianne Dorsey se había quedado rezagada y los miraba con los brazos cruzados.

—¡Si es Susan montando un melodrama!

—Vamos, está asustada. Sacadla de ahí —dijo Anna Lee.

—¡Socorro! —suplicó Susan—. Por favor, viene por mí. ¡Va a clavarme su cuchillo! ¡Por favor...!

—¿Quién va por ti con un cuchillo? —le preguntó Reggie.

—¡Jack! ¡Jack el Destripador! —chilló Susan.

—Susan, Jack el Destripador es una figura de cera; no puede moverse. Abre la puerta. Creo que tiene echado el cerrojo —dijo V.J.

Susan empezó a chillar otra vez.

—Apartaos —dijo Thayer Newby con firmeza, como el poli implacable que había sido. Los demás despejaron la entrada.

Thayer retrocedió y contrajo sus formidables hombros. Tom y Joe lo imitaron. Thayer asintió y los tres se precipitaron sobre la puerta.

Susan lanzó un chillido histérico que reverberó en los sótanos. Después, se hizo el silencio.

Entre la maraña de sábanas y mantas, Sabrina se quedó inmóvil, escuchando las zancadas de alguien que se acercaba.

—¡Qué demonios...! —empezó a decir Brett.

Alguien tiró del edredón que cubría la cabeza de Sabrina. Se encontró mirando a los ojos de Jon, que estaba en cuclillas ante ella. A su lado, Brett forcejeaba para desenredarse.

—Perdón por la interrupción —dijo Jon con fluidez—, pero se nos echa encima la tormenta. La nieve...

—¡No es más que nieve! —lo interrumpió Brett. Hablaba con tal petulancia que Sabrina se sintió aún más avergonzada.

—Es una ventisca, Brett, y nos quedaremos aislados de la civilización, incluso en el castillo. Pero, al menos, allí tenemos provisiones y calefacción. Aquí no sobreviviríais —dijo con educación.

Sabrina empezó a incorporarse; Brett la agarró de la mano. Ella apretó los dientes.

—¡Suéltame! —al ver su mirada furibunda, Brett la soltó a regañadientes, y ella se puso en pie. Los dos hombres también se levantaron y se miraron con recelo.

—¿Qué demonios está pasando aquí? —le preguntó Jon a Brett con aspereza.

—¡Nos estamos reconciliando! —le espetó Brett.

—¿Es eso cierto? —preguntó Jon mirando a Sabrina.

—No nos estamos... —empezó a decir.

—Maldita sea, Stuart, ¿quién diablos te crees que eres? —dijo Brett, iracundo—. ¿El todopoderoso señor del castillo? Sólo porque organizas este condenado juego no...

—Te aseguro que no lo organizo para que tú raptes a las mujeres y las pongas en peligro llevándotelas a la intemperie.

—¡Serás prepotente, maldito hijo de perra! —replicó Brett y, sin previo aviso, le lanzó un puñetazo.

Jon hizo gala de excelentes reflejos y bajó la cabeza. Pero cuando volvió a levantarla, Brett le asestó otro puñetazo y acertó a darle en el mentón. Jon le devolvió el golpe con furia y hundió el puño en la mandíbula de Brett, que cayó de espaldas sobre la cama, perplejo. Enseguida, movió la cabeza de un lado a otro y se lanzó otra vez al ataque como un toro enloquecido.

—¡Ya basta! —gritó Sabrina, e intentó interponerse entre los dos.

Aunque se estaban dejando llevar por la testosterona y no parecían prestar mucha atención a Sabrina, dejaron la pelea y se conformaron con los ataques verbales.

—Así que te crees un héroe al rescate —le dijo Brett con mordacidad—. ¡Mira que decirme cómo debo tratar a mis mujeres! ¿Por qué no cuentas la verdad sobre cómo has tratado a las tuyas? —le retó.

—¿La verdad? Mi pasado no es asunto tuyo, McGraff. Pero quizá quieras contarme tú la verdad sobre el pasado —replicó Jon—. A fin de cuentas, yo era el que tenía una esposa. ¡Tú eres el que no puede superar que ocurriera algo que no tuviera nada que ver contigo!

Siguieron mirándose fijamente, con los dientes apretados, los dos en tensión. Entonces, Sabrina comprendió que su furia nacía de algo mucho más profundo y lejano que las circunstancias actuales.

Oyó un ruido y se sorprendió al ver a Joshua Valine de pie en el umbral. Éste sonrió a Sabrina con vacilación, comprensivo, mientras la discusión proseguía a sus espaldas.

—Debemos regresar al castillo —le dijo Joshua—. La tormenta está empeorando por momentos.

Sabrina asintió. Dejó a los combatientes en manos de Joshua, salió de la cabaña y montó sobre su caballo.

Poco tiempo después, los dos escritores salieron de la cabaña, ambos en silencio. Jon seguía con el semblante tenso, los ojos severos y cristalinos. Brett también irradiaba furia contenida. Joshua apareció momentos más tarde, tras dejar cerrada la cabaña.

En silencio, los hombres se dirigieron a sus respectivos caballos. Mientras montaban, Sabrina empezó a avanzar. El día frío y hermoso de minutos antes había sufrido una tremenda transformación. El paisaje no parecía el mismo; tenía la sensación de estar cabalgando en un vacío interminable. No podía ver árboles, ni maleza, ni siquiera se distinguía el cielo de la tierra. En el breve espacio de tiempo que habían pasado en la cabaña, la nieve se había vuelto cegadora y los envolvía con su manto blanco.

Jon debía de saber que estaba desorientada y tenía intención de encabezar la marcha, aunque la adelantó sin mirarla ni dirigirle la palabra. Sabrina lo siguió, seguida de Joshua y, por último, de Brett.

La nieve arreciaba; cristales de hielo que le arañaban el rostro. Jon se volvió y les gritó:

—¡Tenemos que darnos prisa!

Asintieron, y Jon apretó el paso aprovechando un campo abierto y liso. Los demás lo seguían de cerca.

De repente, Sabrina oyó un estallido y un grito brusco. Se volvió y vio que Brett se había caído. Su caballo pasó de largo, desbocado y confuso.

—¡Brett! —gritó. Tiró de las riendas y corrió junto a él. Desmontó atropelladamente. La nieve caía con creciente furia—. ¡Brett!

Yacía boca abajo sobre la nieve, sobre lo que parecía un lazo rojo.

Al agacharse, Sabrina advirtió que no se trataba de un lazo rojo. Era un reguero de sangre, de un vibrante color carmesí en contraste con la blancura inmaculada de la nieve.

Susan Sharp yacía en el suelo, al otro lado de la puerta, cuando ésta cedió al empuje de los tres hombres.

Estaba tumbada de costado, con el pelo caído sobre la cara. Al verla, V.J. sintió que se le paraba el corazón; después, empezó a latirle con frenesí.

—¡Dios mío! —susurró, y corrió hacia Susan, atormentada por horribles pensamientos. ¿Sería cierto que Jack el Destripador había cobrado vida para matarla?

Se arrodilló junto a la mujer, lo mismo que Thayer. El ex policía, acostumbrado a las emergencias, e incluso a los cuerpos sin vida, estaba levantando la muñeca de Susan para tomarle el pulso. Sonrió despacio a V.J.

—No está muerta. Tiene el pulso fuerte y estable y respira con facilidad. Se ha desmayado, nada más. Yo diría que se ha llevado un susto de muerte.

—¿No está herida?

—No parece —dijo en cuanto la palpó con manos expertas.

—¿Pero cómo ha podido quedarse encerrada aquí? —preguntó Tom Heart, mientras estudiaba la puerta.

Thayer se puso en pie para inspeccionar la puerta con Tom y Joe.

—No estaba encerrada. No podíamos entrar porque el cerrojo no estaba del todo fuera de la armella. En cuanto a por qué ella no podía salir, no lo sé. Puede que no se haya dado cuenta de que el cerrojo no estaba del todo descorrido. Además, la puerta podría estar hinchada por efecto de la humedad. Creo que no tiene mucho misterio. Ha sido víctima de la madera hinchada, de un cerrojo mal descorrido y del pánico.

Dianne miró fijamente a Thayer.

—¿El miedo la hizo creer que estaba encerrada?

Thayer se encogió de hombros.

—Eso parece. ¿Qué podría ser si no? Además, la madera hinchada se atranca. Tuvimos que empujar la puerta entre los tres para poder entrar. Y no hemos arrancado el cerrojo. Mirad, la madera apenas ha sufrido ningún daño.

—Pero es una madera muy recia —dijo Tom Heart con ironía—. Si alguien se quedara encerrado aquí dentro...

—Pero el cerrojo estaba descorrido casi por completo, ¿verdad? —insistió Dianne.

—¡Este viejo castillo puede resultar horrible! —dijo Anna Lee, y se estremeció.

—La gente es horrible, querida —la corrigió Reggie con ironía—. Y a mi edad, al menos, no sólo eso sino insufrible y quejumbrosa. Estoy vieja y estoy cansada. Voy a subir a tomar algo —se dio la vuelta y se alejó.

—Quizá debería acompañarla alguno de nosotros —reflexionó Joe en voz alta.

—A Reggie no le pasará nada. Pobres de los espíritus que intenten amedrentarla. Pero, ¿no deberíamos hacer algo con Susan? —dijo V.J.—. Está sobre el suelo frío de piedra.

Todos se miraron a los ojos y desplegaron sonrisas lentas, como si les remordiera la conciencia. A V.J. se le ocurrió pensar que no había nadie allí a quien Susan no hubiese perjudicado de una forma u otra en algún momento de su vida. De haberla encontrado muerta, ¿habrían lamentado sinceramente la pérdida?

—Bueno, así está callada —comentó Dianne. Un coro de carraspeos y risitas pareció confirmar la verdad de las observaciones de V.J.

—¡Vamos! —exclamó—. ¿Es que somos unos monstruos? Haced el favor de levantarla...

—Ya voy, ya voy —gruñó Thayer—. Será mi ejercicio de pesas de hoy. ¿Alguno sabe cuál es su habitación? No tardará en volver en sí.

Justo cuando empezaba a levantarla, Susan abrió los ojos de par en par.

—¡Suéltame, pedazo de animal! —protestó.

Thayer la complació al instante, y el trasero de Susan rebotó en el suelo frío de piedra. V.J. volvió el rostro para reprimir una carcajada.

—¡Sinvergüenzas! —Susan arremetió contra todos—. ¿Quién ha sido? ¿A quién se le ha ocurrido gastarme una broma tan cruel? Deberían colgaros a todos. Te parece gracioso, ¿verdad, Victoria Jane Newfield? Lo lamentarás. Te juro que lo lamentarás.

—Deja de amenazar a V.J., Susan —dijo Tom Heart con enojo—. Era la que más preocupada estaba por ti.

—¡Seguro que fue ella quien me encerró, o quien se hizo pasar por Jack el Destripador!

—Susan —dijo Anna Lee con impaciencia—. Nadie se ha hecho pasar por Jack el Destripador. Tu imaginación te gastó una mala pasada porque creíste estar encerrada.

—No lo creí, lo estaba —insistió Susan—. Y alguien se ha puesto el disfraz de Jack el Destripador para asustarme.

—Susan, Jack el Destripador lleva puesto su disfraz —dijo Joe, mientras se mesaba la barba distraídamente y contemplaba la cámara de los horrores—. Si te fijas, te darás cuenta de que todo está igual que siempre. Has sido víctima de tu propia imaginación.

—O de los remordimientos —sugirió Anna Lee de buen grado.

Susan la recompensó con una mirada asesina.

—¡Repito que aquí ha ocurrido algo siniestro! —les espetó con furia—. Me han encerrado y aterrorizado deliberadamente. Bajé aquí porque mi nota decía que debía asistir a una sesión de espiritismo...

—La sesión era en la cripta —declaró Dianne, que se echó hacia atrás su corta melena y se arrodilló junto a Susan—. ¿No decía tu nota que bajaras a la cripta?

—No, a la cámara de los horrores —dijo Susan—. Así que uno de vosotros me la ha cambiado y me ha encerrado aquí dentro. Cuando averigüe quién ha sido...

—¿Dónde está tu nota? —preguntó V.J. Contempló los rostros de sus amigos. Todos lucían una expresión inocente.

—La tenía. Estaba aquí —insistió Susan. Se puso en pie y la buscó con la mirada en el lugar en el que se había desmayado. No había ninguna nota—. El que me gastó la broma, también se llevó la nota.

—Quizá el que te enviaran aquí era parte del juego —sugirió Joe, que seguía intentando calmar los ánimos.

V.J. lo miró con cierto desprecio. No habría forma de aplacar a Susan Sharp, y no estaba dispuesta a darle coba ni a tolerar sus estupideces, pese a lo que pudiera escribir en su columna. Había llegado muy lejos, demasiado para adular a personas como Susan.

—Mira —dijo Thayer en tono práctico—. Las demás mujeres estaban en la cripta cuando bajamos, y los hombres bajamos juntos, así que ninguno de nosotros podría haberte hecho nada malo sin que otro se diera cuenta, Susan. Creo que te asustaste accidentalmente y que el pánico hizo que tú misma te encerraras sin darte cuenta.

—¡Tonterías! —le espetó Susan con furia. Empezó a dar vueltas por la sala—. Este viejo castillo está lleno de pasadizos secretos y de paneles corredizos. Cualquiera de vosotros podría haberse colado aquí para amedrentarme.

—Susan, sinceramente, si pensara amedrentarte, lo haría mucho mejor —ladró Thayer.

—Quizá fuera el propio señor del castillo, Jon, quien te encerrara —sugirió Dianne de repente—. Jon estaba aquí, y ¿quién si no él conoce los pasadizos secretos del castillo?

—Jon nunca me haría una cosa así —dijo Susan con afectación, mientras se peinaba el pelo hacia atrás—. ¿Dónde está? ¡Vamos a llegar al fondo de este asunto!

Una vez más, todos bajaron los ojos porque no querían proporcionar a Susan ningún dato que pudiera utilizar en contra de otra persona. Después, V.J. se encogió de hombros, porque no era ningún secreto que Jon había ido a buscar a Sabrina y a Brett.

—Se avecina una tormenta, y algunos habían salido a montar a caballo. Jon fue a cerciorarse de que regresaban.

—¿Algunos? —repitió Susan. Luego sonrió con malicia—. ¿No será que Sabrina y Brett se fueron... para estar solos? Qué interesante. ¡Quizá sean ellos los que tienen remordimientos!

—Sí, claro —murmuró Anna Lee con ironía—. Después de que uno de ellos te encerrara aquí dentro y el otro fingiera ser Jack el Destripador. Una hazaña increíble, teniendo en cuenta que los dos tenían que estar en dos sitios a la vez.

—Bueno, uno de vosotros me ha hecho esto, y pienso averiguar quién ha sido —les aseguró Susan con amargura—. ¿Dónde está Reggie? —preguntó.

—Paladeando un Martini al calor del fuego, diría yo —dijo Tom.

Susan entornó los ojos.

—Y ese maldito Joshua, que hizo estas criaturas tan horribles...

—Ni siquiera bajó a desayunar esta mañana —observó Joe.

—¿Y esa ratita despreciable que trabaja para Jon? —preguntó Susan.

—Debe de estar arriba, en alguna parte —contestó Joe, encogiéndose de hombros.

—No me extrañaría que esa horrible mocosa haya tenido algo que ver —dijo Susan—. Seguro que lo ha planeado ella, la muy zorra. Le arrancaré la verdad y...

—Susan, en serio, todo indica que te encerraste aquí sin querer —le recordó Thayer con firmeza.

—¿Y también me disfracé yo misma de Jack el Destripador?

—Jack el Destripador lleva puesta su ropa —dijo Joe Johnston, mientras caminaba con impaciencia hacia el cuadro de figuras—. Mira, Susan. Está vestido y está en su sitio, ¿de acuerdo? Pero el miedo es algo terrible. Gasta malas pasadas. Todos lo sabemos... nos ganamos la vida gracias a eso. Éste es un lugar oscuro y lúgubre... es fácil imaginar cosas.

Susan entornó los ojos.

—Joe Johnston, eres un capullo. Ahora mismo voy a subir a sacarle los ojos a esa Camy Clark —anunció. Giró sobre sus talones y se alejó con demasiado vigor para alguien que acababa de desmayarse.

Joe gimió.

—Será mejor que subamos con ella para proteger a Camy —les aconsejó Tom.

—Quizá interrogar a Camy no sea tan mala idea —dijo Dianne—. Podrá decirnos cuál era la nota que envió a Susan y así sabremos si alguien le estaba gastando una broma cambiándole la nota.

—Buena idea —dijo V.J.

Dianne sonrió, complacida. De repente, parecía muy joven otra vez. A pesar de su extravagante decisión de ser distinta, no era más que una adolescente que se abría paso en el amenazador mundo de los adultos, pensó V.J. Decidió ser mejor amiga de la joven escritora, aunque estuviera robando puestos en todas las listas importantes de superventas.

Bueno, así era la vida, razonó V.J. Nadie podía decir que la vida, o la muerte, fuera justa.

—Está bien, vamos todos arriba... —empezó a decir Thayer.

Pero, en aquel momento, los envolvió una súbita oscuridad. Y lo único que traspasó el manto de negrura fue un grito histérico.

En cuclillas junto a Brett, sobre la nieve, Sabrina estaba dominada por el miedo y la angustia. De acuerdo, podía ser un perfecto idiota algunas veces, pero lo quería a su manera. Y era un amigo. De repente, tenía miedo.

—Dios mío —susurró, mientras contemplaba la salpicadura de sangre y le tocaba el rostro con ternura. Estaba helado—. ¡Brett!

Jon dio media vuelta y tiró de las riendas mientras la nieve se arremolinaba en el aire en torno a él. Se agachó junto a Sabrina, que tuvo el valor de palparle la garganta a Brett para buscarle el pulso.

Un latido. Otro. Otro. ¡Estaba vivo!

Jon la miró y ella asintió con los ojos rebosantes de lágrimas. Vio cómo el alivio se reflejaba en su hermoso rostro y supo que, al margen de las diferencias que podían haber surgido entre los dos hombres, Jon estimaba sinceramente a su amigo.

Con dedos largos y ágiles, buscó con cuidado la herida que sangraba.

—Yo diría que se ha dado un golpe en la cabeza al caer. Tenemos que llevarlo de vuelta al castillo antes de que entre en estado de shock.

—¿No se ha roto el cuello, o algún hueso?

—No, estoy casi seguro de que tiene el cuello bien —murmuró Jon, mientras palpaba huesos y músculos. Empezó a examinarle las extremidades.

—Espera, tengo nociones de anatomía —dijo Joshua. Desmontó y se arrodilló sobre la nieve. Lo examinó con las manos suaves de un artista. Pasado un momento, los miró a los dos—. Me parece que sólo se ha hecho daño en la cabeza. No encuentro ningún hueso roto.

Sabrina los miró a los dos con gratitud. Después, Jon empezó a levantar a Brett. Tambaleándose un poco, se puso en pie. Debía de haber visto el miedo en los ojos de Sabrina porque se detuvo un momento y la tranquilizó.

—Lo llevaremos de vuelta al castillo y ya verás como se pone bien. Pero hay que ver cómo pesa. Debe de ser el éxito, que le ha hecho engordar de satisfacción, ¿no crees?

Sabrina sonrió débilmente. Después, Jon se volvió hacia Joshua para pedirle ayuda. Entre los dos, lograron sentarlo en la silla delante de Jon, y lo protegieron de la nieve con una manta que Jon sacó de su alforja. Sabrina montó enseguida sobre el bayo y lo siguió de cerca a paso lento.

Cuando advirtió que Joshua no los seguía, volvió la cabeza.

El artista se estaba arrodillando junto a la roca sobre la que Brett había caído, contemplándola con perplejidad antes de mirar alrededor, aunque Sabrina no podía imaginar qué estaría buscando en el paisaje nevado. No había nada, ni nadie. Claro que aunque hubiera todo un ejército arremetiendo contra ellos colina abajo en aquellos instantes, ellos no lo verían, porque la nieve resultaba cegadora.

—¡Joshua! —lo llamó. Pero no debió de oírla ni verla. ¿Debía volver por él? Pero Brett estaba inconsciente y tenían que llevarlo al castillo lo antes posible.

Se mordió el labio y miró a Jon, que se alejaba a paso ligero. ¿Debía llamarlo? Volvió de nuevo la cabeza y se tranquilizó al ver que Joshua Valine se había puesto por fin en pie y estaba montando sobre su caballo para seguirlos. Enseguida miró al frente, porque su instinto le decía que al artista no le agradaría saber que lo había estado observando.

Todos cabalgaron en silencio hasta que, finalmente, como una roca gigantesca caída en el centro del paisaje nevado, el castillo apareció ante ellos. Ya casi estaban en casa.

—¡Y ahora esto! —exclamó Susan a corta distancia. Su voz sonaba áspera en la repentina oscuridad. No se había alejado mucho cuando se fue la luz.

Entonces, V.J. creyó oír otra cosa. Algo parecido a un aleteo, como si una capa hubiera pasado a su lado, casi rozándola.

Una capa.

¿Jack el Destripador?

¿Jack el Destripador, que había cobrado vida y andaba suelto en la cámara de los horrores? Todos estaban tan convencidos de que Susan estaba dramatizando, que la imaginación le había gastado una mala pasada... ¿Pero no era posible que alguien vestido como la figura estuviera escondido en algún rincón, vanagloriándose, riendo, pensando que sólo tenía que esperar a que se fuera la luz para que ellos se convirtieran en víctimas perfectas e indefensas, como corderos en el matadero?

Un segundo grito rasgó la oscuridad, y V.J. creyó morir de un ataque al corazón.

Pero era Susan, y el grito fue seguido de una maldición.

—¡Me has quemado, maldito! —exclamó.

—Estás justo encima de mí —dijo Thayer al encender el mechero para darles un poco de luz.

V.J. entornó los ojos. La figura de Jack el Destripador seguía donde estaba. «¡Qué tonta soy!», se regañó.

—Esperad... Aquí hay una lámpara —dijo Tom, y descolgó un antiguo farol de un gancho que había junto a la puerta—. Deben de quedarse sin luz siempre que hay tormenta, porque no hace mucho que lo han utilizado.

—Aquí hay otro —anunció Joe.

Con los faroles encendidos, la cámara de los horrores volvía a tener luz. En realidad, nunca había estado tan iluminada.

—Creedme, alguien está... —empezó a decir Susan.

—¡Vamos, Susan! —protestó Joe, y se tiró de la barba con absoluta irritación—. Las tormentas son obras de Dios, y los cortes de luz son fallos mecánicos. En ningún caso se trata de una conspiración contra Susan Sharp.

—Al diablo con la tormenta. Todavía no habéis visto nada —les aseguró Susan. Se acercó a Thayer y le arrebató el farol—. A la señorita Camy Clark le va a caer un vendaval.

Empezó a salir de nuevo de la cámara de los horrores, convencida de que había sido víctima de una broma cruel. Los demás la siguieron.

V.J. se sorprendió quedándose atrás en la creciente oscuridad. Intentó decirles que esperaran pero tenía la garganta seca y estaba paralizada por el miedo.

—¿V.J.? —dijo una voz masculina.

—¡Tom!

Bendito fuera. Había vuelto por ella esgrimiendo un farol. La luz la envolvió y las figuras de cera permanecieron inmóviles, obedientes.

—Victoria, ¿no pensarás quedarte aquí abajo, verdad? —preguntó Tom con suavidad.

V.J. sintió que la vida y el movimiento retornaban. Dirigió a Tom una sonrisa y juntos se apresuraron a alcanzar al grupo. Susan estaba a la cabeza. A V.J. le sorprendía que una mujer como ella, que a veces hacía un arte del mero hecho de andar, pudiera mover los hombros y dar zancadas como un camionero.

En la planta baja, los faroles resplandecían en torno a ellos. El servicio se había puesto manos a la obra.

Y allí, tres de ellos abandonaron el grupo. Mientras Susan echaba a andar escaleras arriba hacia el segundo piso, rugiendo como la Malvada Bruja del Oeste en busca de Camy Clark, Thayer Newby la siguió, pero Tom Heart se detuvo.

—Lo dejo en tus manos, Victoria. No pienso ver cómo sacrifican a un pobre corderillo —anunció y movió la cabeza.

V.J. se mordió con suavidad el labio inferior, consciente de lo mucho que Tom aborrecía a Susan.

—Iré a tomar una copa con Reggie —anunció Anna Lee, y echó a andar hacia la biblioteca—. Thayer se encargará de impedir que Susan recurra a la violencia. Los demás deberíamos acurrucarnos alrededor del fuego, como miedicas que somos.

—Yo soy de la misma opinión que Tom —dijo Joe Johnston.

V.J. los miró a los dos. Estaban de pie el uno junto al otro: Tom alto, apuesto y distinguido con su hermoso pelo plateado; Joe, barbudo, más grueso, más tosco y un poco brusco. Uno vestía trajes de Versace; el otro, ropa de mercadillo. Uno era un segundo Sean Connery; el otro, un oso peludo. Sin embargo, parecían extrañamente unidos en aquellos momentos.

—Susan va a hacer lo posible por humillar a la pobre Camy —le explicó Tom—. Quizá Camy no quiera tener público —añadió con suavidad.

V.J. asintió, pero se mantuvo firme.

—No hace falta que la agobiemos, pero iré a echarle una mano a Thayer.

—Voy contigo —dijo Dianne, con los ojos muy abiertos por la expectación. Todos la miraron, y ella echó hacia atrás su melena negra de corte perfecto—. Susan puede ser un auténtico monstruo. Iré a apoyar a V.J.

—Pero recuerda, después de este fin de semana, quizá todos paguemos porque Susan sea un monstruo —repuso Joe con severidad.

Tom estaba observando a V.J. sin revelar sus pensamientos. Ella se dio la vuelta y subió a paso rápido las escaleras, seguida de Dianne.

Susan ya había irrumpido en el cuarto de Camy cuando llegaron. Como siempre, la menuda ayudante de Jon estaba sentada detrás de su mesa. Era evidente que los cortes de luz no la arredraban. Estaba trabajando a la luz de una lámpara que iba a pilas.

—¡Zorra estúpida y miserable! ¡Haré que te despidan! —le estaba gritando Susan.

Camy se levantó de la silla con sobresalto, temblando, y miró fijamente a Susan. Movía los labios, pero no alcanzaba a articular palabra. Los ojos se le anegaron de lágrimas y miró con impotencia a Thayer, V.J. y Dianne.

—Yo... Yo... —empezó a decir, atónita. Parecía tan vulnerable como un pollito que se hubiera caído del nido.

—Susan, ¿quieres decirle al menos de qué la acusas? —le espetó V.J. con firmeza.

Susan giró en redondo y le lanzó una mirada furibunda.

Bueno, aunque el próximo libro que escribiera fuera la *Biblia,* pensó V.J. con ánimo cansino, Susan haría una crítica virulenta.

Susan se volvió otra vez hacia Camy con el rostro distorsionado por la rabia.

—Ella sabe lo que hizo. Me escribió una nota para enviarme a la cámara de los horrores; después, bajó por una de esas escaleras secretas y me dio un susto de muerte. No sólo deberían despedirla, sino arrestarla, y pretendo asegurarme de que sea así.

—Susan —dijo Camy en su propia defensa—. Yo no... No sé... Te juro que...

—¡Pequeña rata mentirosa! —dijo Susan entre dientes, y avanzó hacia ella.

—¡Espera un momento! —la interrumpió Thayer con enojo, y dio un paso al frente para detener a Susan.

—Déjala que se ensañe con ella —dijo Dianne con naturalidad.

—Susan, deja de comportarte como una arpía —la amonestó V.J. Genial. Era la Semana del Misterio y ella se había vuelto suicida. Sería picadillo en la prensa.

—Yo... yo no te di instrucciones para que bajaras a la cámara de los horrores —le dijo Camy a Susan—. Todo el mundo debía bajar a la cripta para asistir a la sesión de espiritismo. Joshua tenía que dar unos golpecitos detrás de las tumbas, pero siguió a Jon por si acaso había algún problema... Quiero decir, por si acaso alguien se quedaba incomunicado o la tormenta empezaba a arreciar

—tartamudeó e hizo una pausa al comprender que estaba reconociendo que su jefe había salido a buscar a Brett McGraff y a Sabrina Holloway hecho una furia—. Joshua pensaba que... que Jon podría necesitar ayuda y que los demás os lo pasaríais igual de bien sin él en la cripta.

—Sí, no hay nada más divertido que pasar la mañana entre los muertos —dijo Dianne con ironía. Camy le lanzó una mirada lastimera. Dianne enseguida se arrepintió—. Claro que era más importante que Josh se asegurara de que nadie se perdiera en la nieve —se apresuró a añadir.

La verdad quedó suspendida en el aire. ¿O para asegurarse de que Brett y Jon no llegaran a las manos por Sabrina?

—Susan, te lo juro, si recibiste instrucciones de ir a otra parte, no las escribí yo —insistió Camy.

—¿Quién si no? —preguntó Susan. Camy seguía temblando, angustiada.

—No lo sé, no lo sé. Tampoco sé quién escribió la otra... —se interrumpió y los miró a todos, pálida como la cera.

—Alguien más ha recibido una nota que tú no escribiste, ¿verdad? —inquirió Thayer.

—Yo... yo...

—¡Por el amor de Dios! ¡Deja de tartamudear como una perfecta idiota! —exclamó Susan.

—¿Quién más ha recibido una nota falsa? —preguntó V.J. en voz baja.

—Sí, dinos quién, por favor.

—No estoy autorizada para... —empezó a decir Camy con actitud protectora.

—¡Jon! ¡Fue Jon Stuart! —adivinó Dianne. Parecía otra vez extrañamente entusiasmada.

Camy seguía pálida. Parecía un cervatillo extraviado, allí de pie, temblando.

—¿Sabéis qué es lo que creo? —dijo Susan—. Que todo esto no son más que patrañas. Creo que eres una lianta. ¿Qué otra persona podría repartir sobres diferentes y robar los que tú habías escrito de verdad? Es todo obra tuya, Camy. Sólo queda averiguar por qué lo has hecho.

—No, por favor, Susan. Yo sería incapaz de hacer algo así. De verdad —dijo Camy, en un intento desesperado de demostrar su inocencia—. Siento mucho que te asustaras, pero...

V.J. tenía la sensación de estar presenciando el sacrificio de un cachorrito. Tenía que arriesgarse a intervenir.

—Vamos, Susan, no tengas tantos humos. Ninguno de nosotros está encadenado; todos podemos pasearnos a hurtadillas por el castillo. ¡Cualquiera podría ser el bromista! —dijo con enojo.

Susan la miró con ojos asesinos.

—Tú no te quedaste encerrada con un monstruo horrible que jadeaba junto a tu cuello. Podría haberme matado. Sé que lo habría hecho si vosotros no hubierais llegado primero.

—¿Qué monstruo? Estás acusando a Camy de enviar las notas falsas —le recordó Thayer.

—Un monstruo o nuestra encantadora Camy haciéndose pasar por Jack el Destripador. ¿Qué diferencia hay? Alguien quería matarme, y estoy segura de que fue esta pequeña zorra —la acusó Susan.

—Susan, para ya. No sabes nada de nada —le dijo Dianne en voz baja.

La joven parecía extrañamente decepcionada, y V.J. se preguntó si Dianne no habría esperado con ilusión aquel enfrentamiento con la esperanza de descubrir algo que se le escapaba. Era joven, volvió a pensar V.J., y sospechaba que había sufrido algún que otro duro golpe en la vida, aunque también hubiera cosechado éxitos a muy temprana edad.

Susan los miró uno a uno a la cara. Seguía furiosa, con el rostro contraído y feo. V.J. pensó que, en aquel momento, cualquiera de ellos estaría encantado de dejarla encerrada con Jack el Destripador.

—Bueno, ¡idos todos a la mierda! —exclamó Susan con suavidad. Y una vez más, los miró uno a uno a los ojos—. Esta vez os vais a enterar.

Salió dando un portazo. De nuevo, V.J. evocó a la Malvada Bruja del Oeste.

Camy empezó a llorar con suavidad; Thayer tenía una mirada lúgubre y V.J. se percató de que ella misma estaba temblando por la intensidad de las emociones que se habían desatado.

—Creo que no nos vendría mal tomar una copa —anunció Dianne—. Vamos, Camy, baja y bebe algo con nosotros.

—Es que... estaba trabajando —dijo Camy, y se sorbió las lágrimas de forma entrecortada mientras intentaba controlar el llanto.

—No importa. Ya seguirás trabajando después, querida —dijo V.J. con suavidad.

—Pero yo no formo parte del grupo. Estamos en la Semana del Misterio y se supone que debéis resolver el enigma.

—Ya se respira bastante misterio sin que tengamos que poner mucho de nuestra parte —dijo Dianne—. O eso, o somos capaces de hacer un misterio de una tontería. Vamos. A Jon no le importará. Querría que te tomaras un descanso después de tu enfrentamiento con la arpía.

Camy asintió.

—A Jon no le importará —dijo con suavidad—. Eso lo sé.

—Entonces, vamos —la apremió V.J.—. Necesito sentarme y, ahora mismo, quiero tener un Martini en la mano cuando me siente.

Echó a andar hacia la puerta y los demás la siguieron. Y justo cuando salían, oyeron un grito agudo y espeluznante procedente del primer piso.

11

Nunca, ni en la vida real ni en la ficción, había oído Sabrina un chillido semejante. Mientras entraba detrás de Jon en el castillo, estuvo a punto de dar un bote al oír el grito.

Era Anna Lee, que estaba de pie en la entrada, con sus hermosos ojos abiertos de par en par y clavados en Brett, que estaba inconsciente en los brazos de Jon. Era evidente que lo daba por muerto.

—¡Está vivo! —se apresuró a decirle Jon—. Está vivo.

Nada más pronunciar aquellas palabras, Brett se movió un poco. Abrió los ojos y gimió. Luego, miró a Jon, al amigo que lo estaba llevando en brazos, e intentó sonreír.

—Jon, no podemos seguir viéndonos así. La gente empezará a murmurar.

—Creo que se pondrá bien —dijo Jon con ironía, y echó a andar hacia la biblioteca.

Para entonces, Reggie, Tom y Joe ya habían salido al vestíbulo, y V.J., Dianne, Thayer, Susan y Camy ya habían hecho acto de presencia bajando a todo correr las escaleras. Sabrina sintió que Joshua chocaba con ella por detrás.

—¿Qué ha pasado? —preguntó Camy.

—Un accidente —se apresuró a decir Sabrina.

—Ese estúpido caballo me arrojó al suelo —dijo Brett, e hizo una mueca—. Me caí de lleno sobre una roca. Estoy herido, señoras. ¡Sed amables conmigo!

Jon gimió con ironía al ver que su paciente volvía a ser el mismo de siempre. Volvió la cabeza y dijo:

—Que alguien traiga un paño y agua fría, por favor.

Camy se apresuró a obedecer. Enseguida acomodaron a Brett en un sofá de la biblioteca, y entre todos concluyeron que la única herida que tenía era el golpe en la cabeza. Brett estaba haciendo el papel de enfermo a la perfección, gimiendo, haciendo muecas de dolor y aprovechándose de la lástima que despertaba en todos ellos. Insistió en que fuera Sabrina quien le lavara la herida y le sostuviera el paño de agua fría sobre la cabeza. Dianne Dorsey buscó unos analgésicos para aliviarle el dolor y la hinchazón y Brett les contó con gran dramatismo cómo su impetuoso corcel se había puesto de manos repentinamente y lo había lanzado por los aires. Mientras lo escuchaba, Sabrina volvió a preguntarse qué habría estado buscando Joshua en la nieve, y se volvió para mirarlo. Estaba en las sombras, junto al fuego, solo y atento.

—¿Nos hemos quedado sin luz? —preguntó Jon mirando a Thayer.

—Sí, hace un rato. Fue justo...

—¡Justo después de que me atacaran cruelmente! —declaró Susan.

Jon aceptó la copa que le tendía Anna Lee y miró a Susan con una ceja levantada.

—¿Te han atacado?

—Me enviaron a la cámara de los horrores, mientras los demás estaban haciendo esa estúpida sesión de espiritismo en la cripta. Me encerraron y Jack el Destripador me atacó —exclamó Susan.

Joshua profirió un extraño gemido ahogado.

—¿Jack el Destripador cobró vida? —preguntó Brett con educación, reprimiendo la risa.

—A Susan no la encerró nadie —afirmó Thayer con rotundidad.

—La puerta se había quedado atrancada —explicó Joe.

—Eso dicen ellos —se quejó Susan—. Pero yo creo que fue ella quien lo hizo —con mucho dramatismo, señaló a Camy.

Brett no pudo más y profirió un gruñido de burla. Camy se echó a llorar con suavidad. Joshua se apartó de la chimenea como si fuese a salir en defensa de Camy.

—¿Camy? —preguntó Jon a su ayudante con mucha suavidad.

—No sé de qué está hablando, ¡te lo juro! —exclamó Camy.

—Como, según parece, nadie está seguro de nada, sugiero que no señalemos a nadie con el dedo... a no ser que forme parte del juego —dijo Jon con firmeza.

—¡Jon Stuart, tendrás que escucharme! —declaró Susan—. No estoy loca, y te aseguro que...

—¿Qué? —inquirió Jon con semblante lúgubre.

—Que tus invitados son un puñado de mentirosos que ocultan un montón de secretos —dijo mirándolos a todos a los ojos—. Os lo advierto, será mejor que me escuchéis. O alguien pagará por esto.

—Susan, si sabes algo... —empezó a decir Jon.

—¡Lo sé todo! —le espetó—. Pero no voy a contar historias sobre nadie... todavía.

—Susan, si crees que corres peligro —dijo Dianne, mientras jugaba con un mechón de su pelo—, deberías dejar de amenazar a la gente.

—Sí —añadió Thayer.

Sabrina pensó que se comportaban como una pandilla

de niños que por fin se habían unido para acorralar al matón del barrio.

—No estaría mal que todos y cada uno de vosotros echarais un vistazo a vuestras vidas y meditaseis en lo hipócritas y patéticos que sois —replicó Susan.

Jon suspiró.

—Susan, por lo que más quieras, déjate de juegos...

—Ah, pero estamos aquí para jugar, ¿no? —preguntó.

Jon movió la cabeza; era evidente que estaba manteniendo a raya su impaciencia y su enojo.

—Si de verdad tienes miedo, entonces, el riesgo es demasiado alto. Deberíamos suspender de una vez por todas esta maldita semana.

—Ah, no. Vamos a jugar hasta el final, ya lo creo que sí. Y descubriremos al que se está saltando las normas —dijo Susan—. Y Jon, espero que...

—Echaré un vistazo a la puerta de la cámara de los horrores, Susan —la tranquilizó Jon—. Y haré lo posible por averiguar qué ha ocurrido. Pero me temo que nos encontramos en una situación bastante precaria. Ya os dije que se avecinaba una tormenta, y no sé cuánto tiempo estaremos incomunicados por la nieve. Ahora también nos hemos quedado sin luz, y aunque tenemos generadores y baterías, no podremos mantener el castillo tan iluminado como yo querría. No podremos ver ni hacer tantas cosas como quisiéramos.

—Pero tenemos un bufé espléndido esperándonos en el comedor —dijo Reggie—. Creo que nos sentiremos mejor si comemos algo; así nadie será propenso a ataques de histeria.

—¡Yo no estaba histérica! —le espetó Susan.

—Vamos, Susan. Siempre lo estás —protestó Brett—. Y me estás haciendo sombra. Necesito tantas atenciones como pueda recibir, y que la gente se apiñe en torno a mí con maravillosa consternación. Así que, repórtate. Aquí, el paciente soy yo —le recordó con petulancia.

—Yo también me golpeé la cabeza al caer —dijo Susan.

—Sí, pero piedra contra piedra.... —murmuró Dianne.

—¡Te he oído! —le espetó Susan.

—Y qué —replicó Dianne con fluidez, mirando a Susan con rencor.

—Susan, tenemos generadores para el agua caliente —dijo Jon—. Tendremos que usar el agua con moderación, pero ahora mismo creo que te sentirás mejor si te tomas una copa y te das un buen baño de agua caliente.

Susan pareció aplacarse al oír las palabras de Jon.

—Sí, un baño caliente y una copa. Algo fuerte. Prepárame algo, querido, ¿quieres? ¿Y te quedarás conmigo mientras me baño? ¿Haciendo guardia? Estoy tan nerviosa...

—Susan, voy a echar un vistazo por el sótano —dijo Jon—. No te pasará nada. Algún otro puede...

—Yo haré guardia en la puerta de Susan —se ofreció Thayer.

—No —le dijo Jon al ex policía—. Preferiría que bajaras conmigo.

—Yo me quedaré con ella —se ofreció Sabrina.

—¡No! —protestó Brett, y asió la mano con que ella le sostenía el paño frío—. No puedes abandonarme ahora, Sabrina. Por favor —hizo una mueca de dolor, como si estuviera viendo las estrellas. A decir verdad, la herida no tenía muy buen aspecto, y se alegraba de que estuviera vivo.

—Yo haré guardia en el cuarto de Susan —se ofreció Tom Heart.

Sabrina alzó la vista y sorprendió la mirada de Jon; la estaba traspasando con los ojos. Allí estaba ella, sentada en el brazo del sofá, con la mano en la cabeza de Brett, la misma mano que él asía con los dedos. Debía de ser una imagen muy enternecedora.

—Ayúdame a subir a mi habitación, cariño. ¿Quieres? —preguntó entonces Brett—. Por favor, no creo que pueda arreglármelas solo. Podrías traerme un poco de comida y asegurarte de que no me dan arcadas o algo así.

Para entonces, Jon ya había vuelto la cabeza. Y pronto desapareció seguido de Thayer.

—Bueno, vamos a comer. Me muero de hambre —dijo Reggie.

—¿Hay dos personas heridas y te mueres de hambre? —protestó Susan.

—Dos tontos inconscientes. Y sí, me muero de hambre. Susan, estás hecha un desastre. Ve a darte un baño. Sabrina, tú llévate a ese mozalbete apasionado que tienes por ex marido a su habitación y baja a almorzar con nosotros. ¡Va a ser un día muy largo!

Sería un día muy largo. Sabrina lo supo en cuanto ayudó a Brett a subir a su cuarto.

Estaba empapado y, cómo no, insistió en que lo ayudara a desvestirse. Le dio las gracias cuando le quitó las botas, la chaqueta y la camisa. Se negó, en cambio, a bajarle los pantalones.

—Vamos, Sabrina, no es nada que no hayas visto ya —le dijo. La miró con ojos lastimeros—. Sabrina, te juro que estoy sin fuerzas. Ayúdame.

—Está bien —accedió Sabrina—. Túmbate y tiraré de las perneras. Pero será mejor que lleves puesta ropa interior.

Brett rió.

—Que estés herido no significa que no te comportaras como un gusano, ¿sabes? —le recordó mientras forcejeaba con los pantalones empapados, que parecían haberse adheridos a sus piernas.

—Eres una enfermera maravillosa, Sabrina. ¿Qué tal si me ayudas a quitarme los calzoncillos?

—Lo único que te salva en estos momentos, Brett McGraff, es que llevas calzoncillos —lo regañó Sabrina.

—Ten piedad, por favor. ¿Puedes ponerme otra vez ese paño frío sobre la cabeza?

Sabrina suspiró.

—Métete en la cama y compórtate.

Así lo hizo. Cerró los ojos e hizo una mueca, y Sabrina dedujo que el dolor de cabeza lo estaba matando.

—Podrías haber muerto, ¿sabes? —le dijo.

—¡Estúpido animal! Me pregunto por qué se pondría de manos.

—Eh, son cosas que pasan —lo tranquilizó Sabrina con suavidad.

—Aquí pasan demasiadas cosas —replicó Brett con voz apagada. Hizo una pausa—. ¿Qué crees que le ha pasado a Susan?

—¿Cómo voy a saberlo? No estaba aquí.

—Todo el mundo la odia —reflexionó Brett—. Cualquiera de nosotros desearía verla muerta.

—Pero no lo está, ¿verdad? Y, normalmente, sólo porque alguien odie a una persona, no se convierte en un homicida.

—Ah, pero piensa en los asesinatos. Hay psicópatas, gente que asesina en el ardor de una disputa, el típico oportunista implicado en otros crímenes... La lista es interminable.

—Bueno —reflexionó Sabrina—. Susan no me parece la clase de mujer que se asusta por una menudencia.

—Pero esas figuras de cera dan miedo, ¿verdad?

Sabrina asintió con sinceridad.

—Dios, me muero de hambre —dijo Brett—. ¿Por qué no bajas y miras si hay algo de fruta? ¿Unas uvas que me puedas dar de comer?

—No voy a darte de comer uvas, pero te traeré algo de almuerzo —dijo Sabrina—. Ahora, descansa. Enseguida vuelvo —salió sin hacer ruido de la habitación de Brett y echó a andar por el pasillo hacia las escaleras.

A su espalda, oyó cómo una puerta se cerraba con suavidad. Miró a su alrededor. No sabía qué puerta se había cerrado, ni si habría imaginado el ruido. En el pasillo reinaba un silencio sepulcral. Se estremeció y bajó las escaleras lo más deprisa que pudo.

Cuando entró en el comedor, vio que estaba vacío. Los demás habían almorzado y se habían ido.

Las fuentes seguían alineadas en el aparador. Alguien había empezado a recoger la mesa, pero todavía quedaban algunos platos.

Empezó a levantar las tapaderas de las fuentes para inspeccionar su contenido. De repente, un escalofrío de intranquilidad le recorrió la espalda. Giró sobre sus talones, convencida de que alguien la estaba observando desde las sombras.

Enseguida, se sintió como una estúpida. No había nadie detrás de ella. Como Susan, había empezado a imaginar una figura envuelta en una capa, dispuesta a quitarle la vida en cuanto se diera la vuelta.

Pero sí que oyó pasos en el vestíbulo, en dirección a la escalera. Echó a andar hacia allí y se detuvo en el umbral, al cobijo de las sombras.

Jon subía del sótano. Anna Lee se reunió con él en los peldaños que conducían al segundo piso, y le puso la mano en el brazo. Su melena ondulada cayó hacia delante, y sonrió. Era una hermosa sonrisa. Pero después, dijo algo con aparente preocupación. Jon tomó la mano de Anna Lee entre las suyas. La escritora parecía frágil junto a la figura alta y corpulenta de Jon y, cuando éste subió el peldaño y le susurró algo, dio la impresión de ser su protector. Se miraron con ternura. Anna Lee se dio la vuelta para acompañarlo escaleras arriba.

Sabrina retrocedió al comedor y se apoyó en la pared, repentinamente débil.

—No fue Anna Lee —dijo una voz desde las sombras. Sabrina se sobresaltó tanto que se extrañó de no haber gritado.

De repente, vio a Reggie Hampton, que se estaba levantando de un voluminoso sillón situado en un rincón, junto al umbral de la cocina. Parecía vieja y cansada, pero se mantenía erguida y elegante.

—¿Cómo? —susurró Sabrina.

Reggie se encogió de hombros y sonrió ligeramente.

—Acabo de ver cómo observabas a Jon y a Anna Lee. Observar a la gente... eso es lo que me mantiene viva. Y sana, por cierto. Lo llevas escrito en la cara y...

—No sé de qué estás hablando, Reggie —la interrumpió Sabrina.

—De nuestro anfitrión, querida —dijo Reggie con amabilidad, mientras la observaba con sus ojos viejos y sagaces—. Acabas de ver a Jon con Anna Lee y en algún rincón de tu mente estabas recordando el rumor de que Jon estaba teniendo una aventura cuando su esposa fue asesinada.

Sabrina enarcó una ceja.

—Reggie, no tengo derecho...

—Son amigos, Anna Lee y Jon. Pero no te preocupes, querida. Él no se interesa ahora por ella. Sexualmente, me refiero.

—Es libre de interesarse por ella como desee. Sexualmente también —replicó Sabrina.

Reggie sonrió.

—Desde luego, querida. Lo que tú digas. Ya veo que Jon no te interesa lo más mínimo. Ah, entonces mis labios permanecerán sellados sobre lo que sé. ¿Qué te parece si te ayudo a llenar un plato para tu paciente? La comida es exquisita, ¿verdad? Vamos a ponerle algo de cordero. A Brett le encantará.

—Reggie...

—No, mis labios están sellados.

—Reggie, si sabes algo impor...

—Sé muchas cosas. O creo que las sé. Pero algunas perjudicarían a personas inocentes, así que no hablo. La verdad se revelará por sí misma a su debido tiempo.

—Reggie...

—Si vas a ponerte pesada, querida, será mejor que prepares tú sola el plato —y, con la espalda bien recta, Reggie salió del comedor principal y dejó a Sabrina sola de verdad.

¿O no?

De nuevo, se dio la vuelta y escrutó las sombras. No había nadie.

Preparó dos platos de comida. E intentó regresar a la habitación de Brett con paso sereno y no corriendo.

La inspección de la cámara de los horrores había sido infructuosa. Todo parecía estar en su sitio. Thayer le había expuesto a Jon su teoría de la madera hinchada y el cerrojo ligeramente corrido y todo indicaba que Susan había sufrido alucinaciones.

Pero era muy posible que Susan hubiera recibido instrucciones diferentes a las de los demás; Jon no lo dudaba, porque a él le había ocurrido lo mismo. Y, en aquellos momentos, estaba especialmente tenso porque se habían quedado incomunicados por la nieve y, aunque los generadores permitirían que el castillo siguiera funcionando, ni siquiera a él le agradaban las sombras.

Tenía ganas de darse de cabezazos contra la pared. ¿Por qué no había insistido en que suspendieran el juego? Debería haberlos obligado a todos a abandonar el castillo antes de que se les hubiera echado encima la ventisca... incluida la vieja Reggie, tanto si quería irse como si no.

Pero no lo había hecho, así que estaban atrapados en el castillo durante un tiempo indefinido. Y, como ratas enjauladas, empezaban a corretear de un lado a otro, dispuestos a devorarse los unos a los otros.

Aun así, todos se dirigían a él. Uno a uno.

Anna Lee.

Y, cuando empezó a alejarse hacia la puerta de su habitación, ella lo siguió. Jon suspiró con suavidad.

—¿Se puede saber qué...? —empezó a decir.

—¡Calla! ¡Jon, por favor! —insistió, y lo apremió para que entrara en la habitación. Estaba nerviosa y entusiasmada—. ¡Está pasando! ¿No lo ves? El enredo se está deshaciendo. La verdad está ahí fuera y...

Jon le puso los brazos en los hombros para intentar tranquilizarla.

—La verdad está ahí fuera, pero, ¿qué quieres decir con eso? Anna Lee, ¿eres responsable de alguna de esas amenazas contra Susan?

—¡No! —exclamó, mientras intentaba desasirse con furia. Jon no la soltaba—. Susan es una arpía, y no hay duda de que puede inventarse historias escabrosas. Pero esta vez creo que sabe que corre peligro. Sabe lo que ocurrió hace tres años, y tú deberías arrancarle la verdad.

—¿Arrancársela? ¿A golpes, quieres decir? —preguntó con ironía.

—¿No lo ves? Creo que ha amenazado al asesino; quizá

hasta lo haya chantajeado. Y ahora está asustada y turbada y está dando la nota para mantenerse visible y a salvo, en lugar de admitir que está chantajeando a alguien.

–¿Por qué estás tan segura de que Susan sabe la verdad?

Anna Lee lo negó con la cabeza.

–No lo sé. No lo sé. Quizá sólo me esté agarrando a un clavo ardiendo.

–Ni siquiera sabemos si hubo un asesino. Y muchos de los presentes estaban ocultando algo cuando Cassie murió. Maldita sea, seguramente todo el mundo estaba ocultando algo –vaciló–. Cassie se estaba acostando con...

–Hablando de acostarse –lo interrumpió enseguida–. Podrías seducir a Susan muy fácilmente y sacarle la verdad de esa manera.

–¿Qué?

–Sabes muy bien que te desea –dijo Anna Lee.

–¡Sal de aquí! –dijo Jon, a punto de estallar.

–Jon...

–¡Sal! Y ten cuidado, ¿me oyes?

–Sí –dijo Anna Lee, malhumorada.

–Nada de trucos para alborotar los ánimos –le advirtió.

Anna Lee se dio la vuelta para marcharse. Enseguida, volvió a mirarlo.

–Sabes que te quiero –dijo con mucha suavidad. Jon asintió.

–Yo también te quiero.

V.J. abrió la puerta de su habitación y echó un vistazo al pasillo. No había nadie.

Sin electricidad, el pasillo parecía un lugar siniestro. Las sombras se agitaban en las paredes. En el exterior, el viento ululaba; parecía un suave lamento fúnebre. Era como si el castillo entero hubiese cobrado vida, como si las paredes respiraran.

Se regañó y se sobrepuso.

Salió de su habitación con una pesada linterna en las manos. No le hizo falta encenderla; había lámparas de queroseno colgadas de antiguos apliques que iluminaban el camino con su trémulo y siniestro resplandor.

Avanzó sin hacer ruido, paso a paso por el cavernoso pasillo. Se detuvo junto a la habitación de Susan y abrió la puerta.

Oyó el ruido de la ducha.

Y, ante la puerta cerrada del baño, Tom, alto y apuesto, daba vueltas sin cesar. Al principio, no oyó entrar a V.J. Cuando lo hizo, alzó la vista y la miró.

V.J. vio que llevaba en la mano una navaja de bolsillo, y que abría y cerraba la hoja una y otra vez. La abría, la cerraba. La abría...

Era una hoja perniciosa, sorprendentemente larga. Daba la impresión de estar muy afilada.

V.J. miró fijamente a Tom. Éste se quedó inmóvil y sostuvo su mirada. Dio un paso hacia ella; la agarró.

—¿Qué intentas hacer? —susurró V.J. con desesperación—. ¡No!

El agua de la ducha seguía corriendo.

Sabrina regresó a la habitación de Brett con la comida y se sorprendió sintiendo un apetito voraz. Era un almuerzo muy tardío; ya casi eran las tres de la tarde. Brett comió con fruición y Sabrina se alegró de comprobar que el golpe en la cabeza no había sido muy grave. Estaba de buen humor, contento de que ella lo estuviera cuidando.

Sin embargo, Sabrina sentía curiosidad por el incidente de Susan y por lo que Jon pudiera haber descubierto en la cámara de los horrores. Después de decirle a Brett que volvería enseguida, se dirigió a la habitación de Susan y llamó a la puerta.

No hubo respuesta.

Mientras esperaba, creyó ver una figura entre las sombras al final del pasillo, en la curva que conducía a la habitación principal, el territorio privado de Jon.

Vaciló, pero empezó a avanzar pegada a la pared, atenta. Mientras lo hacía, una figura se acercó a la puerta de Jon, vaciló y llamó. La puerta se abrió y la mujer entró.

Sabrina contuvo el aliento y se quedó pegada a la pared. Escasos minutos después, la mujer salió. Tenía una figura esbelta, airosa, espectral en las sombras. Avanzaba envuelta en una ondulante tela negra, con la cabeza gacha. De haber alzado la vista, habría visto a Sabrina, a pesar de la oscuridad.

Pero no levantó la cabeza. Pasó a menos de nueve metros de distancia.

Era Dianne Dorsey. Ataviada con un ondulante caftán negro, parecía un espectro a la siniestra luz de las lámparas de queroseno.

Un espectro sumido en sus pensamientos.

—¡Te quiero de verdad! —susurró con suavidad y, después de pararse bruscamente, volvió la cabeza hacia la puerta de Jon—. Te quiero de verdad.

Las lágrimas hacían diamantes de sus ojos.

—¡Por eso voy a hacer lo que tengo que hacer! —añadió en un angustioso susurro. Acto seguido, siguió caminando por el pasillo... sin ver a Sabrina.

Sabrina contempló cómo se alejaba y esperó. Dianne siguió avanzando hacia las escaleras y descendió a la planta baja. Durante un largo momento, Sabrina permaneció donde estaba.

Después, avanzó hacia la habitación de Jon y llamó a la puerta.

Jon la abrió con irritación.

—¿Qué pasa? —inquirió con aspereza; después, dio un paso atrás y entornó los ojos al ver a Sabrina.

—¿Me esperabas? —dijo en respuesta a su evidente contrariedad.

—No esperaba a nadie —respondió Jon.

—¿Ni siquiera a Dianne Dorsey?

Jon cruzó los brazos.

—¿Me estás espiando?

Sabrina lo negó con la cabeza, pero se sentía absurdamente avergonzada.

—No. No, sólo venía a preguntarte qué habías averiguado en los sótanos. Vi por casualidad a Dianne saliendo de tu habitación.

—Nada. No he averiguado nada.

No la invitó a entrar en sus aposentos. Permaneció en el umbral, con la mandíbula apretada, mirándola fijamente.

—Ella te quiere —barbotó Sabrina.

—¿Qué? —inquirió Jon con aspereza.

—Dianne. Salió de tu habitación murmurando que te quería pero que iba a hacer lo que tenía que hacer —le dijo Sabrina, atenta a su reacción.

Jon maldijo en voz baja.

—Discúlpame —le dijo, y echó a andar por el pasillo.

—¿Es ella la mujer con quien tenías una aventura? —le preguntó Sabrina desde donde estaba. Jon se detuvo, se dio la vuelta y frunció el ceño.

—No.

—¿Anna Lee? —Sabrina quiso pellizcarse.

—No. Tendrás que disculparme, pero debo irme.

—Claro. Yo tengo que volver con Brett, de todas formas.

Jon contrajo la mandíbula, pero no dijo nada más. Se dio la vuelta y siguió andando por el pasillo.

Sabrina se sobresaltó al notar una palmadita en el hombro. Giró en redondo y vio a Anna Lee. ¿Acaso ella también acababa de salir de la habitación de Jon?

—Lo has entendido todo al revés —dijo, mientras contemplaba a Sabrina con sus hermosos ojos verdes. Estaba excepcionalmente bonita y femenina con un jersey rosa y unos vaqueros que se ceñían a su esbelta figura. Su pelo rubio rojizo se rizaba en torno a sus rasgos clásicos.

—¿Que lo he entendido todo al revés? —dijo Sabrina.

—Sí.

—¿Jon no tenía una aventura contigo cuando Cassandra murió pero ahora sí? —preguntó Sabrina con educación. Anna Lee rió.

—No, sigues entendiéndolo todo al revés.

—¿Ah, sí?

—Verás, yo era la que estaba teniendo una aventura cuando Cassie murió.

—¿En serio? —Sabrina detestaba parecer tan rígida y celosa cuando sólo pretendía parecer curiosa y compuesta. Anna Lee sonrió y se pasó los dedos por el pelo.

—Pero no me estaba acostando con Jon.

—¿Ah, no?

Anna Lee rió, y Sabrina se dio cuenta de lo tensa que estaba. Anna Lee alargó el brazo y le acarició la mejilla fugazmente.

—Me estaba acostando con Cassie, Sabrina —se encogió de hombros, seria y sincera, pero regocijada—. Ah, pero no te confundas. Cassandra no había renunciado a los hombres. Yo no era la única persona que dormía con ella, sino una de tantas. Lo mismo que ella era una de tantas para mí. En la variedad está el gusto.

—¿Y Jon no estaba enfadado? —preguntó Sabrina con suavidad. Anna Lee lo negó con la cabeza.

—Él lo sabía —dijo sin más—. A Cassie le encantaba poner a las personas en contra unas de otras. Solía preguntarle si quería hacerlo con nosotras dos a la vez. A él no le interesaba. No es muy halagador, ¿verdad? Yo siempre he estado enamorada de él. Y Cassie... Bueno, Cassie sabía hacerse querer. Con Jon, creo que lo juzgó mal. Pobre Cass. Fue todo muy triste, la verdad. Era una arpía, el diablo en persona. Pero era hermosa.

Sonrió y echó a andar por el pasillo balanceando las caderas.

Sabrina sentía débiles las rodillas. Estaba más que preparada para regresar a la habitación de Brett.

Quizá Anna Lee se hubiera explicado... hasta cierto punto. Pero Sabrina ni siquiera empezaba a comprender a Dianne Dorsey.

Ni a Jon.

Sabrina hizo compañía a Brett durante toda la tarde, alegrándose de repente de tener un amigo al que conocía y entendía.

Estaba aturdida pero tensa. Quería ver a Jon y, al mismo tiempo, estaba furiosa consigo misma por querer hacerlo.

Por esperar. Y por confiar... en que él fuera a verla.

Brett tenía un radiocasete y escucharon el último libro de Dean Koontz, lo cual podría haber sido un error, ya que se trataba de una joven perseguida por un maníaco asesino. Pero el tiempo pasó con celeridad y, cuando se acercaba la hora del cóctel, alguien metió una nota por debajo de la puerta.

—¿Qué dice? —le preguntó Brett a Sabrina—. ¿Vamos a seguir adelante con el juego? ¿Qué es, otra sesión de espiritismo? La noche ya es bastante siniestra por sí sola.

Sabrina lo negó con la cabeza.

—No, nada de juegos esta noche.

—¿Qué dice la nota?
Sabrina la leyó en voz alta.

Queridos invitados:
Debido a la tormenta, la falta de luz y los diversos incidentes sucedidos, la cena se servirá en las habitaciones. Por favor, corred el pestillo y no salgáis hasta mañana. Nos reuniremos en el comedor principal para disfrutar de un almuerzo temprano. Nos olvidaremos de nuestros personajes y confesaremos todos nuestros pecados.
Vuestro anfitrión,
Jon Stuart

—Estupendo. Corre el pestillo. Vas a pasar la noche conmigo, ¿verdad?
Sabrina le plantó un beso en lo alto de la cabeza.
—Mentira. En realidad, me marcho ya. Estás cómodo y abrigado en la cama y yo...
—Tú puedes estar cómoda y abrigada en la cama conmigo.
—¿Tienes alguna otra novela que quieras oír? Te meteré la primera cinta en el radiocasete.
Brett suspiró y la miró como un perrito abandonado.
—La de Michael Creighton —dijo, abatido.
—Magnífico. Eso te distraerá.
—Está antes que yo en la lista —continuó Brett de mal humor.
—Mejor que mejor. Así podrás analizar a la competencia —dijo Sabrina. Antes de marcharse, metió la primera cinta del audiolibro en la grabadora—. Grita si necesitas algo. Me pasaré a verte antes de acostarme.
Brett arrugó la nariz.
—Si de verdad me quisieras, te meterías en la cama conmigo y me harías compañía durante toda la noche.

—Brett, llevo horas contigo. Me apetece darme un buen baño de agua caliente antes de que los calentadores pierdan fuerza.

—Podrías darte un baño aquí. Y ahorraríamos agua caliente si nos bañásemos juntos.

—Buenas noches, Brett.

Salió de su habitación. Al hacerlo, se topó con el ama de llaves, Jennie Albright, que estaba repartiendo las bandejas de la cena con la ayuda de dos jóvenes doncellas.

—Ah, es usted, señorita Holloway. ¿Le importaría darle esta bandeja al señor McGraff? —le preguntó con su inequívoco acento escocés.

—Por supuesto que no.

—Muchas gracias, querida.

Sabrina entró en la habitación de Brett empujando la puerta con el trasero y le llevó la bandeja. Brett sonrió de felicidad.

—Has vuelto. Sabía que no podrías soportar la separación.

—La cena, Brett —le dijo, y dejó la bandeja junto a su cama—. Hasta mañana.

—Eh, ¡el servicio de habitaciones se queda mucho más tiempo! —le gritó.

Sabrina cerró la puerta justo cuando Rose, la más joven de las dos doncellas, desistía de llamar a la habitación de Susan.

—Jennie, no contesta nadie —dijo la joven.

—Entonces, deja la bandeja junto a la puerta. Eso es, buena chica. Aquí tiene su bandeja, señorita Holloway —dijo Jennie—. Usted es la última. Pescado fresco guisado. Nos lo trajeron poco antes de que empezara la tormenta. Cómalo ahora que todavía está caliente.

—Gracias. Si luego necesita ayuda para recoger... —empezó a decir Sabrina.

—No, gracias, querida. Es usted muy amable —dijo Jennie con gratitud—. Pero el señor Stuart nos dijo que nos subiéramos la cena a la habitación y que no saliéramos en toda la noche. Nos levantaremos al amanecer, para aprovechar la luz natural. Pronto dejará de nevar y volverá a salir el sol.

Sabrina tomó la bandeja que le dio Tara, la otra doncella, y le dio las gracias. Las tres criadas le dieron las buenas noches y, mientras contemplaba cómo se alejaban, se sintió repentinamente inquieta a solas en el pasillo.

Se llevó la bandeja a la habitación, cerró la puerta y echó el pestillo. El pescado desprendía un olor delicioso; estaba ligero y cocinado a la perfección. Lo comió mientras paladeaba el exquisito borgoña blanco con que lo habían servido. Cuando terminó, se sintió extrañamente reacia a abrir la puerta; había empezado a sentirse segura en su habitación. Se regañó, porque no entendía a qué se debía aquel repentino temor.

Sin embargo, los restos del pescado podrían desprender mal olor. Abrió la puerta, dejó la bandeja en el suelo con resolución, miró a un lado y a otro del pasillo y volvió a encerrarse.

Con el pestillo echado, se recompuso, se dirigió al cuarto de baño y vertió sales a discreción mientras llenaba la bañera de agua caliente. Pero ni el vino ni el baño consiguieron serenarle el espíritu.

Anna Lee Zane había reconocido haber tenido una aventura con Cassandra Stuart. Dianne Dorsey había salido de la habitación de Jon susurrando su amor por él. Susan Sharp había asegurado que la habían atacado. Y, para colmo, se habían quedado aislados por la nieve. Quizá estuvieran todos en peligro. Y lo único que quería hacer era acariciar a Jon Stuart, hacer el amor con él...

Impaciente consigo misma, Sabrina salió de la bañera, se secó rápidamente y se puso un camisón de suave seda. Debería haber tenido frío, pero estaba ardiendo. Abrió las puertas del balcón y salió al exterior para refrescarse la piel y sus tórridos pensamientos.

Había dejado de nevar y el aire era frío. Las estrellas estaban increíblemente hermosas.

Fue entonces, mientras estaba de pie en el balcón, cuando advirtió la presencia de Jon en la habitación.

Debería haber sentido miedo. Había sido un día muy tenso. Y en una ocasión, hacía no mucho tiempo, una mujer había muerto al precipitarse por un balcón de aquel mismo castillo.

La esposa de Jon.

Pero Sabrina no tenía miedo, porque sabía, intuitivamente, que era él. Aun así, contuvo el aliento. Si quería matarla, sería fácil. Se acercaría por detrás y la empujaría sin mucho esfuerzo.

Y había habido otras mujeres en su vida. No era tonta; eso lo sabía.

Pero los hechos ya no importaban. Tenía la sensación de conocer a aquel hombre, y de que hacía bien deseándolo, a pesar de lo ocurrido en el pasado.

A pesar, incluso, de lo que ella pudiera temer sobre el presente.

No se dio la vuelta; esperó. Intentó convencerse de que lo que había habido entre ellos había ocurrido hacía mucho tiempo, de que él había mantenido relaciones con otras mujeres, de que ella debía mostrar cierta reticencia, cierta dignidad.

No lo oyó moverse, y tampoco se sobresaltó cuando la tocó. Le puso las manos en los hombros y la hizo girar. Sus ojos veteados reflejaban una extraña frustración y un enojo vibrante y potente. Sabrina contuvo el aliento y esperó a que él hablara, a que le formulara las preguntas que tenía en los labios.

Pero no la interrogó, y Sabrina se quedó sin saber qué decir. Jon maldijo con suavidad y la estrechó entre sus brazos.

La pasión y la fuerza que le transmitió al besarla provocaron una descarga eléctrica en el cuerpo de Sabrina. Nunca había pensado que un simple beso podría ser tan íntimo, pero Jon movía la lengua con avidez dentro de su boca, y el roce era tan sensual y ardiente que empezaron a temblarle las piernas y se le desbocó el corazón. Notaba la potente erección de Jon a través de la seda del camisón. El calor que irradiaba parecía fundir su cuerpo con el de ella, como si estuviera completamente desnuda y la estuviera acariciando de la forma más íntima y personal.

Jon cortó el beso con brusquedad y la miró a los ojos.

—¿Sigues acostándote con McGraff? —inquirió con voz ronca.

El enojo, tan intenso como había sido el deseo, la abrumó. Intentó retroceder, pero él la mantenía inmovilizada. No contestó porque él siguió hablando en tono burlón.

—Lo siento, pero casi siempre que os veo, os encuentro en situaciones un tanto comprometidas.

—Sólo Dios sabe con quién te acuestas tú —replicó Sabrina con enojo—. Esta tarde tu habitación parecía una estación de metro. ¿Te estás acostando con todas esas mujeres? ¿Y significa eso que mataste a Cassandra para seguir haciéndolo? —replicó.

Lo lamentó al instante. Jon se puso tenso como un arco a punto de disparar una flecha.

—Está bien, compórtate como una arpía, si quieres. Me importa un comino si estás acostándote con Brett.

La miraba con ojos duros y recriminatorios. Entonces, sin previo aviso, volvió a hacerla girar, y Sabrina sintió sus dedos y sus pulgares en la base del cuello. Jon empezó a masajearle la nuca, los hombros... Sabrina quería replicar, espetarle algo, apartarse como lo haría cualquier mujer sensata con un ápice de orgullo. Se quedó inmóvil, furiosa, pero atraída por las caricias sensuales y poderosas de sus dedos. Estaba justo detrás de ella, excitado, tenso, ardiente... y seductor.

—Si estás enfadado conmigo o tienes dudas sobre mí, sería mejor que te fueras, ¿sabes? —alcanzó a decir por fin.

—Sí, eso sería lo mejor.

—Podrías haber llamado a la puerta.

—Podría haberlo hecho.

—Te echaré.

—No lo harás.

—Te pediré que te vayas.

—No me iría.

—Entonces, eres un maleducado.

—Qué vergüenza.

—Por cierto, ¿se puede saber cómo has entrado aquí? —preguntó.

—Por un pasadizo secreto. Es mi castillo, ¿recuerdas?

—Claro. Eres el señor del castillo, dueño de todo lo que encierran sus muros —murmuró con sarcasmo.

—Así debería ser.

—¿Dónde está la entrada de ese pasadizo?

—Secreto del castillo. Es mi castillo, es mi secreto.

—Pero ésta es mi habitación.

—De mi castillo.

—Has venido más veces —murmuró en tono acusador—. No es justo. No juegas limpio.

Los dedos de Jon dejaron de moverse. Sabrina no podía verle la cara, pero percibía su perplejidad.

—No —le dijo—. No, no había venido nunca. ¿Qué te hace pensar lo contrario?

Sabrina movió la cabeza, consciente de que Jon se había puesto aún más tenso.

—No ha sido más que una sensación. Al despertarme.

—Sentías que era yo.

—Sentía... —vaciló. ¿Qué había sentido?—. No lo sé. Me despertaba pensando que no estaba sola.

—Es la primera vez que vengo a esta habitación.

—¿De verdad?

—¿Pensabas que agonizaba de deseo por ti? —preguntó con cierto regocijo. Sabrina empezó a apartarse, pero él la retuvo y prosiguió—. Así era. Pero no había venido aquí antes... salvo en agónico espíritu, claro está.

Sabrina sonrió levemente, alegrándose de que él no pudiera verle la cara.

—Puede que alguien más conozca tu pasadizo secreto —sugirió.

—Nadie más debería conocerlo. El pasadizo por el que he venido comunica mi habitación con la tuya.

—Qué interesante. ¿Lo planeaste así cuando me asignaste esta habitación?

—Sí —respondió con franqueza.

—¿Pero es la primera vez que lo usas?

—Sí.

—¿Por qué ahora?

—Me cansé de esperar una invitación. Y he dejado de preocuparme por tu relación con tu ex marido —parecía irritado otra vez. Y tenso. Sabrina no podía verle la cara, sólo notaba el roce de su bata contra la tela del camisón—. Así que mi agónico deseo pudo conmigo.

—¿De verdad?

—He venido por el sexo —dijo con suavidad.

—Yo también —respondió Sabrina fríamente.

—¿Con quién de nosotros? —preguntó.
—Eres un capullo. Deberías meterte otra vez en ese pasadizo secreto tuyo y...
—Por nada del mundo, mi amor —susurró con una callada intensidad que la dejó de nuevo trémula y ansiosa, muy a su pesar.

Jon se quedó inmóvil, como si esperara una reacción. Sabrina se negó a dársela. Entonces, volvió a sentir las manos de Jon en la nuca, en los hombros, por debajo de los tirantes de seda del camisón...

La prenda empezó a caer. Sabrina la retuvo instintivamente sobre los senos, pero inclinó la cabeza hacia atrás y se deleitó con el contacto ardiente de los labios de Jon sobre su hombro, sobre su cuello. Jon apretaba su fornido cuerpo contra el de ella, mientras deslizaba los dedos sobre la seda por encima de su cadera, de su muslo, hasta la entrepierna. Sabrina sentía las piernas de goma; estuvieron a punto de fallarle las rodillas. El calor de Jon la envolvía, la rodeaba, y creyó que se derretiría, sin que nadie pudiera detener el flujo de calor dulce y perverso que la llenaba.

De repente, Jon pareció percatarse de que todavía estaban en el balcón, seguramente, a la vista de otros, y le rodeó la cintura con los brazos para retroceder con ella hacia el interior de la habitación. Una vez dentro, la hizo girar y, sin dejar de mirarla a los ojos, tomó sus manos para que soltara el camisón. La seda resbaló como una brisa fresca sobre su piel ardiente. Sabrina estaba ansiosa, deseosa, en todos los poros de su cuerpo. Jon no dijo nada, se limitó a contemplarla, y Sabrina sintió el fuego de sus ojos veteados.

El asesino de Cassandra observaba desde lejos, con prismáticos.

No estaban prestando suficiente atención a lo que ocurría. Claro que el asesino no estaba jugando. No, iba en serio.

El asesino vio el balcón. Vio a la mujer bajo las estrellas, al hombre que estaba detrás. Contempló la escena, absorta.

Vio sus rostros. Percibió el erotismo.

La mujer, alta, esbelta, con el camisón y la melena flotando en la brisa nocturna.

Jon Stuart. Embelesado. Conmovedor. Alto, apuesto, muy masculino envuelto en una bata. Sus dedos, largos, morenos, se movían de forma seductora por la piel de la mujer. Los senos de ella, casi desnudos, y él que no dejaba de tocarla por todas partes. Casi se podía ver el roce entre las piernas, e imaginar la erección que presionaba los glúteos de la mujer.

Entonces...

La condujo al interior. Como si supiera que alguien los estaba mirando. Anhelante. Irascible.

¿Por qué la ira? ¿Por qué el anhelo?

Aquel extraño anhelo... Deseo.

Y deseaba... matar.

Y matar otra vez.

De hecho... Era ya casi la hora de hacerlo.

Sabrina temblaba ante los ojos de Jon. Estaba desnuda, fría y, al mismo tiempo, ardía con exasperante y creciente deseo. Cielos...

Jon hincó una rodilla en el suelo y rodeó los glúteos de Sabrina con sus poderosos brazos para atraerla hacia él. Salpicó su estómago de besos y después descendió al centro mismo de su sexo.

Sus caricias, osadas y agresivas, eran asombrosas. Sabrina experimentaba fuertes sacudidas eléctricas que le impedían percibir nada salvo sensaciones. Gritó en señal de protesta y deseo, y hundió los dedos en los cabellos negros de Jon; su cuerpo se estremecía, corría de manera alarmante hacia un clímax sobrecogedor; Sabrina se convulsionó al tiempo que se saturaba de un placer abrumador.

Enseguida, Jon la levantó en brazos, y ella saboreó el almizcle de sus labios mientras le acariciaba la piel desnuda por debajo de la bata abierta que llevaba. Estaba aturdida, atónita, incluso avergonzada, pero aún más ansiosa por sus besos, por sus caricias.

Los recuerdos regresaron para unirse a la fiebre de pasión que Jon no tardó en volver a despertar en ella. Habían hecho antes el amor, y Sabrina recordaba cada detalle sobre él: el tacto de su piel, sus labios, su fragancia... Había guardado los secretos en su corazón y el puro gozo de volver a estar con él era abrumador. Debería haberse mostrado escéptica, altiva, enfadada, indignada. Jon no tenía derecho, aunque fuera el señor del castillo, a colarse en su habitación sin ser invitado, a tocarla sin que ella se lo pidiera. Pero la lógica y las emociones habían quedado atrás. Ya nada importaba. Jon estaba allí porque se había cansado de esperar. La deseaba y había ido por ella, y sabía que Sabrina no tenía fuerza de voluntad para oponerse. Quizá también supiera que había estado ansiando sus caricias. Quizá hubiera visto el anhelo en sus ojos.

Sabrina le devolvió el beso con idéntica pasión, mientras lo abrazaba y le recorría la piel con los dedos. Jon tenía los labios firmes y la mejilla áspera mientras le besaba el cuello y los senos, y cerró los labios en torno a los pezones para atormentarlos, saborearlos, rozarlos, y los endureció. Sabrina hundió los dedos en sus negros cabellos mientras arqueaba la espalda profiriendo pequeños sonidos de desesperación. Sentía el peso de su sexo entre los muslos, la punta de su erección que se movía sobre ella, resbaladiza, insistente, excitante... hasta que por fin la penetró y el impacto fue, de nuevo, vertiginoso.

Jon movió las caderas para penetrarla y retirarse, despacio al principio, colmándola tanto como podía ser colmada. Sabrina hundió los dedos en su pelo para abrazarlo, para aferrarse a su espalda, a sus glúteos bien formados. Él tenía las manos debajo de ella para levantarla, para conducirla al gozo con una abrumadora intensidad.

Sabrina ahogó los gemidos en el hombro de Jon cuando volvió a alcanzar el éxtasis. Se convulsionó, lo abrazó, toda ella húmeda, jadeante, con el corazón desbocado. Sin dejar de sujetarla por las caderas, Jon arqueó la espalda y la penetró con fuerza, y ella sintió cómo su calor se derramaba dentro de ella y empapaba las profundidades de su cuerpo. Jon no la soltó enseguida, ni se retiró, y sus jadeos se fundieron, al igual que el martilleo de sus corazones.

Había gente merodeando por el castillo. Jon había dado instrucciones a Camy para que entregara las notas en las que se pedía a los invitados que tuvieran cuidado y permanecieran en sus habitaciones. Pero el bromista había estado haciendo otra vez de las suyas, escribiendo notas distintas, y algunos invitados habían sido engañados y estaban arriesgando la vida paseándose por el castillo a oscuras en lugar de permanecer a salvo en sus habitaciones.

Al encontrar una de las notas que citaba a los invitados en los sótanos, Camy se quedó perpleja. ¿Acaso todo el mundo se inventaba sus propias instrucciones?

El pasillo del segundo piso estaba en silencio. Jon no

estaba en su cuarto; Camy no había podido encontrarlo. Quería contarle lo que pasaba, pero no sabía con exactitud dónde podía estar. Por eso, aun trémula y asustada, supo que debía bajar al sótano para comprobar lo que ocurría.

Cuando bajó el primer tramo de escaleras, vio sombras agitándose delante de ella. Espectros en la noche. Camy se dijo que no tenía miedo del castillo, ni de la cripta. Vivía allí. No había fantasmas ni duendes. Joshua Valine era un artista con talento que había esculpido figuras de cera y alambre, nada más. No había nada que temer.

Aun así...

Empezó a bajar el siguiente tramo de escaleras hacia el sótano. Estaba convencida de que oía ruidos furtivos. Personas guardando sus secretos y sus miedos.

¿Secretos y miedos que podrían convertirlos en asesinos?

Oyó un ruido, como si hubiera ratas correteando, huyendo de la luz, dando gracias por las sombras del castillo. Qué extraño, casi podía ver a los invitados de Jon como ratas. Ratas grandes, pequeñas, asustadas, peligrosas. Reggie Hampton, por ejemplo, sería un roedor regordete con un vestido de flores; Susan Sharp, una criatura flacucha con enormes dientes de rata; Thayer Newby llevaría una placa; Joe Johnston sería una desaliñada rata de alcantarilla; y el bueno de Tom Heart llevaría un sombrero de copa y un bastón, como un Fred Astaire que correteara airosamente entre los demás.

Camy sintió un escalofrío. ¿Qué estaba pasando? Era tan extraño... Oía movimientos furtivos y no le gustaba. Estaba nerviosa.

Furtiva y cautelosa ella también, entró en la capilla. Había una lámpara encendida para evitar que los visitantes tropezaran en la oscuridad. No vio a nadie. Sin embargo, parecía que incluso aquella tenue luz arrojaba sombras amenazadoras por los rincones.

¿Dónde estaba Jon? ¿Se encontraría en algún rincón del sótano, intentando en silencio, como ella, averiguar lo que andaban tramando sus invitados?

Salió de la capilla asomando primero la cabeza por la puerta y entró sin hacer ruido en la cámara de los horrores. Se preguntó si el propio Joshua habría imaginado lo espeluznante que resultaría aquel lugar incluso sin la iluminación púrpura, a la siniestra luz de los faroles, que se reflejaba en las piedras del castillo. Parpadeó, medio esperando que Jack el Destripador alzara la cabeza y la mirara con una sonrisa perversa y asesina. Por un momento, creyó que María Antonieta había vuelto la cabeza hacia ella. Sobre el potro, Lady Ariana Stuart chillaba con silenciosa angustia, mirando a Camy con expresión desesperada, acusadora...

Camy esperó, sin apenas respirar, pensando de nuevo que había ratas correteando por el sótano. ¿Habría alguien allí, escondido entre las figuras de cera? ¿O estarían vivas las figuras y se movían cada vez que ella pestañeaba, acercándose cada vez más, dispuestas a golpear?

¡Idiota!, se acusó. ¡Gallina! Qué tontería. Ya era mayorcita. No tenía nada que temer.

Pegada a la pared y respirando con dificultad, Camy se dirigió sin hacer ruido a la puerta de doble hoja que daba a la cripta. Al abrirla, la madera crujió.

El ruido no fue fuerte, pero a Camy le pareció un estrépito capaz de despertar a los muertos.

Entró en la cripta. La luz era tan tenue que apenas podía ver nada entre las sombras. Parpadeó para adaptarse al turbio resplandor irradiado por el único farol que colgaba de un antiguo aplique de pared. Entonces, se quedó helada, contemplando con absoluto terror...

Porque allí estaba ella. Cassandra Stuart.

«¡Santo Dios, Cassandra!».

Hermosa en seda y gasa de color púrpura, el vestido en el que había sido enterrada, con el pelo negro flotando en torno a sus hombros, estaba tumbada sobre su propia sepultura, con las manos cruzadas sobre el pecho.

Y, de repente, empezó a moverse, a incorporarse, a alisarse el pelo y a mirar a Camy con ojos acusadores...

Permanecieron tumbados durante mucho tiempo, entrelazados, y, al principio, Sabrina no pudo hacer nada más que disfrutar del abrazo. El cuerpo de Jon seguía siendo parte del de ella, y su aroma, su calor y su fuerza envolvían su desnudez de mujer.

De repente, con una repentina y renovada explosión de enojo, Sabrina lo apartó y lo inmovilizó con su propio peso. Jon la miró sorprendido.

—Eres un auténtico cretino, Jon Stuart. ¡Mira que hacérmelo pasar tan mal con Brett! Sí, estuve casada con él. ¿Y sabes qué? Todavía me importa. Sí, él también es capaz de ser un cretino... Yo diría que es algo inherente a los hombres, sobre todo a los escritores egocéntricos. En cierto sentido, incluso podría decirse que lo quiero. Pero nuestro matrimonio terminó, y si quieres seguir pensando lo contrario, será mejor que salgas de mi cuarto por debajo de la piedra por la que has venido.

Jon enarcó la ceja izquierda; una sonrisa tiraba de la comisura de sus labios.

—¿Significa eso que has venido a tener sexo específicamente conmigo?

Sabrina empezó a maldecir y a aporrearle el pecho. Jon gruñó con sorpresa y, de repente, con increíble facilidad, la agarró de las muñecas, la tumbó y se sentó a horcajadas sobre ella.

—Está bien —declaró—. Seamos completamente sinceros. ¿Sabes qué? Sí, Cassandra era un incordio, una auténtica arpía cuando quería serlo. Pero hubo un tiempo en que me quiso de verdad, en que yo la quise a ella y sí, en cierta manera, me preocupé por ella hasta el día en que murió, aunque nuestro matrimonio ya hubiera acabado y aunque ella se estuviera acostando con medio castillo, hombres y mujeres. Por eso... —se interrumpió con brusquedad y apretó los labios.

Sabrina inspiró y lo miró fijamente.

—¡Dios mío! ¿Es por eso, no? Ése es el motivo de que organizaras esta fiesta, ¿verdad? La amabas y estás intentando atrapar al asesino.

Jon se apartó de ella y se sentó en el borde de la cama. Se pasó los dedos por el pelo y movió la cabeza.

—No sé si la asesinaron. La vi caer, nada más. Estaba allí y lo único que vi fue a Cassie precipitándose por el balcón. Era como si estuviera volando, y ese condenado Poseidón está tan cerca del balcón que aterrizó en el tridente —terminó con ánimo cansino—. Me interrogaron hasta la saciedad en los tribunales, pero también contraté a todos los expertos que pude para intentar averiguar si podría haber caído sobre el tridente o si tendría que haber necesitado el impulso de un empujón.

—¿Y?

Jon hizo una mueca.

—Un científico me enseñó los ángulos matemáticos que indicaban que tendría que haber sido empujada. Otro me enseñó una serie de diagramas que demostraban por qué era imposible saberlo —movió la cabeza—. Ojalá hubiera podido aceptarlo, pensar que fue un accidente. Pero, al final, el no saber ha sido lo peor de todo. Desde que pereció, la tragedia de su muerte me ha estado atormentando. No hago más que preguntarme...

—Pero Jon...

Sabrina se interrumpió, perpleja, cuando un sonido que pareció sacudir todo el castillo rasgó la noche. Era un chillido de terror tan vibrante y sobrenatural que parecía el lamento de un fantasma. Las paredes del castillo lo amplificaban tanto como lo amortiguaban.

Jon se puso en pie al instante y se anudó la bata.

—¡Dios mío! —susurró—. ¿Qué...?

El sonido se repitió, un aullido de pánico y horror.

—¡Los sótanos! —exclamó Jon.

Mientras Sabrina se ponía el camisón y la bata, él ya estaba saliendo por la puerta.

—¡Espera! —gritó Sabrina, mientras corría tras él por el pasillo. Jon había descolgado una lámpara de queroseno de un aplique bajo un arco y ya estaba bajando las escaleras. Sabrina lo siguió tratando de cerrar la distancia que los separaba. Los suelos de piedra estaban gélidos bajo sus pies desnudos, pero ella sabía que no tenía tiempo para volver por unos zapatos.

Estaban a mitad de la escalera cuando un tercer chillido espeluznante vibró en la noche. Y después...

Se produjo el horrible sonido del silencio.

Vieron a Thayer delante de ellos, entrando a toda prisa en la cripta justo cuando Jon y Sabrina bajaban las escaleras. Lo siguieron.

Sabrina parpadeó en la tenue luz. Después, ella misma estuvo a punto de gritar.

Cassandra Stuart no estaba dentro de su tumba, sino encima, y en toda su belleza y resplandor. Se la veía femenina y elegante, e incluso como espectro tenía un aspecto magnífico, sentada como estaba sobre la sepultura de piedra que tenía grabado su nombre.

Alguien chocó con Sabrina por detrás y gritó con un miedo instintivo y primitivo. Anna Lee, pensó Sabrina vagamente, todavía demasiado perpleja para moverse o empezar a comprender lo que ocurría en las profundidades de la antigua cripta.

De pronto, advirtió que Camy Clark yacía, hecha un ovillo, en el suelo.

—¡Dios bendito! —oyó exclamar a alguien, y vio que Reggie acababa de entrar y se estaba llevando las manos al corazón.

—¡Dios mío! —Joe Johnston entró corriendo y se detuvo en seco junto a Reggie. A continuación, entró Joshua Valine, que se estaba atando el cinturón del albornoz. Joshua se quedó boquiabierto y un extraño sonido emergió de su garganta.

—¡Mierda! —murmuró Cassandra con brusquedad al ver a Jon, más furiosa que asustada, y este se acercó a ella y la agarró por el codo.

—¿Qué diablos estás haciendo? —inquirió con voz trémula por la cólera.

—¡Suéltame! —gimió Cassandra—. Lo siento. No te enfades. No pretendía...

—Sin duda pretendías que a alguien le diera un infarto —estalló Jon.

Sabrina contemplaba la escena estupefacta, convencida de que el mundo estaba loco. Jon acababa de expresarle su pesar y su atormentada incertidumbre sobre la muerte de su esposa y, al verla allí, en carne y hueso, lo único que se le ocurría era gritarle.

A Sabrina se le pasó por la cabeza la absurda idea de que acababa de cometer adulterio, y eso la turbó enormemente, aunque estuviera en un castillo donde un grupo de personas dementes y lujuriosas iban «de cama en cama y tiro porque me llaman».

—¡Mira lo que le has hecho a Camy! —rugió Jon.

Para entonces, Thayer ya se había agachado junto a la ayudante de Jon para tomarle el pulso. Joshua también se arrodilló, preocupado.

—Se encuentra bien —dijo Thayer—. Mejor que yo. Vi... Vi a Cassandra muerta, sangrando, hace tres años —dijo con agitación y perplejidad.

—¡Cassandra está muerta! —replicó Jon con irritación, al tiempo que alargaba el brazo hacia el fantasma que había salido de la tumba de Cassandra y le tiraba del pelo.

Los largos mechones ondulados cayeron al suelo. Era

una peluca. Entonces, incluso en la oscuridad, se hizo evidente que la mujer sentada sobre el sepulcro no era ni Cassandra ni el fantasma de Cassandra. Era Dianne Dorsey. A pesar de la siniestra luz y el espeluznante escenario, algo que había pasado desapercibido durante años saltaba a la vista en aquellos momentos. Dianne Dorsey tenía un parecido sorprendente con Cassandra Stuart.

—¡Dios mío! —susurró Anna Lee.

—Ésta es la broma más cruel y de peor gusto que he visto en la vida —le espetó Jon a la joven.

—¡Lo siento, Jon! ¡Lo siento! —gimió. Contempló al grupo que se había congregado en torno a ella. Se habían reunido casi todos los ocupantes del castillo: Joe, Thayer, Joshua, Anna Lee, Reggie, Jon y Sabrina. El ama de llaves y las dos doncellas, que dormían en el ático, no debían de haber oído los gritos de Camy, y V.J., Tom, Susan y Brett tampoco debían de haberse despertado.

Camy estaba volviendo en sí cuando, de repente, empezó a gritar otra vez. Sabrina se arrodilló delante de ella y de los dos hombres que la sostenían.

—¡Camy, Camy! —le dijo, mientras le tocaba el rostro—. No pasa nada. No es un fantasma. Es Dianne, gastando una broma.

—¡No es una broma! —protestó Dianne—. Está bien, supongo que lo era, pero no pretendía ser cruel ni de mal gusto, sólo intentaba averiguar quién de vosotros odiaba tanto a mi madre que fue capaz de asesinarla.

—¡Madre! —exclamó Joe con voz ahogada, como si lo estuvieran estrangulando.

Jon se acercó a Camy y le tocó el pelo.

—¿Estás bien? —le preguntó con suavidad. Camy asintió. Sabrina le lanzó una mirada acusadora antes de levantarse y ayudar a Camy a ponerse en pie. Jon le sostuvo la mirada, pero no le ofreció ninguna disculpa.

—¿Madre? —volvió a graznar Joe. Anna Lee se echó a reír.

—Caray, esto sí que tiene gracia. ¿Es cierto?

—Sí —dijo Jon, y regresó junto a Dianne. Seguía furioso, pero contenía la ira—. Cassie tuvo a Dianne siendo aún muy joven. Aun así, Cassie no quería reconocer públicamente que tenía una hija mayor de edad.

—¿Siempre... Siempre lo has sabido? —preguntó Joshua mirando a Jon.

Jon asintió.

—Pensé que tú también lo sabías. Bueno, que te habrías dado cuenta al hacer sus figuras de cera —se encogió de hombros—. Tanto Cassie como Dianne me pidieron que no dijera nada, cada una por motivos diferentes, y yo he respetado sus deseos. Pero es evidente que Dianne ha cambiado de idea —le lanzó una mirada furibunda.

—Pero... ¡yo creía que la odiabas! —le dijo Joe a Dianne.

—Y la odiaba —dijo Dianne. De repente, se echó a reír, pero mientras lo hacía, las lágrimas empezaron a bañar su rostro—. La odiaba porque la belleza, la juventud y la imagen lo eran todo para ella, porque eran más importantes que yo. Quería que todos vosotros pensarais que la odiaba porque era la única manera de que hablarais abiertamente delante de mí, que me dijerais lo que de verdad pensabais o sentíais. Pero era mi madre, y cuando estaba con Jon, él la hizo comprender que era su hija y empezó a interesarse por mí y por mi trabajo, y éramos como conspiradoras, las dos protegiendo su imagen de belleza y juventud. Y podía ser horrible y perversa, pero también cariñosa algunas veces y.... y no importa. Era mi madre, ¡y uno de vosotros la mató!

Jon le pasó un brazo por la cintura. Disipada su furia, la sostenía con ternura.

—Eso no lo sabes, Dianne. Y disfrazarte como Cassie no

iba a servir de nada, cariño. Has dado un susto de muerte a Camy y podrías haberte expuesto a un grave peligro.

Dianne se apoyó en él; de repente, parecía muy joven, con el maquillaje corrido, los ojos brillantes y la imagen de mujer dura deshecha.

—Si nadie la mató, ¿por qué iba a correr peligro? —susurró Dianne.

Jon se quedó callado durante una fracción de segundo demasiado larga.

—Porque es de noche, hay tormenta y estamos en un viejo y lúgubre castillo —le dijo en tono desenfadado.

—Y además, hay luna llena —comentó.

—¿Insinúas que puede haber hombres lobo en los alrededores? —murmuró Joe en tono jocoso, también él intentando disipar la tensión.

Era una extraña reunión. Habían experimentado conmoción, terror, incredulidad y furia. En aquellos momentos, estaban unidos por la compasión, porque era dolorosamente obvio que Cassie había hecho mucho daño a Dianne y que, justo cuando la joven empezaba a recibir el cariño que tanto ansiaba, le habían arrebatado a su madre. Parecía una niña abandonada; lo era, a decir verdad.

—Yo asocio la luna llena con los vampiros —fue la aportación de Sabrina.

—Y, a partir de ahora, con secretos que salen a la luz —murmuró Anna Lee.

—Creo que todavía quedan unos cuantos secretos más por descubrir —dijo Jon con severidad, y los miró, uno a uno, a los ojos—. Nos reuniremos mañana en el comedor principal e intentaremos confesar nuestros pecados.

Anna Lee se encogió de hombros.

—Yo he confesado los míos.

—¿Ah, sí? —dijo Joe.

—Ahora no penséis en ello —les dijo Jon—. Hablaremos mañana por la mañana, cuando todos estemos presentes. Ahora, deberíamos intentar dormir un poco.

—Lo siento, Jon —dijo de nuevo Dianne, alzando los ojos hacia él. Todavía tenía la cabeza apoyada en su pecho—. Supongo que no ha sido un truco muy ingenioso. Pensé que a alguien le entraría el pánico y confesaría la verdad... que yo no podía estar aquí, viva, porque me había matado. No ha sido así. Quizá el culpable no esté aquí. Lo siento. Ha sido una tontería. Por favor, no te enfades conmigo.

—Ha sido una tontería y estoy enfadado. Pero conmigo mismo, porque no debería haberte dejado venir aquí esta semana.

—¿Hemos venido a revelar nuestros secretos y a averiguar la verdad sobre Cassie? —preguntó Anna Lee.

—Hemos venido para recaudar fondos para los niños... y para averiguar la verdad sobre Cassie, si es que hay algo que descubrir —dijo Jon con sinceridad—. Estoy seguro de que todos habéis venido por la misma razón por la que yo he organizado esta Semana del Misterio.

—Ojalá sea así.

—¡No puedo creer que V.J. se esté perdiendo esto! —dijo Reggie.

—¡V.J.! —resopló Anna Lee—. ¡Es Susan la que está perdiendo su gran oportunidad! ¡Gracias a Dios!

—Bueno, pronto sabrá toda la verdad.

—Sí, los pecados que ya conocemos y los que saldrán mañana a la luz —dijo Thayer con ironía.

—No hay otro remedio, ¿verdad? —preguntó Jon—. Necesitamos poner las cartas sobre la mesa si no queremos más sorpresas desconcertantes.

—Aun así, Susan será letal —les advirtió Reggie. Anna Lee sonrió.

—Bueno, ya lo veremos. Podríamos atarla a una silla y amordazarla... o emparedarla incluso. ¿Qué os parece?

—A mí me parece que lo mejor es que se sepa la verdad —dijo Dianne con repentina vehemencia.

—Sin duda —corroboró Jon.

—Entonces, ¿por qué no nos has contado antes la verdad sobre Dianne? —le preguntó Thayer.

—Yo le pedí que no... —empezó a contestar Dianne. Pero Jon no quería que nadie diera la cara por él.

—Ya os lo he dicho, no me correspondía a mí —dijo con rotundidad—. Aparte de por motivos sentimentales, Dianne no estaba segura de que la verdad no fuese a perjudicar su trayectoria profesional. Ha trabajado con ahínco como escritora, y una de las razones por las que dudaba si debía hacer saber la verdad tras la muerte de Cassie es que no quería que la gente pensara, erróneamente, que Cassie la había ayudado a escribir, a buscar un editor o a recibir un trato especial. Dianne se ha ganado a pulso cada espaldarazo que ha recibido. Así que respeto su decisión.

Dianne le sonrió.

—No es de extrañar que ella te quisiera tanto —susurró con suavidad. Jon carraspeó, claramente incómodo.

—Dejemos que Cassie descanse en paz, ¿os parece? —murmuró. Sin soltar a Dianne, la ayudó a ponerse en pie y salió con ella de la cripta. Los demás se miraron los unos a los otros durante varios segundos y, después, lo siguieron.

Subieron el primer tramo de escaleras en grupo, y prosiguieron juntos la ascensión al segundo piso. Allí, se dieron las buenas noches con semblantes exhaustos y cada uno se dirigió a su habitación.

Sabrina se quedó en el pasillo unos momentos, mirando a Jon. Él seguía hablando con Dianne, mientras la acompañaba a su habitación. Volvió la cabeza un instante.

Sabrina se dio la vuelta y entró en su cuarto; enseguida, cerró la puerta con firmeza. Se preguntó si Jon volvería con ella y empezó a dar vueltas por la estancia.

Transcurrida media hora, inquieta como se sentía, salió al pasillo y llamó a la puerta de Brett. Ésta se abrió sola y, al asomar la cabeza, la preocupó no tener una forma de cerrar con llave su puerta desde fuera. No había ocurrido nada malo, pero se quedaría más tranquila si su puerta no pudiera abrirse desde el pasillo. Estaba dormido, y Sabrina le tomó el pulso. Con sus ojos de amante cerrados, irradiaba una extraña inocencia. Parecía un querubín.

Sabrina lo besó en la mejilla y salió de la habitación. Regresó a su cuarto, cerró la puerta, corrió el pestillo y vaciló.

En aquel momento, una mano descendió sobre su hombro. Sabrina giró en redondo, a punto de gritar, pero era Jon. Una vez más, tenía los ojos oscuros y amenazadores.

—¿Has vuelto con tu ex? —preguntó con suavidad.

—¡Tú! ¿Cómo te atreves a sermonearme cuando...?

—No te estoy sermoneando, te lo estoy preguntando. Acabas de estar con él, ¿no?

Sabrina apretó los dientes. Detestaba la fría indiferencia que mostraba Jon y su mirada penetrante, que, a la vez, reavivaban el deseo que sentía hacia él.

—Está profundamente dormido. Estaba preocupada por él.

—¿Por qué?

—No lo sé. Dijiste que echáramos el pestillo, pero no puedo hacerlo por fuera.

—Ah —la miró durante un momento; después, la soltó y salió al pasillo. Sabrina lo siguió y contempló cómo extraía una llave del bolsillo y cerraba la puerta de Brett.

Sabrina lo miró fijamente; después, probó a abrir. Estaba cerrada. Volvió a mirarlo con ojos entornados.

—Es una llave maestra —le dijo Jon.

—La llave maestra del castillo. De tu castillo, ¿verdad? ¿Cómo he podido olvidarlo?

—No lo sé. ¿Cómo has podido?

Sabrina se dio la vuelta y regresó a su habitación. Entró y empezó a cerrar la puerta. Jon entró tras ella y echó el pestillo.

—Así que has organizado esto para atrapar al asesino —dijo Sabrina—. ¿Sabes?, hay quienes creen que tú puedes ser el asesino.

—Nadie en su sano juicio.

—Tienes la habilidad de colarte en la habitación de cualquiera, tanto si queremos compañía como si no.

—¿De verdad quieres que me vaya? —preguntó Jon. Sabrina lo miró fijamente, pero luego bajó los ojos.

—¿Por qué no me dijiste lo de Dianne? Sabías que estaba... —dejó la frase en el aire.

Jon le puso las manos sobre los hombros. Sabrina percibió su fuerza y su calor y no pudo evitar recordar lo que le hacía sentir cuando la tocaba de forma íntima.

—Sabes que no podía. Se lo había prometido.

—Pero la quieres —dijo Sabrina en voz baja.

—Por supuesto. No era más que una niña asustada e insegura que no había conocido a su padre y no podía tener a su madre. Me cayó bien desde el principio. Ha buscado su propia identidad, ha hecho toda clase de tonterías, pero ha trabajado duro y, en contra de lo que pueda parecer, se ha convertido en una joven decente.

Sabrina asintió, con la cabeza gacha.

—Dianne es tu hijastra. Y Anna Lee...

—Anna Lee sedujo a Cassie. Y a Cassie le agradaba que la sedujeran. Quería ser abrumadora y deslumbrante. Pensaba que yo estaba interesado en Anna Lee como mujer y no sólo como amiga y colega.

—¿Y no era así? —dijo Sabrina, y lo miró a los ojos. Jon lo negó con la cabeza, sonriendo—. Corrían rumores de que estabas teniendo una aventura con uno de los invitados a la fiesta. ¿Con V.J., quizá? —preguntó, pensando en su hermosa amiga.

—¿V.J.? —exclamó Jon—. La quiero, pero como una querida y entrañable amiga.

—¿Susan? —susurró Sabrina. Jon hizo una mueca—. ¿Reggie? —inquirió con incredulidad.

—¡Por favor! —gimió.

—Bueno, ése es todo el grupo, aparte de...

—¿Nunca se te ha ocurrido pensar que podían no ser más que rumores? —preguntó con suavidad.

—Pero... pero tú sabías que tu esposa tenía amantes...

—Sí, y tenía una vida aparte de la semana en la que invito a mis amigos al castillo para una celebración benéfica —replicó.

—Entonces, ¿estabas saliendo con otra mujer?

—Sí, pero no era nada serio. Ella sabía que yo estaba casado y que teníamos problemas. No estábamos enamorados; fue una relación fugaz, nada más. No estaba saliendo con ninguna de las invitadas a la Semana del Misterio. Por lo que sabía y sospechaba, la mayoría de ellas ya estaban bastante ocupadas. Eso es todo lo que puedo decirte.

Sabrina sabía que acababa de dar el asunto por terminado.

—Pero Jon —se aventuró a decir, haciendo lo posible por sonar decidida, segura y práctica—. Han pasado tantas cosas, y sabemos tan poco...

Pero Jon la interrumpió.

—Sí, han pasado muchas cosas, sabemos muy poco y todavía tenemos mil detalles que aclarar entre nosotros. Podríamos discutir sobre docenas de cuestiones durante docenas de semanas, pero...

—Has venido por el sexo —lo interrumpió con amargura. Jon se quedó inmóvil.

—He venido a hacer el amor. Porque no estoy seguro de haber hecho el amor de verdad desde que te fuiste de mi lado hace años.

Tal vez no fuese cierto, sólo un bonito halago. Pero no importaba. Jon estaba tenso, apasionado, como si hubiera redescubierto un ansia que no lograba saciar. Vibraba de energía, y Sabrina quería estar de nuevo con él.

Aun así, vaciló.

—Pero Jon, no sé qué sentir. Enojo, miedo...

Aquella última palabra fue la clave. Jon retrocedió y atravesó el dormitorio hacia el balcón. Tocó un ladrillo de la pared y un estrecho panel se deslizó con el sigilo de un mecanismo bien engrasado aunque antiguo.

—Puedes echar el cerrojo superior de la puerta de la habitación para impedirme la entrada —dijo con aspereza—. Y puedes bloquear esta puerta metiendo la punta del atizador en la rendija.

Acto seguido, desapareció.

Sabrina estaba perpleja. De repente, aunque demasiado tarde, comprendió lo ocurrido y se lamentó. Le había dicho que tenía miedo. Corrió tras él hacia la puerta secreta, pero ni siquiera la veía. Los ladrillos la ocultaban por completo.

—¡Jon! —susurró, y aporreó la pared—. ¡Jon!

Jon no contestó. Sabrina apretó todos los ladrillos, pero no se abrió ningún pasadizo.

Se sentó en los pies de la cama. Un minuto después, se hizo un ovillo sobre el edredón. Cerró los ojos. Ojalá no lo hubiera echado de su lado. Si regresaba, le diría que...

¿Qué le diría? ¿Que no había logrado desterrarlo de su mente? ¿De su corazón? ¿Que estaba dispuesta a tener miedo, a arriesgarlo todo, a perdonar cualquier cosa, a creer cualquier cosa, con tal de estar con él?

Cerró los ojos.

Sin saber cuánto tiempo llevaba tumbada sobre la cama, con la mente en blanco, de pronto, percibió de nuevo su presencia. Se enderezó enseguida. Y allí estaba él, al pie de la cama.

—No has bloqueado la puerta con el atizador —le dijo.
—No —susurró. Se levantó rápidamente y se arrojó en sus brazos—. Jon, yo...
—Creo que no es el momento de hablar —dijo con aspereza.

Y, en aquella ocasión, Sabrina estaba de acuerdo con él. No quería hablar. Quería hacer el amor.

Abrió la boca, pero no dijo nada, porque él la besó con fuerza, con posesividad, negándole la posibilidad de hablar o protestar. Sabrina le devolvió el beso con idéntica intensidad, ansiosa de tenerlo, de acariciarlo, de sentir cómo él la acariciaba.

Jon le pasó las manos por el camisón y se lo quitó. Y, de repente, estaba desnudo junto a ella, acariciándola, y en pocos segundos de frenesí, la penetró, y el sabor, el aroma y las sensaciones de su pasión eran lo único que Sabrina necesitaba.

El resto de la noche fue como una nebulosa. Estaba saciada, aturdida, flotando sobre una nube y, de repente, Jon estaba otra vez dentro de ella. Después, exhausta, se quedó dormida, segura y confiada en los brazos que la estrechaban.

Sin embargo, tiempo después, se despertó con frío. Le castañeteaban los dientes.

Estaba a solas en la oscuridad. Jon se había ido.

Sabrina se levantó y buscó a tientas el camisón y la bata. Corrió a la puerta y vio que el pestillo estaba echado. No había salido por allí. Y ¿por qué habría de hacerlo? Se había presentado utilizando el pasadizo secreto; sin duda alguna, se había ido por el mismo camino.

De repente, se sintió inquieta. Abrió la puerta y se asomó al pasillo. Estaba vacío.

Era extraño el efecto que podían producir la noche, la oscuridad y la soledad. Sabrina tenía la impresión de oír ruidos y atisbar sombras en cada rincón en penumbra, en la escalera y en el primer piso. El viento ululaba mientras azotaba el castillo. Creyó oír lamentos y susurros en el aire.

Permaneció en el pasillo, temblando, tratando de convencerse de que el viento no enmascaraba los lamentos de los fantasmas y de que la muerte no aparecía en mitad de la noche para llevarse a ninguno de ellos.

Sin embargo, Jon se había ido. Y, para gran desconsuelo de Sabrina, tenía miedo.

Preocupada, se acercó a la puerta de Brett. Vaciló y, luego, llamó. Se quedó atónita cuando la puerta se abrió ligeramente bajo la presión de los nudillos.

—¿Brett?

Sabrina abrió la puerta de par en par. A la luz pálida de la lámpara del pasillo, apenas podía discernir un bulto sobre la cama. Vaciló en el umbral, repentinamente temerosa de lo que podía descubrir si entraba.

—¡Brett! —susurró con voz apremiante. Pero seguía sin obtener respuesta.

Entonces, se puso furiosa. «Mira que eres tonta», se acusó. Si Brett estaba herido... Hizo acopio de valor.

—¡Brett!

Tampoco en aquella ocasión hubo respuesta. Entró en la habitación... Y descubrió por qué no había hablado.

Susan Sharp era vagamente consciente de que algo se movía.

Al principio, sólo se sintió molesta. No lograba recordar nada. Debía de haberse quedado dormida... en alguna parte. Por eso estaba somnolienta y enfadada. Aunque se sentía un poco aturdida, sabía que tenía todo el derecho del mundo a estar furiosa. La habían tomado por tonta, pero se iban a enterar. Y tanto que se iban a enterar.

Salvo que no sabía dónde estaba. Ni por qué notaba... movimiento.

Un pensamiento se abrió paso entre la pesadez de su mente: la habían drogado. Debería haberlo imaginado, debería haber estado prevenida. Había estado tan ocupada sulfurándose, exigiendo que le pagaran y que cesaran las bromas... Sí, no había duda de que estaba drogada. ¿Habría sido el vino blanco?

Sí, el vino le había hecho sentir pesados los párpados. No podía moverlos. Quería abrir los ojos, arremeter contra alguien. Pero no tenía fuerzas para mover nada, ni los brazos, ni los labios, ni los párpados...

Aun así, sentía que algo se movía.

Entonces, en mitad del enojo y el aturdimiento, se le ocurrió pensar que debería haber tenido más cuidado. Aunque estuviera tratando con gallinas lloronas, debería haber tenido cuidado.

¿Dónde diablos estaba?

Notó que sentía frío. Piedra. Sentía piedra contra la piel, y el frío gélido que la piedra era capaz de absorber... y transmitir. Susan notó frío en el costado, allí donde yacía.

Entonces, oyó carcajadas. Era una risa nerviosa, desesperada. Y unos susurros tan débiles que apenas podía discernirlos.

—Ahí, justo ahí. Sí, perfecto.

—Esto es una locura. No servirá.

—Durante algún tiempo, sí. ¿Qué más queda?

—Tenemos tiempo para cambiar...

—No, no hay tiempo.

—Pero...

Las voces se perdieron. Susan no había oído más que leves susurros incorpóreos, pero sabía quiénes eran sus agresores. Y cuando tuviera fuerzas para levantarse, los mataría.

Por fin logró abrir los ojos, despacio, muy despacio. Y se sorprendió contemplando el rostro de un asesino....

¡No! No era más que una imagen. Aun así, era la imagen del mal.

No era un asesino. No era real.

¿Estaría perdiendo la cabeza? No podía moverse, apenas podía respirar. Si al menos pudiera ver un poco mejor...

Fue un esfuerzo enorme. Movió el cuerpo apenas un centímetro, pero bastó. Bastó... para contemplar su propio rostro. Y, en él, vio su propia muerte.

Fue presa del más absoluto terror. Aun así, era incapaz de moverse, de gritar, de proferir el más leve ruido.

Unos ojos de cristal sostenían su mirada. Sangre pintada bañaba la hoja de un cuchillo. Su propia cara, contorsionada en la agonía de la muerte, yacía a pocos centímetros de distancia. La miró. La cara la miró a ella...

Debería haber dicho la verdad, haber contado lo que sabía. Se había creído capaz de controlar la situación. Había pensado que su furia, su poder, bastarían para conseguir lo que quería. Había creído que...

—¡Está despierta! —susurró una voz.

—Imposible.

—¡Es verdad! ¡Mírala a los ojos!

—¡No la mires a los ojos, idiota!

Los ojos. Susan podía ver sus propios ojos. Podía ver su propio grito, su propia muerte...

Tenía que gritar. Suplicar, tal vez, hacer promesas. Nunca

la creerían; sabrían que acabaría con ellos en cuanto tuviera la menor oportunidad. Santo Dios, no...

—¡Tiene los ojos abiertos! —oyó de nuevo aquella ferviente exclamación—. No podemos hacer esto. Tiene que haber otra salida.

—Hay que hacerlo, no hay otra solución. Y, sinceramente, es lo que se merece.

—Dijiste que estaría inconsciente.

—Y lo está. No puede moverse.

—Pero tiene los ojos...

—¡Hazlo! ¿O es que lo tengo que hacer todo yo?

Un gemido de impaciencia. Susan intentó gritar, pero no podía.

Así que se quedó mirando sus propios ojos, su propio rostro, y vio el horror y la angustia.

Vio su propia sangre. Contempló su propia muerte, impotente.

No podía moverse, no podía gritar, no podía llorar.

Entonces, por fin, profirió un sonido... un horrible gemido agonizante.

Sabrina estaba furiosa.

Brett no estaba en su cuarto. Ella estaba merodeando en la oscuridad, muerta de miedo, y el muy granuja no estaba allí. El bulto de la cama no era más que una maraña de sábanas y mantas. La puerta estaba abierta porque había salido de su habitación.

En mitad de la noche.

—¿Adónde demonios has ido? —susurró, y tiró de las sábanas con rabia, aunque sabía que no podía estar escondiéndose, hecho un pequeño ovillo, a los pies de la cama—. Ésta es la última vez que me preocupo por ti —masculló. Se agachó y miró debajo de la cama. Qué tontería. Se incorporó y lo buscó por la habitación y en el cuarto de baño, para cerciorarse de que no estaba.

No había armarios empotrados, sino un enorme ropero en una esquina. Sabrina se quedó mirándolo durante un largo momento. Casi rozaba el techo: era colosal.

Podía dar cabida fácilmente a más de un cadáver, pensó de repente.

Se obligó a caminar hacia el armario diciéndose lo

tonta que era. Siempre que veía una película de terror, la irritaba que la estúpida víctima se paseara sola por un lugar oscuro y solitario cuando podría fácilmente haber ido en busca de ayuda.

Pero así era como se asesinaba, claro, en noches oscuras y tormentosas...

Qué ridiculez. Cassandra Stuart no había muerto en una noche oscura y tormentosa, sino a plena luz del día. Y, posiblemente, se había caído sin querer. Dada la manera en que todos ellos se ganaban la vida, habían visto un misterio donde no lo había.

Pero Jon se había atormentado durante años por lo ocurrido. Y él no era propenso a la exageración y a la histeria. Aun así, quería averiguar lo ocurrido.

A no ser, claro estaba, que él hubiese estado implicado...

No había nadie en el armario, se dijo Sabrina. Ninguna persona dispuesta a abalanzarse sobre ella. Ningún cadáver frío y mutilado.

«Así que ábrelo», se ordenó. No tenía motivos para pensar que allí había algo raro, se dijo.

Alargó el brazo para abrir la puerta, pero antes de que pudiera hacerlo, una mano descendió con fuerza sobre su hombro.

Sabrina empezó a gritar de puro terror, pero una segunda mano la silenció.

—¡Eh, Sabrina! ¡Calla! ¿Se puede saber qué te pasa? ¿Es que quieres despertar a los muertos? ¿O al castillo entero? ¡Soy yo! Estás en mi habitación, ¿recuerdas? Soy yo el que debería estar gritando. Quizá de puro placer, porque por fin has comprendido que no puedes vivir sin mí. ¡Dios mío, qué ironía! Cuando por fin vienes a mi cama... yo me he ido. Pero ya estoy aquí. Dispuesto, ansioso y capaz. Porque has venido a dormir conmigo, ¿verdad?

Tenía el pelo alborotado; sus ojos nunca habían brillado con tanta perezosa sensualidad. Pero el corazón de Sabrina seguía latiendo a la velocidad de la luz. Brett le quitó la mano de la boca.

—¡Me has dado un susto de muerte!

—¿Por qué? —inquirió con inocencia—. Estabas en mi habitación.

—¡Estaba preocupada por ti!

—Qué buena eres.

—¡Hablo en serio!

—Yo también. Me encanta que te preocupes, y te lo agradezco. Pero como puedes ver, estoy bien.

—¿Qué haces andando a hurtadillas por el castillo en mitad de la noche? —le preguntó Sabrina.

—Bajé al comedor para ver si había algo de comida —entornó los ojos—. ¿Qué haces tú andando a hurtadillas por el castillo en mitad de la noche?

—Te estaba buscando.

Brett volvió a sonreír.

—Cariño, ya estoy aquí —la rodeó con los brazos y la estrechó.

—Brett, suéltame.

—¡Sabrina! —protestó, dolido—. Acabas de decir que estabas preocupada por mí. Y has venido a verme en mitad de la noche.

—¡Sí, y tienes muy buen aspecto! —le dijo. Brett sonrió de oreja a oreja.

—Tú también. Te noto estupenda.

—Deja de tocarme. Suéltame, Brett, por favor.

La desasió por fin, aunque un tanto contrariado.

—¿Qué hacías levantada? —le preguntó.

—No... no lo sé. Me desperté y sentí frío.

Brett le dio la espalda.

—Apuesto a que estabas durmiendo con él —dijo con brusquedad—. Y te ha abandonado en mitad de la noche.

—Brett, no sigas. Quiero que seamos amigos, pero no te entrometas en mi vida privada. He venido porque estaba preocupada por ti y...

Brett giró en redondo.

—Yo no te habría dejado sola en mitad de la noche.

—No sabes que nadie lo haya hecho.

Brett movió la cabeza.

—Él también está vagando por el castillo. Es una noche extraña. Todo el mundo anda moviéndose a hurtadillas pero nadie ve a nadie. Qué raro.

—¿Cómo lo sabes? —le preguntó Sabrina.

—Ah... —y movió una ceja. Sabrina suspiró con impaciencia.

—Brett, ¿qué está pasando? ¿Quién más está levantado? ¿Y cómo sabes que lo están si no has visto a nadie?

Brett se encogió de hombros.

—Me sentía solo y buscaba compañía para un tentempié nocturno. Llamé a la puerta de Tom, pero no hubo respuesta. Probé con Joe, pero tampoco me abrió. Thayer, lo mismo. Incluso probé a llamar a Susan. Tampoco me contestó.

—¿Probaste a llamar a Susan? —preguntó Sabrina con ironía. Brett hizo una mueca a modo de disculpa.

—Estaba desesperado por encontrar compañía —volvió a encogerse de hombros, apuesto y espontáneo en su larga bata de terciopelo.

—¿Así que correteas por el castillo llamando a todas las puertas en busca de compañía para saquear el comedor? —preguntó Sabrina con escepticismo—. ¿Por qué no llamaste a la mía?

Brett la miró con el semblante repentinamente tenso.

—Lo hice.

—No te oí.

—Por supuesto que no. Fue hace un rato, y estabas haciendo demasiado ruido para poder oírme. Estuve a punto de tirar la puerta abajo por miedo a que te estuviesen haciendo daño. Luego me sentí como un idiota porque yo, mejor que nadie, debería reconocer la diferencia entre el dolor y tus grititos de placer.

Sabrina se alegró de que estuviera oscuro; se estaba poniendo colorada como un tomate.

—Brett...

—Sabrina, ya es tarde. Si no vas a dormir conmigo, vete.

—Brett... —empezó a decir de nuevo.

—Por favor. Estoy bien. Te agradezco tu preocupación y me alegro de ser tu amigo. Pero te quiero y me cuesta mucho...

—Brett, ya hemos hablado de eso. ¡Tú quieres a cualquier mujer!

Brett se encogió de hombros.

—Quizá descubriera demasiado tarde lo mucho que te deseaba. Pero tú no me deseas, así que vuelve a la cama, ¿vale?

Sabrina se dio la vuelta sintiéndose extrañamente triste, deseosa de poder aliviar su sufrimiento.

—¿Sabrina? —dijo Brett de repente. Ella volvió la cabeza. Se había sentado en el borde de la cama y estaba mirándose un dedo. Acto seguido, se lo chupó.

—¿Qué? —preguntó.

—Lo conocías de antes, ¿verdad? Antes de que nos casáramos. Siempre lo he sabido.

—Brett...

—Vamos, Sabrina, contesta. Conociste a Jon en alguna parte y tuviste una aventura con él. Yo llegué demasiado tarde. Lo he sabido desde siempre, y le he guardado rencor por eso.

—Brett, me casé contigo, ¿recuerdas?

—Pero no me querías.

—Claro que sí. Todavía te quiero.

—Pero no igual que a él —Brett movió la cabeza despacio—. No como lo quieres ahora. Incluso sin apenas conocerlo, sin haberlo visto durante años. Sin ni siquiera tener la certeza de que no asesinó a su propia esposa.

—No asesinó a su esposa —replicó Sabrina automáticamente. Brett se encogió de hombros.

—No importa. Sólo quería que me dijeras la verdad. Siempre lo sospeché.

—Buenas noches, Brett —le dijo con suavidad. Él asintió y siguió lamiéndose el dedo.

Sabrina se dirigió a su dormitorio, cerró la puerta y corrió el pestillo. Cuando estaba quitándose la bata, reparó en una pequeña mancha oscura que había en la manga. La estudió con el ceño fruncido y recordó que Brett la había agarrado de los brazos.

Volvió a ponerse la bata y regresó corriendo a su cuarto, en el que entró sin molestarse en llamar. Brett seguía sentado sobre la cama.

—Brett, estás herido. Estás sangrando —le dijo.

Brett enarcó una ceja y le sonrió.

—Ha sido una mala noche —le dijo. Levantó el dedo que se había estado lamiendo—. Me corté con el cuchillo mientras pelaba una manzana.

—Déjame verlo —dijo Sabrina con consternación.

—¡No me abrumes con tus atenciones! —repuso Brett con impaciencia—. Resultas demasiado tentadora cuando haces de enfermera. No es más que un pequeño corte. Siento haberte manchado la bata de sangre.

—Brett, déjame verlo.

—¡Sal de aquí! —le ordenó—. Hablo en serio. Si no piensas meterte en mi cama, será mejor que salgas de aquí en seguida —se puso en pie y él mismo la condujo por el pasillo hasta su habitación—. ¡Mira a tu alrededor, deprisa!

No hay fantasmas ni personas. Está vacío. Es como una enorme tumba, ¿eh? Lástima que el glorioso y poderoso señor del castillo no ande por aquí ahora mismo. Quizá piense que conseguí acostarme contigo cuando él ya había acabado.

—Brett, te juro... —empezó a decir Sabrina, encolerizada.

—¡Lo siento! Sólo estaba bromeando. Ahora, entra en tu cuarto y cierra la puerta con llave.

—¿A qué viene este repentino interés por mi seguridad?

—Quizá tenga miedo de las criaturas que merodean por la noche.

—Tú estás merodeando por la noche —le recordó.

De repente, la miró con dureza.

—¡Quizá deberías tener miedo de mí! —dijo con suavidad. La empujó al interior de su cuarto y cerró la puerta con firmeza—. ¡Buenas noches, amor mío! ¡Echa el pestillo!

Sabrina obedeció; después, oyó cómo él se alejaba por el pasillo, entraba en su cuarto y también corría el pestillo.

—Estupendo. Sólo llevo fuera una hora y tú ya has corrido a los brazos de Brett.

Estupefacta al oír la voz de Jon, Sabrina giró en redondo. Estaba en bata, con los brazos cruzados, junto a la pared de donde partía el pasadizo secreto.

—¡Maldito seas! —le dijo con vehemencia.

—¿Yo? —preguntó con una ceja levantada, claramente disgustado por haberla visto con Brett.

Sabrina atravesó la estancia señalándolo con el dedo.

—Me has dejado sola en mitad de la noche.

—¿Por eso has salido corriendo en busca de tu ex marido? —preguntó con fiereza.

—Ya has oído lo que ha dicho.

—No he oído nada. Y no sé qué puede haber dicho que aclare la situación.

—No pensaba acostarme con él, así que me echó. Brett ni siquiera estaba en su cuarto cuando fui...

—Pero fuiste a verlo —declaró Jon, enfadado.

—¡Ya basta! Fui a cerciorarme de que se encontraba bien. De repente, tuve miedo...

—¿Por qué?

—No lo sé. ¿Por qué no? —preguntó.

—Pero, ¿Brett no estaba en su cuarto?

—No —dijo Sabrina en voz baja, súbitamente turbada por la voz tensa de Jon—. ¿Por qué lo preguntas?

—No lo sé. Quizá porque di instrucciones a mis invitados de que, para quedarnos tranquilos, pasaran la noche sin salir de sus habitaciones. En cambio, parece que todo el mundo tiene ganas de pasear. ¿De modo que Brett, que está lastimado el pobrecito, no estaba en su habitación cuando fuiste a verlo?

Sabrina lo negó con la cabeza.

—¿Adónde había ido?

—A buscar algo de comer.

—Eso dice él.

—¿Adónde crees que fue?

—No lo sé.

—¿Y por qué dices que los demás no están en sus habitaciones?

Jon se encogió de hombros.

—Vi sombras en las escaleras.

—¿Fuiste a mirar?

—Por supuesto.

—¿Y?

—No vi a nadie.

—Puede que fueran imaginaciones tuyas.

Jon le lanzó una mirada borrascosa.

—No lo fueron.

—No, claro que no —murmuró Sabrina—. ¿Y adónde fuiste después?

—Regresé a mi habitación por algo de ropa. Para mañana.

Al menos, eso era cierto. Había un montón de ropa limpia y ordenada sobre una silla, junto a la cama.

—No he estado tanto tiempo fuera. No se me pasó por la cabeza que saldrías a merodear en mi ausencia.

—Yo no estaba merodeando.

—Es cierto. Fuiste derecha a la habitación de Brett.

—Está herido.

—Sí, pobrecito. Y tú eres un cielo por olvidar lo pasado, divorcio incluido. Eres una enfermera atenta y maravillosa.

—¡Estás celoso!

—Es natural, ¿no crees?

—Pero ya te dije que lo quiero.

—Lo que me preocupa es cuánto lo quieres.

—He estado contigo —dijo Sabrina con suavidad. Jon ladeó ligeramente la cabeza.

—Me alegra saber que esta noche ha consolidado nuestra relación.

Sabrina se cruzó de brazos.

—Yo también podría estar celosa de mucha gente.

—Si no tuvieras celos, me sentiría ofendido.

—Entonces, ¿debo sentirme halagada porque tengas un concepto tan pobre de mí que piensas que voy de cama en cama? —le preguntó.

Jon esbozó una pequeña sonrisa, con los ojos oscuros y veteados. Sabrina sintió un estremecimiento. Seguía siendo un extraño, por muy bien que creyera conocerlo.

—Yo no he dicho eso —replicó Jon.

—Has insinuado algo muy parecido.

Jon la agarró de los brazos y la apretó contra él.

—Lo siento. Es que estoy... celoso.

Sabrina se puso rígida, pero no quería resistirse. Percibía el calor, el aroma de Jon y notaba los fuertes latidos de su corazón. No quería decir nada más, pero se oyó preguntar:

—¿Usaste el pasadizo secreto para salir de mi habitación y volver a entrar?

—Sí —Jon seguía abrazándola, y le acariciaba el pelo con la voz. Sabrina se echó hacia atrás y lo miró.

—Pero has dicho que estabas en el pasillo, persiguiendo unas sombras.

Jon sonrió y se frotó la barbilla.

—Regresé a mi habitación para afeitarme.

—¿Decidiste afeitarte en mitad de la noche? —le preguntó. Él volvió a sonreír y le puso la mano en la mejilla.

—Vi que te había irritado con la barba. Lo siento. Pero ya he pagado mi pecado: me he hecho una carnicería.

Jon se llevó la mano a la mejilla y, cuando la retiró, tenía los dedos manchados de sangre.

—¿Te has hecho eso afeitándote? —preguntó Sabrina.

—Me llevé un buen trozo de piel —reconoció.

—Eso parece.

—Lo siento, creo que te he manchado la bata.

—No, no has sido tú... —empezó a decir, y se interrumpió.

—¿Quién si no? —inquirió Jon con los ojos entornados.

—Bueno... Brett.

—¿Brett te ha manchado de sangre? Esto sí que es raro. No me digas que él también se había estado afeitando antes de salir a merodear por el castillo —preguntó con recelo.

—No, no se le ocurrió afeitarse en mitad de la noche.

—Entonces, sólo estaba dando vueltas sangrando.
—Se cortó mientras pelaba una manzana.
—¿Y cómo te ha manchado?
—Por favor...
—Sabrina... —replicó Jon con voz tensa, y volvió a agarrarla de los brazos. Sabrina suspiró.
—Me agarró mientras me hablaba, como tú mismo estás haciendo ahora.
—¿Ah, sí? —dijo con irritación.
—Jon, sabe que estaba... que estábamos juntos.
—¿Cómo?
Las mejillas de Sabrina se tiñeron de rubor.
—Nos oyó.
—¿A través de la pared?
—A través de la puerta.
—¿Qué hacía delante de tu puerta?
—Iba a preguntarme si quería saquear el comedor con él.
Jon guardó silencio durante un momento.
—Hay mucho jaleo en el castillo —dijo en voz baja—. Tú corriendo por ahí, Brett dando vueltas por el comedor, Susan que no contesta...
—Eso me han dicho.
—¿Quién?
—Brett —dijo Sabrina con aspereza, y sonrió con escepticismo—. Y ya que no paras de tirarme piedras, ¿qué hacías tú llamando a Susan?
—Quería asegurarme de que se encontraba bien. Hoy estaba muy furiosa, y alguien, Dianne incluida, ha estado gastando bromas muy pesadas. Dianne y Thayer tampoco abrieron la puerta, por cierto.
—Ni Tom —murmuró Sabrina—. Ni Joe.
—¿Has estado llamando a Tom Heart? ¿Y a Joe?
—¡No!

—¿Entonces...?
—Brett. Brett se puso a llamar a todo el mundo. Buscaba compañía.
—¿En mitad de la noche?
—Tú también lo hacías —le recordó Sabrina.
—Pero éste es mi castillo.
—Aun así, es de noche... —suspiró Sabrina—. Brett tenía hambre y quería encontrar a alguien que quisiera acompañarlo.
—Deberíamos organizar un bufé de medianoche, como en los cruceros —murmuró Jon.
—Creo que es más de medianoche.
—Mm...Y tú hablas como si no te fiaras de mí.
—¿Por qué no iba a fiarme de ti?
—Por nada, sólo porque medio mundo piensa que maté a mi esposa.

Sabrina movió la cabeza.

—Yo pertenezco a la otra mitad —elevó la barbilla y lo miró a los ojos—. Aun así, correré el riesgo durante lo que queda de noche.
—Que no es mucho —murmuró Jon con suavidad—. ¿Quieres que intentemos dormir un poco?
—¿Dormir? —murmuró Sabrina.
—Claro.

Sabrina se quitó la bata y se metió en la cama. Las sábanas estaban heladas, pero Jon también se desnudó y se metió en la cama con ella. La rodeó con el brazo y la atrajo hacia él. Introdujo las manos debajo del camisón y deslizó los dedos por la pantorrilla, por la rodilla, por el muslo...

—Creía que íbamos a dormir —murmuró Sabrina.
—Sólo intentaba ponerme cómodo —le dijo Jon, mientras tiraba del camisón—. Estas cosas tienen su función, pero no en la cama.

—¿Los camisones no son para ir a la cama?

Jon lo negó con la cabeza.

—Por supuesto que no —contestó. Después, sus ojos veteados se ensombrecieron en la oscuridad—. No consigo dejarte sola —reconoció.

Sabrina no quería estar sola. No supo si fue Jon quien se deshizo del camisón o fue ella, pero enseguida la estaba estrechando entre sus brazos y ella estaba ansiosa de él.

—Entonces, no me dejes sola —le dijo.

—Te dejé marchar una vez —repuso Jon en voz baja, con los labios casi unidos a los de ella—. No podré volverlo a hacer.

Ella no contestó.

Era una noche oscura y tormentosa... Y él era un extraño. Pero sentía una extraña afinidad con él y, tanto si debía tener miedo como si no, no pensaba permitirle que se fuera.

Después, se quedó dormida. Se despertó ligeramente cuando Jon se levantó de la cama y se quedó de pie mirando hacia el balcón. Sabrina sintió cierta agitación en el pecho: afecto, posesividad... Entreabrió los párpados para poder contemplarlo sin que él se diera cuenta. Alto, apuesto, fornido, bien parecido. Le encantaba estar con él; Jon la hacía sentirse especial en todos los sentidos, excitante en todos sus movimientos. Amada y acariciada centímetro a centímetro, tempestad y ternura mezcladas en cada roce. Se había enamorado de él la noche en que se conocieron. Sufrió lo indecible cuando creyó haberlo perdido. Y había intentado convencerse de que era una estúpida por desearlo a través del tiempo y la distancia. Pero se había enamorado de él y el tiempo y la distancia nada importaban; lo que sentía en aquellos momentos era puro asombro. Jon era hermoso; desde el pelo negro alborotado hasta los glúteos firmes, el sexo relajado, las piernas musculosas.

Jon se dio la vuelta y ella cerró los ojos para que no la sorprendiera observándolo. La besó en la frente, se incorporó y se vistió.

Envuelta en una maraña de emociones que no quería reflejar, Sabrina lo dejó marchar. Después, abrió los ojos y vislumbró la tenue luz de la mañana que se filtraba por los cristales.

Se incorporó y se frotó distraídamente el brazo. Debía de haberse hecho un buen corte afeitándose, porque tenía sangre seca en el brazo. Al ver la bata de Jon al pie de la cama, la recogió y pasó la mano con afecto por el hombro y el cuello de la prenda morada. Estaba ligeramente húmeda y rígida.

Sabrina frunció el ceño. La estudió con más atención y se le hizo un nudo en el estómago.

Sangre.

No sólo una mancha o dos. Todo el frente de la bata estaba cubierto de sangre.

15

¿Se había cortado una arteria o qué?

Muy a su pesar, Sabrina se estremeció y repasó todas las absurdas películas de terror de la historia del cine. Las mujeres solían ser unas ingenuas. Confiaban en los hombres. Se enamoraban de los vampiros, de los monstruos. Veían sólo lo que querían ver, confiaban...

Sabrina lo quería, se había enamorado de él. Creía en él. Lo conocía. Era un hombre honrado que distinguía el bien del mal.

Pero su esposa había muerto de forma misteriosa. Allí, en el castillo. Y la noche anterior, había regresado cubierto de sangre.

«Basta», se dijo. Brett también había sangrado un poco. Y, que ella supiera, no era más que su propia sangre. Nadie estaba corriendo por el castillo herido o muerto. Después del numerito de Dianne en la cripta, ningún grito había rasgado el silencio de la noche.

Sabrina ni siquiera sabía por qué se preocupaba.

Permaneció echada, cansada, y volvió a cerrar los ojos. Después, un martilleo en la puerta la arrancó de su aturdimiento y se incorporó de golpe.

—¿Qué ocurre? —preguntó.

—¡Eh! Soy yo, Brett. ¿Estás decente? Sé que estás sola; el amo del viejo castillo está abajo, tomando café —hizo una pausa—. Me alegro de que te preocuparas tanto por mí esta noche —añadió con voz quejumbrosa—. Eh, Sabrina, sal de ahí. Háblame. Dime que estás viva y coleando. Yo lo estoy. Ya casi es mediodía, Sabrina, y habíamos quedado en reunirnos en el comedor para confesar nuestros secretos. ¿No vas a venir?

Sabrina se levantó de la cama como activada por un resorte.

—Brett, tengo que ducharme y vestirme. Enseguida salgo —corrió al cuarto de baño.

No pensaba perderse la reunión por nada del mundo.

En menos de diez minutos, estaba duchada y vestida. Brett la estaba esperando apoyado en la pared del pasillo, tomando un café, cuando ella salió.

—Ya era hora —protestó.

—No he tardado nada.

—Estaba a punto de abandonarte; ya casi me he terminado el café. Necesito más cafeína. Ha sido una noche horrible. Sinceramente, tú pareces exhausta. No te imaginas lo celoso que estoy.

—¿Porque tú también pasas muchas noches solo? —preguntó Sabrina con escepticismo. Brett hizo una mueca.

—Está bien, no tantas. Pero busco consuelo por haberte perdido.

Sabrina movió la cabeza.

—¿Has dormido algo? ¿Qué tal tienes la herida de la cabeza?

—Me duele un poco. Y sí, he dormido. ¿Y tú? Olvídalo. Era una pregunta tonta.

—Brett...

—Lo siento.

—¿Qué tal está tu dedo?
—Un poco dolorido, nada más. ¿Quieres darle un beso para que se cure?

Sabrina suspiró. Brett sonrió de oreja a oreja.

—Lo siento, no puedo remediarlo. ¿Hacemos una tregua? Quiero ser amigo tuyo. Claro que si cambias de idea y quieres más —se inclinó hacia ella—, o si alguna vez tienes miedo de que tu amante rico y señorial te tire por el balcón...

—¡Brett!

—No dudes en llamarme —terminó.

—Brett, pensaba que Jon era amigo tuyo.

—Y lo es. Pero todo vale en el amor, la guerra y el misterio.

Habían terminado de bajar las escaleras y estaban en el vestíbulo principal. A través de las ventanas estrechas y alargadas, Sabrina podía ver la nieve acumulada en el exterior. El día estaba gris, incluso amenazaba con nevar otra vez, pero, aunque sombría, la vista era hermosa.

Las lámparas de queroseno seguían encendidas en sus apliques de pared, pero con los rayos de luz que se filtraban por los cristales, el castillo parecía mucho más alegre.

—El café, querida, está por aquí —le dijo Brett, y la condujo hacia el comedor principal.

Jon estaba sentado a la cabecera de la mesa, con una taza de café en la mano, charlando animadamente con Joe y Thayer. Jennie Albright, tan serena y eficiente como siempre, estaba ocupada encendiendo un braserillo para mantener calientes las fuentes de comida. A un lado de la mesa, Dianne y Anna Lee comentaban los pros y los contras del *body piercing*, mientras que, al otro lado, Joshua, Camy y Reggie lamentaban la falta de talento artístico exhibido en un nuevo museo londinense de lo macabro.

Brett caminó hacia la cafetera, rellenó su taza y contempló al grupo antes de hablar.

—Lamento interrumpiros, pero, ¿no íbamos a reunirnos para confesar nuestros más terribles pecados? ¿Y para averiguar quién es el bromista que envía notas falsas?

—Susan nos hará a todos picadillo aunque lo descubramos —se lamentó Joe.

Anna Lee se encogió de hombros.

—Si se atreve a escribir una sola palabra contra nosotros, la amenazaremos con escribir un Agatha Christie sobre ella. Si no se comporta, la mataremos con una soga, un cuchillo, una pistola, veneno, un garrote... La lista será interminable.

—Hablando de Susan, ¿dónde está? —preguntó Jon.

—No la he visto —dijo Joe.

—Yo tampoco —Dianne se encogió de hombros.

—Está muy, muy enfadada con todos nosotros —comentó Thayer, e hizo una mueca.

—¿La ha visto alguien? —preguntó Jon, y miró a todos los presentes.

—Desde anoche no —dijo Anna Lee.

—Ahora que lo pienso —observó Thayer—, tampoco he visto a V.J. ni a Tom. Tom estaba haciendo guardia mientras Susan se bañaba, ¿recordáis?

—Puede que todavía estén durmiendo —sugirió Dianne.

—Bueno, Tom y V.J., tal vez. ¿Pero Susan? —dijo Brett con escepticismo—. Quiero decir, que Tom y V.J...

—Debemos confesar nuestros propios pecados, jovencito, no lanzar acusaciones contra los demás —lo regañó Reggie con severidad.

—Lo siento, sólo quería decir...

—¿Qué querías decir? —preguntó una voz nueva.

Tom Heart, recién duchado e impecablemente vestido

con unos pantalones grises de lana y un jersey a juego, entró en el comedor. Se sirvió café y, entonces, advirtió que todos lo estaban mirando. Levantó la taza.

—¿Qué ocurre?

—Empezábamos a preocuparnos —dijo Jon.

—¿Por qué? —preguntó Tom con inocencia.

—Porque se hace tarde y no te habíamos visto —contestó Anna Lee—. Ni a ti ni a V.J.

—Victoria... V.J. ha dicho que bajaría enseguida. Estaba terminando de vestirse cuando... llamé a su puerta. Y aquí me tenéis a mí. ¿A qué vienen esas caras tan largas?

—Tom, nadie ha visto a Susan —dijo Jon.

—¿Y estáis deprimidos por eso? —preguntó con incredulidad.

—Estamos preocupados por ella —respondió Jon.

—Bueno, anoche estaba perfectamente —murmuró—. Salió de la ducha gritándome que debería estar haciendo guardia en el pasillo y no dentro de su habitación.

—Muy propio de Susan —murmuró Dianne.

—¿Y luego qué? —preguntó Jon.

Tom parecía intranquilo. Se encogió de hombros.

—V.J. estaba en la habitación. Se había asomado y estábamos hablando. Susan se puso odiosa. Nos llamó pervertidos y dijo que estábamos mal de la cabeza y que íbamos tras ella.

—Esto se pone interesante —susurró Anna Lee—. ¿Qué hicisteis?

—La mandé al infierno. V.J. y yo salimos de su habitación y... —se interrumpió.

—¿Y qué? —lo apremió Dianne.

—Y nos fuimos cada uno por nuestro lado —concluyó Tom con firmeza.

Pero estaba mintiendo. Sabrina estaba convencida de que estaba mintiendo.

—¡Eh, Tom! ¿Qué te ha pasado en la mano? —preguntó Anna Lee de repente. Se puso en pie y se acercó a donde estaba.

—¿En la mano? —dijo Tom. Se miró la palma y vio el largo corte sangrante al que Anna se refería—. Ah, esto. Parece mucho más grave de lo que es.

—¿Te has cortado con una hoja? —inquirió Reggie con escepticismo.

Tom la miró y lo negó con una sonrisa de pesar.

—Rompí una de esas viejas lámparas de queroseno que tienes, Jon. Lo siento, estoy seguro de que son auténticas reliquias.

Jon le restó importancia con un ademán.

—Tengo más. Pero ese corte no tiene muy buena pinta.

—Tom, ¿dónde has dicho que estaba V.J.? —preguntó Sabrina, que también se había acercado al aparador para servirse café.

—Anoche llamé a su puerta y no contestó —dijo Brett.

—¿Qué diablos hacías tú llamando a su puerta? —preguntó Tom, enfadado.

—Intentaba encontrar a alguien hambriento y temerario que quisiera vagar conmigo por el castillo en busca de comida —dijo Brett con indignación.

—¿Nada más? —preguntó Anna Lee con regocijo. Después, sonrió al grupo—. ¿No estamos participando en un juego nuevo? Confesamos nuestros pecados y deducimos quién mató a Cassie... si es que fue asesinada, claro, ya que la justicia dictaminó que su muerte había sido accidental.

—No tengo nada que confesar en lo referente a V.J. —dijo Brett con cierto enojo.

—Quizá en lo referente a V.J. no —replicó Anna Lee con dulzura. Joe se recostó en la silla.

—Esperad, si estamos buscando un móvil, V.J. detestaba a Cassie. Nunca se llevaron bien. Cassie era desagradable y cruel con ella, y V.J. tampoco dudaba en decir lo que pensaba.

—¡V.J. no mató a Cassie! —resopló Tom.

—Ah, Tom, querido —dijo Anna Lee—. Quizá tú quisieras matar a la querida Cassandra. Escribía cosas terribles sobre ti, incluso insinuaba que tenías amoríos por todas partes. Veamos, ahora estás separado, pero no divorciado. Tu ex mujer podría haberte desplumado si ella hubiera seguido viva, ¿no? —preguntó.

—Anna Lee, estamos confesando cosas relacionadas con nosotros mismos, ¿recuerdas? —dijo Jon con firmeza. Tom levantó una mano.

—No pasa nada, Jon. Yo no maté a Cassie. Conozco la ley y mis obligaciones, y no detesto a mi casi ex esposa, ni le regateo la mitad de mis ingresos, porque los dos apostamos por mi trabajo de escritor. Ya le doy a Lavinia casi una fortuna, pero lo hago de todo corazón.

—Vaya, ¿no es el hombre perfecto? —se burló Anna Lee—. Todavía pienso que tenías un móvil.

—Como el móvil puede ser casi cualquier cosa, todos podríamos tener razones para haber asesinado a Cassie —señaló Jon con ironía.

—Yo no —anunció Dianne con suavidad.

—¿No? —inquirió Anna Lee—. Dianne, querida, no tan deprisa. Veamos, Cassie era tu madre, pero te despreciaba. No quería reconocerte públicamente, así que eras un estorbo, porque le echabas años encima. Puede que perdieras los estribos, la vieras por casualidad en el balcón y...

—¡Menuda sarta de mentiras! —exclamó Dianne, enojada. Dio la vuelta a la mesa con las manos en las caderas y mirando a Anna Lee con expresión furibunda—. Mira que decir algo tan asqueroso cuando tú a lo único que aspiras en la vida es a crear problemas. Tienes la moral de un gato callejero. No podías acostarte con Jon, así que fuiste por mi madre. Y Dios sabe por quién más. Te gusta crear el caos allí a donde vas. Quieres ser el centro de atención, así que te pasas de la raya. Tienes que intrigar a tus lectores con tus proezas sexuales porque ni siquiera sabes escribir.

—Caray —murmuró Anna Lee—. ¿Cómo se me ha podido pasar por alto que eras la hija de Cassie? —sin embargo, no parecía muy molesta—. Bueno, ahora ya sabéis todos con quién dormía, pero todavía hay más. ¿No deberíamos quitarnos todos la máscara? —se volvió y fijó la mirada en Joe—. ¿Tienes algo que decir? —le preguntó.

Joe elevó las manos y se encogió de hombros con timidez.

—Yo... yo me quedé atrapado entre las dos —dijo con tristeza.

Jon se levantó despacio de la mesa y se apoyó en la repisa de la chimenea. Podría haberse oído el vuelo de una mosca, tal era el silencio reinante. Sin embargo, Jon estaba sereno, como si no estuviera escuchando nada nuevo.

Joe carraspeó.

—Estaba furioso con Cassie, muy furioso —le explicó—. Y a pesar de perder la oportunidad de participar en una importante antología por su culpa, siempre lograba fascinarme. Estaba casada con Jon, así que guardaba las distancias. Pero Anna Lee se lo estaba pasando en grande sabiendo que yo tenía mis propias fantasías sexuales de amor y odio con Cassie, y decidió pasar por alto sus gustos exquisitos y probar algo más rústico. Así que me sedujo. Después...

—¿Después qué? —preguntó Jon, mirando a Anna Lee.

Anna Lee se encogió de hombros, pero el dolor se reflejó fugazmente en su mirada.

—Jon, no querías ver la verdad. No querías divorciarte. Sólo intentaba hacerte ver la clase de mujer que era.

Jon cruzó los brazos.

—¿Intentabas hacerme ver la clase de mujer que era mi esposa?

Anna Lee se pasó los dedos por sus hermosos cabellos.

—No quisiste escucharme cuando te dije que estaba durmiendo con más de uno.

—Anna Lee, conocía a Cassie y sabía lo que hacía, y ya estaba harto de ella, pero en los momentos de cordura comprendía que estaba viviendo lo más deprisa que podía para adelantarse al cáncer. No siempre me importaba lo que hacía, salvo cuando intentaba herir a otras personas... para lo cual, contaba con mucha ayuda, por lo que se ve —se volvió de golpe hacia Joe—. Así que termina la historia.

Joe se ruborizó tanto que su rostro adquirió un matiz violáceo.

—Yo... yo... sólo fue una vez, pero...

—¡Joe, suéltalo ya! —le ordenó Anna Lee, regocijada—. ¡Tuvimos un *ménage à trois*!

Joe bajó la cabeza.

—Lo siento mucho, Jon. Estaba tan... Verás, es que... —alzó la vista—. Tú eres un hombre rico, respetado, poderoso y apuesto. Yo siempre he parecido un oso con resaca. De repente, las dos estaban atormentándome, deseándome y... y luego... —añadió con suavidad, mientras miraba a Anna Lee con mirada acusadora— riéndose de mí.

Anna Lee se encogió de hombros, como si no tuviera muchos remordimientos sobre sus prácticas sexuales.

—Todos éramos adultos, Joe. Y no nos reíamos de ti. Debiste de sentirte de esa manera.

—¿Incómodo? —preguntó Dianne con suavidad—. ¿Engañado? ¿Incluso utilizado?

—Ah, no —protestó Joe—. Yo no pienso pagar el pato. No, no me sentí utilizado, ni se despertó mi instinto asesino porque dos mujeres me hubiesen humillado —clavó la mirada en Anna Lee—. Además, no debí de ser tan malo en la cama. Anna Lee viene a verme de vez en cuando, cuando le apetece.

Brett se puso en pie de repente. Estaba en jarras y los miraba fijamente a los dos.

—¡No os creo! —gritó—. ¡Cassie no era así!

Jon se acercó por detrás y le puso una mano en el hombro.

—Brett, lo era.

—No. Os lo estáis inventando, y no logro entender por qué. ¿Para parecer tan retorcidos y miserables que no podríais ser los culpables? Os lo estáis inventando. Conocía a Cassie y...

—¡Brett! —dijo Jon con más firmeza—. No la conocías, sólo creías conocerla. Sabías lo que ella quería que supieras y pensabas lo que ella quería que pensaras. Caíste en la trampa, te involucraste demasiado.

—¡No! —dijo Brett. De repente, se dejó caer en la silla y se llevó los dedos a las sienes—. No, verás... —volvió a alzar la vista. Miró primero a Jon y después a Sabrina, de una forma que a ella le rompía el corazón. Volvió a fijar la vista en Jon—. Tenía tantos celos de ti... Había estado casado con Sabrina y ella nunca reconoció haberte conocido y, mucho menos, haberse acostado contigo. Sin embargo, siempre que alguien mencionaba tu nombre se ponía un poco triste... Por eso sabía que habíais tenido una aventura. Por eso, aunque ella estuviera decidida a ser una esposa buena y fiel, no podía dejar de compararme contigo... y yo siempre salía perdiendo. Cuando nos divorciamos, no quise creer que mi comportamiento hubiera provocado la separación así que... quería vengarme de ti. Te culpaba por el divorcio, era como si tú hubieras seducido a mi esposa. Por eso... por eso me propuse seducir a Cassie. Y ella sentía algo por mí. Lo sé porque... porque...

—Brett —dijo Jon con un suave suspiro—, sentías afecto por ella porque era fácil sentir afecto por Cassie. Aun cuando dejó de parecerme atractiva, yo también la quería. Estaba sufriendo y huyendo hacia delante. Deseaba con tanto afán ser joven y hermosa eternamente... Necesitaba ser amada, tenía miedo de estar sola y también de morir. Era una mujer inteligente, culta, intuitiva, y podía resultar encantadora, incluso amable y cariñosa cuando quería.

Vaciló y miró a Dianne.

—Cassie era consciente del daño que le había hecho a su propia hija, y donaba enormes sumas de dinero a organizaciones de huérfanos y niños enfermos. No era una persona horrible. La conocía, sabía lo que estaba haciendo, pero no importaba. Lo que había estado mal era haberme casado con ella. Hacía años que nos conocíamos. Ella me había conseguido mi primer agente y me había enseñado cómo funcionaba el negocio. Era una mujer hermosa y nos divertíamos mucho juntos. Cortábamos y volvíamos una y otra vez. Entonces, se puso enferma y no quería estar sola. Por eso decidimos intentarlo. Nuestro matrimonio estuvo condenado al fracaso desde el principio. Pero era amiga mía y la quería.

Jon hizo una pausa, elevó las manos en el aire y una irónica sonrisa se dibujó en sus labios.

—Está bien. ¿Quién de vosotros no se acostó con mi esposa?

—Querido muchacho, ¡yo desde luego no! —exclamó Reggie con indignación. Jon sonrió.

—¿Qué tal si levantamos la mano? ¿Quién no lo hizo?

—Yo —afirmó Tom.

—Ni yo —declaró Camy.

—Ni hablar —dijo Thayer.

—Yo tampoco —Joshua, que había guardado silencio hasta ese instante, se inclinó hacia delante.

—Yo no estaba aquí —murmuró Sabrina.

—Bueno, faltan Susan y V.J., así que se lo preguntaremos más tarde —murmuró Jon con ironía.

—¿Creéis que ya hemos sufrido todos bastante por hoy? —preguntó Anna Lee con brusquedad. Tenía la voz tan cambiada que Sabrina la miró de hito en hito mientras se preguntaba si la indiferencia con la que hablaba de sus prácticas sexuales no sería, en parte, fingida. ¿La atormentarían las cosas que había hecho?

Los móviles podían ser tan rebuscados... Brett se había propuesto vengarse de Jon porque Jon lo había herido sin darse cuenta. Anna Lee quería a Jon y por eso había seducido a su esposa. Joe se había enamorado de Cassie y había caído en la red de Anna Lee. En cuanto a los demás...

A Cassandra le había gustado amenazar a la gente. Se había creído capaz de arruinar a Tom Heart, de destruir su carrera de escritor y su matrimonio. Había luchado abiertamente contra V.J. ¿Y qué pasaba con Thayer, Reggie, Joshua y Camy? ¿Se habría sentido Dianne tan dolida con su madre que podría haberla asesinado?

—¿Jon? —insistió Anna Lee.

—Todavía no tenemos ninguna respuesta, ¿no es así? —dijo con suavidad.

—Eso no es cierto —replicó Brett—. Sabemos quién estaba acostándose con Cassie y quién no.

Jon sonrió con pesar.

—Eso no nos aclara quién la asesinó.

—Si es que fue asesinada —añadió Anna Lee. Se inclinó hacia delante—. Jon, creo que deberíamos dejarlo estar.

—Pero, ¿qué pasa con todas esas instrucciones falsas? ¿Quién es el bromista que quiere asustarnos?

—¡Dianne! —anunció Anna Lee.

—¡Sólo una vez! —exclamó Dianne—. Cuando escribí las notas para que bajarais a la cripta.

—¿Y la nota de Susan? —preguntó Jon.

—Dianne, si la escribiste tú, por lo que más quieras... —empezó a decir Anna Lee.

—¡Yo no escribí la nota de Susan! —lo negó Dianne con irritación—. No voy a confesar algo que no he hecho.

—Susan está loca, eso es todo —dijo Brett con irritación—. Sigamos un proceso de eliminación. Yo no estaba aquí, así que soy inocente. Sabrina tampoco estaba. Ni siquiera asistió a la Semana del Misterio en que ocurrió la tragedia. Joshua no estaba, Jon tampoco...

—Y cualquiera de nosotros podría haber escrito la nota antes de irse —lo interrumpió Jon con firmeza.

—Pero si no estábamos aquí, ¿cómo pudimos asustar a Susan en la cámara de los horrores? —preguntó Brett.

—¡Con la ayuda de un cómplice! —dijo Thayer con suavidad.

—Si es que realmente alguien asustó a Susan —dijo Tom—. Le encanta el dramatismo y siempre quiere ser el centro de atención.

—Por favor, Jon —dijo Anna Lee—. Tengo una jaqueca que me está matando. ¿Podría subir a dormir un rato?

—Por supuesto —murmuró. Miró a su alrededor—. Nos reuniremos en la biblioteca a la hora del cóctel.

—¡Estupendo! Si ya hemos terminado con las calumnias y los trapos viejos, me gustaría jugar a las cartas en la biblioteca —dijo Reggie en tono esperanzado.

—¿Al bridge? —preguntó Tom.

—Al póquer, querido, al póquer —dijo Reggie. Joe rió.

—Cuenta conmigo.

—Y conmigo —dijo Thayer.

Todos se levantaron de la mesa. Anna Lee salió de la habitación enseguida, sin esperar al resto. Reggie, Joe y Thayer se encaminaron hacia la biblioteca. Sabrina echó a andar hacia Jon, pero vio que Camy estaba hablando con él un tanto disgustada. Brett los rondaba, como si él también estuviera ansioso por hablar con su anfitrión.

Sabrina se dirigió hacia el umbral del comedor. Tom Heart le salió al paso; tenía la mano herida envuelta en una servilleta.

—¿Te animas a jugar a las cartas? —le dijo. Sabrina lo negó con la cabeza, repentinamente inquieta.

—No, Tom, gracias. No he dormido mucho. Voy a echarme un rato. Quizá luego me reúna con vosotros.

—Como quieras.

Sabrina salió del comedor. Anna Lee ya había desaparecido escaleras arriba. Sabrina subió a la segunda planta, echó a andar por el pasillo hacia su cuarto pero se detuvo en seco. Obedeciendo a un impulso, atravesó el pasillo hacia la puerta de V.J.

—¿V.J.? —preguntó en voz baja. No hubo respuesta. Llamó suavemente con los nudillos—. ¿V.J.? —seguía sin oír respuesta, así que golpeó la puerta con más firmeza—. Maldita sea, V.J., me estás poniendo nerviosa.

V.J. seguía sin contestar, de modo que Sabrina giró el pomo con vacilación. La puerta cedió; no tenía echado el pestillo.

—¿V.J.? —preguntó Sabrina, mientras empujaba la puerta con suavidad. Tampoco hubo respuesta.

La abrió de par en par y entró en la habitación de su amiga. Entonces, la vio.

Estaba tendida sobre la cama, ataviada con un vestido elegante pero sencillo. A V.J. no le iban las chorreras ni los encajes. Tenía la cabeza apoyada en la almohada y las manos cruzadas sobre el pecho. Estaba colocada con la misma pulcritud que un cadáver en un féretro para un velatorio. Una delgada línea roja le circundaba el cuello.

—¡V.J.! —chilló Sabrina, y se acercó corriendo a su amiga.

Jon empezaba a preguntarse si no habría destapado la caja de Pandora.

—No comprendo nada de lo ocurrido, Jon, y si hubiera estado más atenta... —empezó a decir Camy.

—Camy, cualquiera podría haber escrito notas...

Joshua se había acercado por detrás, con sus estéticos ojos sombríos y turbados.

—Camy, debería estar ayudándote a estar al tanto...

—Joshua, eres un artista y un amigo. Yo soy la que trabaja para Jon.

—Camy, Josh, los dos habéis hecho un trabajo excelente. No podríais haber hecho nada más. Os ruego que...

—Jon, tenemos que hablar —dijo Brett, y se interpuso entre su anfitrión y sus dos interlocutores. Jon levantó las manos con las palmas hacia fuera.

—Camy, no has hecho nada malo, deja de preocuparte. El juego era genial, ingenioso, y Joshua y tú lo estabais llevando de maravilla, pero con la tormenta, la falta de luz y todo lo demás, puede que no podamos seguir adelante con él.

—Jon, necesito hablar contigo —insistió Brett. Jon se volvió hacia McGraff.

—Brett, no estoy enfadado, de verdad. Entiendo lo que hiciste y por qué. No pasa nada.

—Maldita sea, Jon, claro que pasa. Los amigos no joden a sus amigos.

—Bueno, Brett, literalmente, no fue a mí a quien jodiste.

—Dios, Jon.

—Lo siento, Brett; no he podido evitarlo. Pero hablo en serio, ya no me importaba.

—Seguía siendo tu esposa.

—Brett, todo ha terminado. Ya no siento nada, ni rencor, ni dolor, nada. Intenta comprender que todo el mundo estaba sufriendo mucho en aquella época. E intenta comprender que no pasa nada porque yo he dicho que no pasa nada. Además, tengo que salir fuera.

—¿Fuera? —protestó Camy—. ¿Con este frío y con tanta nieve?

—No me pasará nada —la tranquilizó Jon—. Es más, me sentará de maravilla. Disculpadme —les dijo. Después, vaciló y se volvió hacia Brett—. ¿Qué tal tienes la cabeza?

—¿La cabeza?

—La herida.

—¡Ah! —se palpó la sien y se encogió de hombros—. Todavía me duele un poco, pero estoy bien.

—Me alegro.

Jon echó a andar hacia la puerta, ansioso por sentir el frío y respirar el aire puro. Se detuvo junto al perchero para ponerse la chaqueta y rescató unos guantes del bolsillo.

Se había acumulado la nieve, así que tuvo que empujar la puerta con el hombro para poder abrirla. Salió deprisa. Hacía frío, el aire era fresco y el paisaje estaba cubierto por una capa de hielo cristalina tan hermosa como letal.

Avanzó con dificultad por la senda de grava nevada, hundiéndose a cada paso. Cuando se acercaba a los establos, vio al viejo Angus MacDougall trabajando con una pala.

—¡Buenos días, señor! —lo saludó el caballerizo.

—Buenos días, Angus. ¿Os las arregláis bien tú y los caballos con esta nieve?

—Ya lo creo señor. Encendí la estufa de leña en los establos y no se imagina lo calentito que se está. Si se queda frío en ese castillo tan señorial, venga a hacerme una visita. Mis hijos vendrán pronto y le quitaremos la nieve de todos los caminos.

—No lo dudo, Angus. ¿Tienes otra pala? Te echaré una mano durante un rato.

En cuestión de minutos, Jon estaba quitando nieve y disfrutando del ejercicio. Le agradaba poder mover los hombros, usar los brazos y sentir el movimiento de los músculos.

Sabrina casi había llegado junto a la cama cuando oyó la voz, grave, ronca, amenazadora.

—¿Qué diablos estás haciendo?

Sabrina se detuvo y giró sobre sus talones.

Al principio, no podía ver quién había entrado en la habitación. Las ventanas eran tan estrechas que sólo dejaban pasar rendijas de luz y, durante unos momentos, no supo reconocer la voz. Después, advirtió quién era y se quedó inmóvil, con el corazón desbocado.

—¿Quieres saber lo que yo hago? —replicó, furiosa, mientras el corazón le latía a mil kilómetros por hora. V.J. yacía sobre la cama. El hombre estaba en el umbral, bloqueando el paso. No tenía salida–. ¿Qué estás haciendo tú? –le preguntó–. V.J. está... V.J. está...

El hombre echó a andar hacia ella.

Era una extraña mañana, pensó Jon mientras trabajaba. La sencilla tarea manual de quitar la nieve, normalmente tediosa y fastidiosa, resultaba grata aquel día. Y era una buena manera de quemar la tensión... y de evitar darse de cabezazos contra la pared. Había sospechado muchas cosas sobre Cassie. Por fin, sabía que habían sido ciertas. Y, en realidad, no había mentido; nada de eso importaba ya.

–¡Eh! ¿Tienes otra pala?

Jon alzó la vista. Thayer estaba fuera, flexionando los brazos.

–Claro. Angus, tenemos más palas, ¿verdad?

Angus asintió con alegría.

Thayer empezó a trabajar; pocos minutos más tarde, Joe también se puso manos a la obra.

Después, apareció Brett. Estuvo observándolos un rato y, luego, él también empuñó una pala.

Enseguida despejaron los caminos. Entonces, apareció Reggie.

–¡Así que es aquí donde os metéis cuando no podéis subir la apuesta! –dijo desde la escalinata del castillo.

–¡Ven a ayudarnos, Reggie! –le gritó Brett.

–¡Ni se te ocurra! –le advirtió Jon con firmeza. Dianne apareció por detrás de Reggie, seguida de Camy.

–Puede que Reggie sea un poco... –empezó a decir Joe.

–¡No lo digas! –lo amenazó Reggie.

–No iba a decir vieja, sino madura –protestó Joe.

–¡Y un cuerno!

–Dianne es joven y robusta. ¡Ven aquí y trabaja, jovencita! –la desafió Joe.

Estaba vestida para la ocasión: pantalones negros, botas negras y jersey grueso también negro. Se adentró en la nieve y caminó hacia Joe, que estaba más que dispuesto a cederle la pala. Pero cuando llegó junto a él, sonrió, se inclinó para recoger un puñado de la esponjosa nieve y se la arrojó en plena cara.

—¡Eh, Joe, vaya blanco más fácil! —exclamó Brett.

Joe no pensaba dejar pasar aquella afrenta. Se puso en cuclillas y recogió enormes bolas de nieve con las que embadurnó primero a Dianne y luego a Brett.

Jon se echó a reír. Recibió un impacto en el hombro; Dianne lo estaba atacando. Se disponía a arrojarle una bola cuando recibió otro golpe en la espalda. Giró en redondo y vio que Camy también estaba lanzando bolas de nieve. Los proyectiles blancos empezaron a surcar el aire en todas direcciones. En pocos minutos, el grupo había crecido. Anna Lee, que con tanta impaciencia había subido para echarse una siesta, se unió a ellos. Joshua también. Y lo cierto era que, con tanta nieve, costaba saber quién era quién.

Hasta el viejo Angus se sumó a la pelea. Sus lanzamientos eran letales y estaba dando más de lo que recibía.

En plena lucha, Jon empezó a mirar a su alrededor. ¿Dónde estaba Sabrina?

Estaban casi todos allí. Todos excepto Susan, V.J., Tom y Sabrina.

Susan, V.J., Tom. Y, de repente, también faltaba Sabrina.

Jon empezó a sacudirse la nieve y echó a correr hacia el castillo.

—V.J. está durmiendo —declaró Tom con irritación.
—¡Durmiendo! —exclamó Sabrina.
—Sí. Está cansada. ¿Por qué intentas despertarla?

Sabrina miró de nuevo a V.J. Dormía como un cadáver en un féretro, con las manos cruzadas sobre el pecho. Echó a andar de nuevo hacia la cama, porque no se fiaba de Tom.

Si V.J. estaba muerta, Tom la había matado. Y en aquellos momentos estaba a solas con Tom, que le estaba cortando la salida...

—¿Por qué quieres despertarla? —preguntó de nuevo Tom, irritado.

—El rojo del cuello... —se oyó decir Sabrina. ¡Estúpida! Debería haberse dado la vuelta, haber salido de la habitación y haber pedido ayuda. Habría sido mejor hacerle creer a Tom que pensaba que V.J. estaba dormida.

—¿El rojo del cuello? —dijo Tom. Frunció el ceño y se adentró en la habitación. Sabrina retrocedió y se colocó al otro lado de la cama, para resguardarse de él. Sin embargo, cuando bajó la vista, advirtió que lo que V.J. tenía al cuello era un camafeo colgado de un lazo rojo de satén que hacía juego con su vestido rojo y azul marino.

Su pecho ascendía y descendía. De repente, abrió los ojos. Vio a Sabrina a un lado de la cama y a Tom al otro, y se incorporó de golpe.

—¡Santo Dios! ¿Qué pasa aquí? ¿Es que una mujer no puede dar una cabezada en la intimidad?

—¡No sé qué hacía Sabrina aquí! —exclamó Tom—. Ha entrado para despertarte.

V.J. frunció el ceño y miró a Sabrina. Sabrina se encogió de hombros con una sonrisa de pesar.

—Estaba preocupada por ti.

V.J. la miró sin comprender; después, sonrió.

—Ah, he debido de perderme las confesiones. Lo siento. Estaba vestida, lista para bajar, pero me tumbé un momento sobre la cama y debí de quedarme profundamente dormida.

—¡Sabrina! —Sabrina se sobresaltó al oír que la llamaban con tal ferocidad desde el piso de abajo—. ¡Sabrina! —oyó de nuevo, desde más cerca.

Le dio la espalda a V.J. y corrió hacia la puerta a tiempo de ver cómo Jon abría de par en par la puerta de su habitación. Sabrina salió al pasillo.

—¡Jon!

Jon giró sobre sus talones, y ella vio la preocupación descarnada reflejada en sus ojos veteados mientras la miraba desde el otro extremo del pasillo. De repente, se sintió inmensamente dichosa. V.J. estaba viva, Jon estaba enamorado de ella y todos sus miedos eran infundados.

—Dios, ¡estaba preocupado! —dijo Jon, mientras se acercaba a ella con una sonrisa en los labios. Sabrina también sonreía, porque Jon tenía la intención de abrazarla. Pero estaba cubierto de nieve.

—¡Estás empapado! —exclamó.

Jon asintió y la abrazó de todas formas.

—Estábamos tirándonos bolas de nieve cuando me di cuenta de que no estabas. V.J. tampoco estaba, ni Tom.

—Según parece, nunca estoy cuando ocurre lo mejor —dijo V.J. con ironía, mientras salía al pasillo.

—Estaba durmiendo. Sabrina irrumpió en su habitación como si pensara que yo la había estrangulado —dijo Tom, y movió la cabeza. Rodeó la cintura de V.J. con el brazo y habló con voz ronca—. ¿No lo sabes? Jamás podría hacerle daño a V.J. Estoy enamorado de ella. En cuanto consiga el divorcio, nos casaremos y pasaremos juntos el resto de nuestras vidas, duren lo que duren.

Sabrina se sorprendió sonriendo. Se apartó de Jon para darle un beso a Tom en la mejilla.

—Me alegro por vosotros —dio un fuerte abrazo a V.J.

V.J. se estaba ruborizando levemente.

—Esta mañana me he quedado dormida porque ya no

soy tan joven como antes. Y anoche Tom y yo nos quedamos despiertos hasta muy tarde, hablando y... bueno, ya sabes, hablando y...

—¡Dios mío, los abuelos estaban dándose un revolcón! —anunció alguien desde el otro extremo del pasillo. Brett, con las manos a la espalda, caminaba hacia ellos.

—Brett... —empezó a reprocharle Tom.

—No, no, querido. Déjamelo a mí —dijo V.J. con alegría— Brett McGraff, no te atrevas a llamarnos abuelos. Reggie es una abuela. Nosotros sólo estamos en la cúspide de la madurez —resopló—. ¿Y tú qué haces aquí, por cierto?

—Estábamos pasándolo de lo lindo tirándonos bolas de nieve cuando, de pronto, Jon cae en la cuenta de que ha estado separado de Sabrina durante más de diez minutos. Supuse que estaría cómoda y caliente en el castillo y...

—¿Y? —inquirió Jon, en jarras, con la ceja levantada y una ligera mueca en los labios mientras daba un paso hacia delante.

Brett sonrió de oreja a oreja. Sacó una mano de detrás de la espalda y arrojó una bola de nieve a Sabrina.

Hizo gala de una puntería perfecta. La nieve le dio en la barbilla y saltó en mil pedazos a su alrededor.

—¡Jon! —dijo V.J.—. ¿Vas a consentirlo?

—Desde luego que no —dijo Jon.

—No te preocupes, puedo defenderme sola —anunció Sabrina, que ya caminaba hacia Brett.

Brett se dio la vuelta para echar a correr. Al hacerlo, dijo:

—¡También te echábamos de menos a ti, V.J.! —y le arrojó la bola de nieve que todavía sostenía en la otra mano.

Todos echaron a correr tras él.

Brett era veloz, y logró salir del castillo. Pero una vez fuera, tuvo problemas. Los demás, que seguían arrojándose bolas de nieve, vieron la persecución y se unieron contra Brett. En cuestión de segundos, Brett era incapaz de contraatacar. Estaba riendo, tumbado boca arriba sobre la nieve. V.J., con el vestido empapado, se había arrodillado junto a él y, con la ayuda de Sabrina, que estaba al otro lado de su ex, prácticamente lo estaba enterrando en la nieve.

Riendo, Sabrina advirtió que Jon se había quedado un poco rezagado y contemplaba la escena con regocijo.

—¡Jon! —les susurró Brett a las dos mujeres—. ¡A mí ya me tenéis! ¡Tumbad a Jon!

Y eso hicieron. Fue divertido ver cómo cambiaba de expresión cuando se volvieron todos contra él.

Se alejó corriendo y siguió lanzando andanadas de bolas durante un tiempo considerable. El viejo Angus fue el que por fin los ayudó a derribarlo.

—¡Acorraladlo contra los establos, enterradlo! —sugirió.

Así que Jon también acabó tumbado sobre la nieve, con Sabrina sentada a horcajadas sobre él. Estaba riendo con tantas ganas que era incapaz de combatir el asalto de nieve de Sabrina... hasta que, de improviso, se incorporó y fue Sabrina la que acabó tendida sobre la nieve y acribillada a disparos blancos y esponjosos.

—¡Ríndete! —le ordenó Jon.

—¡Jamás!

Más nieve.

—¡Ríndete! —ya casi estaba enterrada viva—. Vamos, ¡ríndete!

—No, no, no... ¡Me rindo, me rindo! Ya verás cuando te pille —lo amenazó Sabrina.

Jon sonrió y contestó en voz baja:

—Espero ansioso que llegue el momento.

Se puso en pie y la ayudó a levantarse. Todos estaban empapados excepto Reggie, que había estado dirigiendo la batalla desde la escalinata. Riendo, se sacudieron la nieve dando fuertes pisotones.

—¡Qué divertido! Deberíamos quedarnos más veces aislados por la nieve —dijo Dianne.

Sonriente, amable, natural, parecía tan joven como era, y rebosante de entusiasmo. Sabrina se sorprendió pensando que Dianne podía ser capaz de gastar alguna que otra broma macabra, pero jamás de asesinar a nadie.

Pero claro, todos estaban riendo y divirtiéndose con una extraña inocencia.

Y, sin embargo, mientras reflexionaba en lo inocente que parecía todo, Sabrina reparó en una mancha de sangre que había en la nieve, junto a sus pies.

—Alguien está sangrando —anunció.

—Tom, tu mano... Puede que se te haya abierto la herida otra vez —dijo V.J.

—No lo creo —repuso Tom, y se miró las palmas—. No, tengo las manos heladas, pero nada de sangre. ¡Debe de haberse congelado!

—Deberíamos entrar en calor. Sólo la mitad del grupo lleva guantes —dijo Jon—. Alguien se ha hecho un buen corte. ¿Estáis todos bien?

—A ti te sangra la mejilla —le mencionó Dianne.

—Una vieja herida de guerra... con la maquinilla de afeitar.

—Brett, ¿qué tal tienes el dedo que te cortaste? —preguntó Sabrina.

—Creo que no soy yo el que sangra. Pero claro, tengo varias heridas.

—¡Pobrecito! —exclamó V.J.

—Puede que haya sido yo —dijo Thayer, mientras se frotaba la barbilla.

—¿Tú también te has cortado al afeitarte? —preguntó Anna Lee.

—Sí. Me hice un buen tajo, justo debajo de la barbilla —anunció.

—La próxima vez deberíamos asistir a una convención de barberos —comentó Joe con pesar—. Yo también me hice una carnicería ayer. No estoy acostumbrado a afeitarme a la luz de una vela.

—No creo que de un pequeño corte hecho al afeitarse pueda salir tanta sangre —murmuró Sabrina.

—Quienquiera que esté herido, pronto lo averiguará —concluyó Thayer.

—Debemos entrar y secarnos lo antes posible —dijo Jon.

—¿Tienes suficiente leña para mantener encendido el fuego de la biblioteca? —le preguntó Thayer.

—Sí —dijo Jon—. Hay una leñera en el sótano. ¿Quieres echarme una mano?

—Claro.

—Yo voy a darme una ducha de agua caliente —les dijo V.J.—. Vosotros, comportaos como los hombres fuertes y atentos que sois y encended un buen fuego en la biblioteca. Las mujeres bajaremos enseguida.

Todos avanzaron hacia el castillo, Jon, Thayer y Joe en dirección a las escaleras que bajaban a los sótanos.

Sabrina empezó a seguir a Reggie, pero advirtió que Joshua se había quedado rezagado y que estaba en cuclillas, estudiando la sangre.

—¿Qué ocurre? —le preguntó.

Sobresaltado, Joshua alzó la vista.

—Nada —le dijo, y la miró con leve desconcierto—. Sólo espero que el que esté herido se dé cuenta lo antes posible. Aquí hay mucha sangre.

—Quizá parezca más de lo que es. ¿Por qué querría alguien ocultar una herida?

Joshua sonrió de oreja a oreja.

—No lo sé... tipos duros que escriben novelas de misterio. Puede que no quieran parecer unos blandengues. Yo, en cambio... En fin, mis manos son mi vida, mi trabajo. Si me cortara con una hoja... me cuidaría como a un bebé.

Sabrina rió; después, se serenó.

—Joshua, cuando Brett se cayó del caballo, tú volviste a mirar el lugar donde había caído como si algo no estuviera bien.

—Y no estaba bien. Brett se había caído y se había hecho daño.

—No, no me refería a eso...

Joshua vaciló, con expresión vacía durante unos momentos; después, se encogió de hombros.

—No fue nada. Quería mirar, nada más. La curiosidad del artista, ya sabes.

Pero Sabrina creía que estaba mintiendo. Había algo más, algo que no quería revelarle.

Con el ceño fruncido, Sabrina siguió a las mujeres al interior del castillo, mientras se preguntaba por qué la sangre la molestaba tanto cuando nadie parecía estar gravemente herido.

Pero había tanta...

Y, sin embargo, todo el mundo se había hecho algún corte. Y todos los hombres parecían haber olvidado la técnica del afeitado.

Incluido Jon.

No había sangrado sólo un poco. Tenía el albornoz impregnado de sangre. Muy a su pesar, Sabrina no podía evitar preguntarse si...

Si Jon le había mentido. Y si le había mentido en eso... ¿Le habría mentido desde el principio?

17

Ya era casi la hora de la cena cuando Jon bajó, recién duchado y vestido, a la biblioteca, donde antes habían apilado madera abundante junto a la chimenea. Una vez más, daba la impresión de estar alojando en el castillo a un grupo de hombres y mujeres normales, agradables e inocentes.

Había una partida de póquer en marcha. Reggie estaba ganando y amasando peniques, centavos y algún que otro dólar perdidos por Joe, Tom, V.J. y Thayer. Joshua, Sabrina, Brett, Anna Lee, Camy y Dianne estaban en otra mesa jugando a las veintiuna.

Susan Sharp era la única que faltaba. Otra vez.

—¡Eh, Jon! —lo llamó V.J. con una sonrisa cuando lo vio entrar. Estaba resplandeciente desde que Tom y ella habían confesado el amor que se profesaban.

—¡Jon, únete a nosotros! —dijo Reggie.

—¡Te desplumará! —le advirtió Brett—. Ven a jugar a las veintiuna. Es menos reflexivo pero sale más barato.

—Brett, presta atención. Te has pasado —dijo Anna Lee.

—¡Oh, no! ¿Por qué me haces esto? —gimió Brett.

—¡Me planto! —anunció Sabrina.

Jon la miró justo cuando ella alzaba la vista. Sus miradas se cruzaron. Lo estaba observando de una forma muy distinta. Jon frunció el ceño. ¿Estaría afectada por las sórdidas confesiones de aquella mañana? No, no era propio de Sabrina juzgar. Y aun así...

Lo estaba mirando de forma extraña. Con recelo.

—¡Ah! —gritó Brett—. Socorro, estas mujeres van a acabar conmigo.

—¡Veintiuna! —anunció Camy.

—Que se lleven a esa mujer —ordenó Dianne—. ¡Ha ganado otra vez!

—Bueno, en eso consiste el juego, ¿no? —preguntó Camy. Sonrió y miró a Jon con semblante feliz.

—Sí, en eso consiste —contestó él con desenfado. En cierto sentido, era de agradecer que Susan no estuviera allí, haciendo comentarios hirientes y armando jaleo. Aun así, empezaba a estar preocupado.

—¿Alguien ha visto a Susan? —preguntó.

—No —contestó Thayer, mientras estudiaba sus cartas—. Pero nos ha dejado una nota.

—¿Una nota? ¿Dónde? —preguntó Jon con el ceño fruncido.

—¡Me retiro! —exclamó Camy. Se levantó de la mesa redonda de roble y se dirigió a la repisa de la chimenea—. Jennie encontró esto cuando vino a servirnos las bebidas —hizo una mueca—. ¿Quieres que lo lea?

—Adelante. Jon disfrutará oyéndolo tanto como nosotros, estoy seguro —observó Joe con ironía.

Camy leyó la nota en voz alta.

A todos vosotros, patéticos cretinos: Dejadme en paz de una vez. No quiero veros ni hablar con ninguno de vosotros, y no penséis que vais a poder darme coba después de lo que me habéis hecho. Sois unos pervertidos. Y os lo advierto... Mientras estemos aquí encerrados, ¡no os acerquéis a mí! De lo contrario, os llevaré a los tribunales, y si no consigo meteros en chirona, me aseguraré de que ninguno de vosotros pueda volver a escribir para un editor decente.

Susan

Camy miró a Jon con expresión de disculpa.

—No hay duda de que está cabreada —murmuró Dianne.

—Peor para ella —dijo V.J. Tom se encogió de hombros.

—Repito lo que dije antes. Que se vaya al infierno.

—Vamos —dijo Brett—. ¿Quién diablos se cree que es? ¡Jamás había oído nada parecido! Mira que amenazarnos de esa manera... Como si tuviera poder para impedir que volviéramos a escribir.

Joe echó una carta y tomó otra.

—Tiene gracia, pensaba que Susan era más inteligente. Puede metérnosla torcida más de una vez, como Cassie hacía, pero jamás podría convencer a un editor de que no contratara a un autor que vende bien.

—Está bien, está bien —dijo Jon—. Todos estamos de acuerdo en que Susan es una arpía. Pero sigo preocupado por ella. No puede quedarse encerrada en su cuarto durante días —añadió con impaciencia.

—¿Por qué no? —preguntó Brett en tono esperanzado.

—Por favor, olvidémonos de ella —suplicó Dianne.

—Puede que acabe muriéndose de inanición —comentó V.J. con alegría.

—No —dijo Dianne—. Escribió otra nota «a los criados» encargándoles que le dejaran una bandeja delante de la puerta dos veces al día hasta que esta horrible fiesta llegue a su fin.

—Jon, yo diría que está de muy mala uva y no quiere que se la moleste —le dijo Joshua.

Jon bajó la cabeza y esbozó una sonrisa. Todos estaban más que dispuestos a olvidarse de Susan. Alzó la vista.

—Lo siento, amigos. Sigo preocupado. Tenemos que asegurarnos de que está bien.

—No, por favor —dijo Reggie.

—Bueno. Entonces, iré yo.

—No, iremos todos —dijo Thayer—. De todas formas, esta vieja tahúr me ha dejado sin blanca.

—¡Tahúr, sí, pero sólo yo tengo permiso para llamarme vieja! —le advirtió Reggie—. Pero espera, Jon, ¿por qué no disfrutamos primero de la cena? Luego podremos ir a tragar quina con Susan. No será tan desagradable si tenemos el estómago lleno.

Jon enarcó una ceja. Con un brillo travieso en los ojos, Dianne cayó de rodillas y unió las manos como si estuviera rezando para suplicar:

—Por favor, por favor, señor, sólo la cena. Déjanos cenar en paz.

—Vamos, Dianne —dijo Jon, riendo. Pero Joe Johnston hincó una rodilla en el suelo y dijo:

—Sí, por favor, déjanos cenar tranquilos.

—Oye, si pensáis que...

—¡Te lo ruego! —añadió Anna Lee con actitud melodramática, y ella también se arrodilló. Entre risas, Camy, Joshua y Brett también se unieron a ellos.

—Sólo la cena —dijo Jon con firmeza, mientras movía un dedo en señal de advertencia—. No habrá más demoras.

—¡Gracias, gracias, señor! —exclamó Brett.

—Poneos en pie —les ordenó Jon, riendo entre dientes—. Cenaremos y, luego, subiremos a hablar con Susan o, por lo menos, a cerciorarnos de que se encuentra bien —giró sobre sus talones y se dirigió al comedor principal.

Jennie estaba encendiendo los braserillos que mantenían las fuentes calientes.

—¡Nos estamos volviendo muy ingeniosos, señor! —le dijo a Jon alegremente—. Esta noche lo hemos cocinado todo sobre el fuego. Bueno, excepto la ensalada, claro, que no había que cocinarla. Los filetes y las chuletas han salido de maravilla. No tenemos luz, pero la nieve está conservando la comida.

—Gracias, Jennie —le dijo.

Sus invitados mantuvieron el ánimo alegre mientras se servían y se sentaban a la mesa iluminada por candelabros. El fuego chisporroteaba en la chimenea. Sabrina estaba muy elegante, con su melena como oro líquido a la luz de las llamas y un vestido azul oscuro de punto que se adhería a todas las curvas de su cuerpo. Sonreía, reía, respondía a los comentarios que se hacían a su alrededor... menos a los de él. No era que no le prestase atención, pero lo rehuía, aunque estuviera sentada a su lado. ¿Qué diablos había ocurrido?, se preguntó Jon.

Entonces, se sorprendió preguntándose también qué habría ocurrido si ella no hubiera desaparecido hacía años. ¿Habrían seguido juntos y se habrían casado? ¿Habrían organizado aquellas fiestas y los dos habrían disfrutado de ellas? Sabrina era el complemento del castillo y también, pensó, de él. Sacaba lo mejor que tenía dentro. Y, si hubieran seguido juntos, si se hubieran casado, ¿habría estado viva Cassie todavía, habría sido uno de los invitados de aquella noche?

Sabrina lo miró de repente y sonrió, aunque con mirada cautelosa. A la luz de las velas, sus ojos azules resplandecían.

—¿En qué estás pensando? —le preguntó, entre el murmullo de risas y conversaciones.

—Que ojalá nunca te hubieras ido de mi lado. Quizá hubiéramos podido alterar el destino.

Sabrina se ruborizó levemente y bajó la vista.

—Puede que veas en mí más de lo que hay.

—¿Qué quieres decir? —protestó Jon.

—Bueno —repuso en voz baja—, me gustaría creer que tengo fortaleza, el valor de mis convicciones. Pero cuando Cassie entró en tu apartamento aquel día...

—¿Qué?

—Me vine abajo como un castillo de naipes —dijo con pesar.

—Pero eso fue hace mucho tiempo. Y ahora me toca a mí. ¿En qué estás pensando tú?

—En nada —apartó la mirada.

—Mientes —la acusó Jon. Ella se encogió de hombros—. Dímelo.

—En nada... de verdad.

—En algo... de verdad.

Sabrina movió la cabeza con suavidad.

—Es que, de repente, no hago más que ver sangre.

—¿En serio?

Sabrina lo miró con gravedad.

—Sí. Tu bata estaba empapada de sangre.

—Ya te lo he dicho, me corté mientras me afeitaba.

—Pues parecía que te hubieran degollado.

Perplejo, Jon se recostó en la silla.

—¿Qué es lo que crees que he hecho? —bajó la cabeza y la acercó a la de ella para que los demás no lo oyeran—. A mi esposa no la acuchillaron, se precipitó por el balcón. Y, que yo sepa, no hay más cadáveres ocultos en el castillo, salvo los enterrados en la cripta.

Sabrina no contestó. Estaba mirando a Anna Lee, que los observaba con el ceño fruncido. Anna Lee sonrió cuando Jon la miró.

—¿Sabéis qué es una verdadera lástima? —preguntó en general.

Antes de que Jon pudiera contestar, Brett se adelantó.

—Sí. Que no conseguimos que nuestro anfitrión confesara ningún sórdido pecado.

Anna Lee rió.

—Bueno, eso también.

—¡No los tenía! —dijo Jon alegremente, mientras elevaba su copa de vino hacia Anna Lee.

—Mentira —objetó Brett—. Cassie me dijo que estabas saliendo con alguien —se sonrojó al decirlo—. Vaya, lo siento... —se enderezó en la silla y se encogió de hombros, como si no pudiera reprimirse de todas formas—. ¿Quién era?

Jon se recostó en la silla.

—No era...

—¡No era yo! —anunció Reggie, mientras se ahuecaba el pelo.

—¡Ni yo! —les aseguró V.J., riendo.

—Su hijastra tampoco —dijo Dianne con ironía.

—Bueno, yo lo intentaba, pero no era yo —murmuró Anna Lee.

—¿Susan? —preguntaron varios al unísono.

—¡No! —protestó Jon. Movió la cabeza y tomó otro sorbo de vino, dando gracias porque Sabrina pareciera regocijada más que horrorizada—. No estaba saliendo con nadie de aquí.

—Pero con una mujer en alguna otra parte —adivinó V.J.—. ¿Quién era?

Jon se rindió.

—Ninguno de vosotros la conoce, y sólo fue una relación puntual, ya que los dos viajábamos con frecuencia. Ella tenía su casa en Edimburgo, pero nos conocimos en los Estados Unidos. Es decoradora de interiores y había trabajado para mí en Nueva York. ¿Ya estáis satisfechos o necesitáis saber algo más?

—¡A mí me encantaría conocer hasta el último detalle! —bromeó Anna Lee.

—Por lo menos, hemos resuelto un misterio —dijo Reggie.

—Estupendo. Y a mí me gustaría resolver otro —anunció Jon—. Vamos a hablar con Susan.

—Susan no es ningún misterio, sólo una arpía —protestó Dianne.

—Ya hemos cenado en paz —dijo Jon con firmeza—. Así que ahora... —se puso en pie con determinación. Los demás no parecían muy contentos, pero Jon sabía que lo seguirían.

Salió del comedor principal y empezó a subir las escaleras. Percibía la sutil fragancia de Sabrina, que seguía a su lado, aunque ligeramente rezagada; oyó cómo Tom murmuraba algo a V.J., y cómo Brett se lamentaba de que fueran a echar a perder la velada con lo agradable que estaba siendo.

Cuando se detuvieron frente a la puerta de la habitación de Susan, todos guardaron silencio. Jon golpeó la madera con los nudillos.

—¡Susan!

No hubo respuesta. Jon miró al grupo y volvió a llamar.

—¡Susan, soy Jon! Me gustaría hablar contigo, sólo para cerciorarme de que estás bien.

Una vez más, no hubo respuesta.

—No quiere saber nada de ninguno de nosotros —susurró Sabrina.

—Piensa que somos unos monstruos —comentó Anna Lee.

—En eso, quizá tenga razón —reflexionó Brett—. A veces, podemos resultar horribles.

—¡Eso lo dirás por ti! —le dijo Reggie.

—Y lo está diciendo por él —bromeó Anna Lee.

—Calla, mujer —le ordenó Brett.

—Callaos todos —dijo Jon con severidad—. No oigo si me habla o no. ¡Susan! —gritó de nuevo.

—Dejémosla en paz —suplicó Dianne. Jon lo negó con la cabeza.

—No, Dianne, no podemos hacer eso —volvió a llamar a la puerta con determinación—. ¡Maldita sea, Susan! ¡Si no contestas, voy a entrar!

Susan siguió sin responder.

—¿Tiramos la puerta abajo? —preguntó Thayer. Jon sonrió.

—No, usaremos la llave maestra. ¡Susan! —la llamó, para darle una última oportunidad, por si acaso estaba en el cuarto de baño, o desnuda, o con una mascarilla en la cara.

Susan lo mataría.

¿Y si tenía unos cascos puestos y no podía oírlo? Estaría invadiendo su intimidad. Y quizá fuera cierto que los aborrecía a todos y sólo deseaba estar sola.

Pero estaba preocupado. Muy, muy preocupado.

Sintió un escalofrío, una sensación desagradable que lo convenció aún más de que había algo raro en todo aquello.

Sabrina estaba preocupada por la sangre. «Demasiada sangre», había dicho.

No había habido tanta. Pero estaba en su bata. ¿Qué diablos significaba eso?

¿Acaso había un asesino entre ellos? Enseguida, imaginó lo peor. El asesino había matado a Susan, que estaba tumbada sobre la cama, empapando las sábanas con la sangre que chorreaba de sus heridas.

Frunció el ceño y miró a los demás.

—Tendremos que entrar.

Giró la llave en la cerradura y abrió la puerta de Susan. Entró en la habitación y miró a su alrededor.

Oyó una exclamación colectiva... y vio lo que había dentro.

Nada.

Ni un cuerpo sobre las sábanas. Ni un grifo de agua abierto. Ni sangre... Ningún escenario horrible. Nada en absoluto. Ni rastro de Susan.

—Bueno, ¿dónde diablos se ha metido? —preguntó V.J.

—¿Susan? —la llamó Sabrina. Miró a Jon y se adentró aún más en la habitación. Empujó la puerta del baño, que estaba entreabierta—. ¿Susan?

—No está aquí —concluyó Dianne.

—¿Dónde puede estar si no? —preguntó Joe con impaciencia.

—Seguramente, anda por ahí moviéndose a hurtadillas, espiándonos para ver cómo reaccionamos a su desaparición y luego poder echárnoslo en cara —dijo Anna Lee.

—El castillo es grande —señaló Sabrina—. Podría estar en cualquier parte.

—Eso es. En cualquier parte —repitió Jon.

—¿Por qué nos preocupamos tanto por ella? —inquirió Tom con irritación—. Dejemos que vague por el castillo echando pestes como una arpía. Yo intenté portarme bien con ella. Hice guardia mientras ella se duchaba y montó en cólera conmigo de todas formas. Nos llamó pervertidos a V.J. y a mí por haber violado su intimidad. Lo siento, Jon, pero estoy harto de ella. A su lado, Cassie empieza a parecer una santa.

Todos se quedaron inmóviles, con los ojos puestos en Tom, que raras veces expresaba tanto odio o amargura. V.J. le dio la mano.

—Pero Tom... Puede que esté herida.

—Ojalá —masculló él.

—No lo dices en serio —le dijo V.J. Tom suspiró y elevó las manos.

—Está bien. Vamos a buscarla, si es eso lo que quieres, Jon.

—Creo que deberíamos dividirnos —sugirió Thayer.

—Sí, buena idea —corroboró Jon—. Lo único que conseguiríamos yendo todos juntos sería tropezar y estorbarnos los unos a los otros.

—Yo no pienso ir sola a ninguna parte —dijo Dianne con rotundidad.

—No, claro que no —la tranquilizó Jon—. Iremos en grupos de tres o más —hizo una pausa—. Reggie, ¿no sería mejor que fueras a tu cuarto y echaras...?

—Jon Stuart, deja de tratarme como a una inválida —protestó Reggie.

—Está bien, entonces...

—Reggie, es que no queremos que te lastimes —dijo Dianne con suavidad.

—V.J. es casi tan vieja como yo —insistió Reggie.

—¡Ni mucho menos! —protestó V.J., horrorizada.

—¡Señoras, señoras! —intervino Brett.

—¿Cómo nos dividimos? —preguntó Camy.

—Veamos —dijo Jon—. Thayer, Joe y yo bajaremos al sótano; Tom, tú y Brett podéis echar un vistazo a la planta baja y luego ayudar a V.J., a Sabrina y a Anna Lee a registrar las habitaciones de este piso. Dianne, Reggie y tú haréis de enlace con el resto en el comedor principal.

—Yo te ayudaré en la cripta y en la cámara de los horrores —dijo Joshua—. Conozco bien la zona.

—Yo también —se ofreció Camy.

—No, Camy, ¿por qué no te quedas con Dianne y Reggie en el comedor? O, mejor aún, ¿por qué no subes al ático y le dices a Jennie que Susan ha desaparecido y la buscas allí?

—¿Sabes? —dijo Joe—. Con lo terca que es Susan, podría haberse ido del castillo sin importarle que nos preocupáramos por ella.

—¿Cómo? —preguntó Jon—. Estamos incomunicados por la nieve.

—¿A caballo?

—Si faltara un caballo en los establos, Angus me lo habría dicho.

—Puede que se haya ido mientras estábamos cenando —sugirió Joshua—. El tiempo ha mejorado mucho.

—Podría ser, pero lo dudo —dijo Jon—. Susan no es una suicida. Hay mucha nieve, y el pueblo está bastante lejos. Además, si no recuerdo mal, no es muy aficionada a los caballos. Tom —dijo, y se metió la mano en el bolsillo—. Ésta es la llave maestra. Iniciemos la búsqueda, ¿queréis?

Miró fijamente a Sabrina; después, se dio la vuelta y salió por la puerta seguido del resto.

Sabrina no quería ser desconfiada. Se había sentido fatal cuando Jon la había mirado con los ojos fríos y duros, como muros de mármol que la impedían acercarse a su corazón y a su alma. No quería apartarlo de su lado otra vez....

Pero tampoco quería tirar por la borda su propia vida.

La lógica le decía que debía recelar de él. No quería ser una ingenua y, cuanto más lo pensaba, más intranquila estaba. La bata de Jon estaba cubierta de sangre, de mucha más sangre de la que cabía esperar.

También tenía miedo de que la bata de Jon siguiera al pie de su cama, de que los demás la vieran y repararan en la sangre. Tenía miedo de él pero quería protegerlo al mismo tiempo.

—Bueno, ¿cómo lo hacemos?

—Entraremos juntos en todas las habitaciones —dijo V.J.—. Podéis registrar la mía primero.

—¿Significa esto que es posible que uno de nosotros haya escondido a Susan debajo de la cama? —preguntó Brett—. Yo no, gracias. Tengo fama de haber realizado algunas prácticas sexuales vergonzosas, pero jamás he caído tan bajo.

—Eso es discutible —murmuró V.J.—, antes de caminar hacia su puerta y abrirla. Se adentró en el dormitorio seguida de los demás y levantó la falda de la cama—. Como veréis, Susan no está aquí.

Anna Lee entró en el baño y apartó la cortina de la ducha.

—¿Susan?

—No está aquí —dijo Brett—. A no ser que V.J. la haya cortado en pedazos y la haya reducido a cenizas en la chimenea.

V.J. lo miró fijamente.

—¿Cómo te atreves...? —empezó a decir Tom.

—¡No era más que una broma! —protestó Brett—. Es evidente que Susan no está aquí.

—Busquémosla en otro dormitorio —sugirió Sabrina.

—La habitación de Jon está al final del pasillo. Empecemos por ahí hasta llegar a las escaleras —dijo Tom.

—De acuerdo.

Los cinco recorrieron el pasillo con Tom a la cabeza.

Sabrina no había estado en la habitación de Jon, y le gustó mucho. Una cama de matrimonio con dosel presidía la habitación principal, decorada en tonos púrpura y azul oscuro. Había tapices antiguos y armas de la familia colgadas de las paredes.

Allí no quedaba nada de Cassie.

Había dos vestidores. Uno contenía la ropa de Jon; el otro, mucho más amplio, había sido transformado en despacho. Era una oficina en miniatura, con ordenador, impresora, fax, teléfono, fotocopiadora, estantes y archivadores. Sobre la mesa, tenía apilados los libros de consulta que estaba utilizando en aquellos momentos, además de apuntes y memorándum. Sabrina se sorprendió deseando tocar su sillón giratorio, revolver sus papeles, ahondar en sus pensamientos.

–¡Mirad esto! –exclamó Anna Lee. Estaba de pie en el umbral del cuarto de baño.

–¿Por qué? ¿Está Susan colgada de la ducha? –preguntó Brett.

–No, mirad cuánto lujo –dijo Anna Lee. Todos se acercaron a curiosear.

–Dios mío, es una maravilla –suspiró Anna Lee.

Y lo era. Había un jacuzzi enorme, una sauna, una ducha, hermosos apliques, azulejos negros, dorados y rojos, magníficos espejos y toallas mullidas sobre calentadores.

Jon había vivido allí con Cassandra, pensó Sabrina. Era un ambiente lujoso, de un gusto exquisito, y Sabrina casi podía imaginarse compartiendo todo aquello con la persona amada. Salvo que...

Cassie se había caído por el balcón que estaba a sólo unos pasos de allí.

–¿Insinúas que no habías visto nunca este cuarto de baño? –le preguntó Brett a Anna Lee.

—No. ¿Qué iba a hacer yo en el baño de Jon? —replicó, perpleja. Brett la miró de hito en hito.
—¿No te acostabas con Cassie?
Anna Lee se puso en jarras.
—Sí... Pero era ella la que venía a verme —vaciló un minuto, mordiéndose el labio. Después, suspiró y relajó los hombros—. No quería verse con nadie aquí. Supongo que, en cierto sentido, era... sagrado para ella.
Mientras Sabrina miraba fijamente a Anna Lee, V.J. empezó a meterles prisa a todos.
—Venga, vamos. Asegurémonos de que Susan no está escondida aquí y prosigamos la búsqueda. Tom, mira debajo de la cama. Chicas, registradlo todo bien.
Volvieron a registrar la habitación principal y, después, los cinco se quedaron mirando las puertas del balcón. Era evidente que ninguno de ellos quería salir fuera. Sabrina suspiró.
—Lo haré yo.
Salió al balcón. El aire de la noche era helador, y se resguardó con los brazos. Si Susan había decidido salir a caballo del castillo, a aquellas alturas, se habría quedado como un témpano.
No había nada en el balcón, ni nadie. Sin embargo, era desde allí desde donde Cassie se había precipitado y había hallado la muerte. A Sabrina la asaltó una extraña sensación, un miedo insólito de que alguien estaba dispuesto a empujarla. Giró en redondo.
Los demás no se habían movido. La estaban esperando.
Sabrina recordó que en algún lugar de aquella habitación estaba la puerta de un pasadizo secreto. Quizá el castillo ocultara otros secretos. Quizá sí que había alguien observándola.
Y quizá estaba perdiendo la cordura.
—Aquí no hay nadie. ¿Por qué no seguimos? —preguntó.

—Sí, vamos —dijo Tom.

—Ahora toca registrar la habitación de Dianne —anunció V.J.

—Me acercaré a las escaleras y les preguntaré a Reggie y a Dianne si los demás han encontrado algo por los sótanos —se ofreció Anna Lee.

—Está bien —accedió Tom.

Todos menos Anna Lee entraron en la habitación de Dianne.

Era evidente que Dianne no estaba obsesionada por el orden. Tenía el tocador abarrotado de cepillos, peines, maquillaje y diversos artículos de aseo. El ordenador portátil descansaba sobre una mesa junto a la ventana. Había prendas desperdigadas por la cama y las sillas, y zapatos por el suelo.

—Susan no podría estar aquí —dijo Brett—. No queda espacio para ella.

No hallaron ni rastro de Susan, así que prosiguieron la búsqueda.

En la habitación de Joshua encontraron herramientas de dibujo, un caballete tapado, una figura de barro... todo menos a Susan. La habitación de Camy, con su amplio escritorio repleto de papeles, estaba limpia y ordenada. Pero tampoco vieron a Susan.

Anna Lee se reunió con ellos. No había noticias de los demás.

Echaron un vistazo a la habitación de Joe: el caos más absoluto. El dormitorio de Thayer revelaba una austeridad casi militar: escasos artículos de aseo, la ropa guardada con pulcritud. La habitación de Tom era un término medio: ni tan pulcra como la de Thayer ni tan desordenada como la de Joe. Pero seguían sin encontrar a Susan.

La habitación de Anna Lee tenía su sello personal por todas partes. La fragancia de su perfume flotaba en el aire, había pañuelos desperdigados por la estancia, joyas hechas una maraña sobre el tocador y prendas dejadas con cuidado en las sillas. Pero ni rastro de Susan.

Sabrina fue la primera en entrar en su propio cuarto, y miró con nerviosismo al pie de la cama esperando ver la bata manchada de sangre. Pero ya no estaba.

No sabía si respirar hondo o asustarse aún más.

Los demás no hacían ningún comentario, sólo paseaban por la habitación, buscando a Susan.

—Esto es absurdo —dijo Anna Lee—. Nadie está escondiendo a Susan en su habitación.

—Estoy de acuerdo contigo —logró murmurar Sabrina, y se sentó a los pies de la cama—. Pero puede que Susan nos esté gastando una broma escondiéndose de nosotros.

—En ese caso, puede oírnos yendo de una habitación a otra —dijo V.J.

—¿Y va a seguir ocultándose indefinidamente? —preguntó Sabrina.

—¿Quién diablos sabe lo que Susan está haciendo? —inquirió Tom con irritación.

—Además —dijo Anna Lee—, el castillo está repleto de pasadizos secretos. Los escoceses siempre han sido muy obstinados, y la familia de Jon apoyaba a los jacobitas. Ocultaban a religiosos y a proscritos entre estos muros. Quizá Susan conozca el castillo mejor que nosotros.

—Bueno, Jon lo conoce bien —dijo Brett—. Es su castillo.

—Mmm —reflexionó Anna Lee—. Pero una vez hice un estudio sobre los castillos supuestamente encantados del condado de York y había muchos casos en los que las «apariciones» no eran más que efectos creados por personas que no eran el propietario y que conocían los pasadizos secretos. Quién sabe, igual Susan se ha empalado a sí misma entre los muros del castillo.

—Eso tendría gracia. Susan nunca ha apreciado el genio de Edgar Allan Poe —dijo Brett.

—Sólo nos queda por ver una habitación... la mía —dijo Brett—. Luego, pienso bajar a tomarme una copa.

—Adelante —dijo V.J.

Entraron juntos en la habitación de Brett. De pie en el centro, mientras los demás vagaban por la estancia, Sabrina clavó la mirada en el armario ropero mientras recordaba el miedo que había pasado la noche anterior.

Brett había salido de su cuarto. Jon también. Se diría que todo el mundo había estado vagando por los pasillos, afeitándose en mitad de la noche o cortándose con lámparas de queroseno o cosas parecidas. Pero ella se había quedado mirando el armario, asustada, pensando que alguien podía estar escondiéndose dentro. Dispuesto a abalanzarse sobre ella.

O alguien incapaz de hacer eso. Alguien que yacía herido, sangrando...

—¿Debajo de la cama? —le preguntó V.J. a Tom.

—Nada.

—El baño está vacío —los informó Anna Lee.

El corazón le estaba latiendo con fuerza. Sabrina todavía se sentía poderosamente atraída por el armario. Caminó hacia él.

—¡Sabrina! —le gritó Brett con aspereza.

Sabrina no le hizo caso y abrió la puerta del armario de par en par.

Era su castillo; la cripta contenía los restos de sus antepasados.

Jon nunca había temido a los muertos. Muchos años atrás, cuando no era más que un niño, su padre lo había tranquilizado después de ver una película de terror.

—No tengas miedo de los muertos, hijo. Ya no pueden hacer daño a nadie, es imposible. Sin embargo, a veces es preciso temer a los vivos.

Jon creía en Dios, en un ser supremo, pero no creía que Dios hiciera regresar a los muertos en forma de espíritus para atormentar a los vivos. No era supersticioso. Nunca había experimentado ni el más leve temor mientras paseaba por cualquier rincón del antiguo castillo de su familia. No había ni un solo ladrillo, piedra o trozo de madera que lo hubiera puesto nervioso nunca.

Hasta aquella noche.

La capilla estaba desierta a ojos vistas. Aun así, recorrieron los bancos, miraron detrás del altar, escudriñaron todas las sombras.

En la sala de recreo, recorrieron los pasillos de los bolos, incluso comprobaron el mecanismo y se acercaron juntos a la piscina.

—Bueno, no se ha ahogado —dijo Thayer mientras contemplaban el agua.

—Parece que no —corroboró Joe.

—¿Has mirado en el vestuario de los hombres? —le preguntó Jon a Joshua.

—Y en el de las mujeres. Los servicios están vacíos.

—Bueno, tendremos que echar un vistazo a la cripta —dijo Joe. Parecía nervioso.

—Sí, supongo que sí —Thayer, el ex policía duro y fornido también estaba intranquilo.

Jon encabezaba la marcha. Entraron con las lámparas de queroseno en la mano y las levantaron para disipar las sombras que envolvían las tumbas. Empezaron a recorrer uno a uno los pasillos que separaban las sepulturas.

—Susan no está aquí —dijo finalmente Jon.

—Nunca pensé que estaría —afirmó Thayer con brusquedad—. Habla mucho pero, a la hora de la verdad, se acobarda como el que más. Puede que Dianne tuviera agallas para bajar aquí sola y hacerse pasar por el fantasma de su madre, pero Susan preferiría morir antes que entrar en un sitio así.

Sus palabras fueron acogidas con silencio.

—Ojalá no se haya visto en esa situación —dijo Joshua por fin. Se volvió hacia Jon—. No hay rastro de ella, Jon. Con lo furiosa que estaba, igual sí que se arriesgó a viajar entre la nieve. Puede que en estos momentos esté en el pueblo, saboreando un ponche caliente y viendo una película en la tele.

—Es posible —dijo Jon. Pero lo dudaba, y mucho—. Echemos un vistazo en la cámara de los horrores.

—Adelante, no puedo esperar —dijo Joe. Sus palabras rompieron la tensión. Los cuatro rieron, reconociendo su falsa hombría y cierto nerviosismo.

Joshua fue el primero en entrar. Los demás, empezaron a vagar por las antiguas mazmorras, con las lámparas en alto.

—¡Susan! ¡Ven aquí, Susie! —la llamó Joe.

—Sal de dondequiera que estés —añadió Thayer.

Las palabras reverberaban entre los muros de piedra. Los hombres recorrieron los pasillos, cruzándose unos con otros, bajo la mirada atenta de las figuras de cera. Eran tan reales...

Joshua estaba de pie frente al retablo de Lady Ariana Stuart.

—Soy bueno —dijo Joshua, al advertir que Jon se acercaba a él—. Condenadamente bueno —se encogió de hombros—. O eso, o es una noche oscura y tormentosa, las sombras me engañan, estoy muerto de miedo y empiezo a creer que mis propias creaciones están cobrando vida.

Thayer se acercó a ellos y le dio una palmadita a Joshua en el hombro.

—Eres bueno, endemoniadamente bueno. V.J. nos mira desde aquella esquina como si quisiera merendarnos a todos. No me agrada reconocerlo, pero este lugar me pone los pelos de punta. Hace un frío que pela. Jon, ¿podemos subir ya? Aquí no hay nada.

—Hemos recorrido todos los pasillos —dijo Joe, que se unió al grupo. A pesar del frío, tenía la frente sudorosa.

—¿Dónde diablos puede haberse metido? —preguntó Joe.

—No lo sé —contestó Jon, y echó a andar por fin hacia la salida. Por increíble que pareciera, los demás lograron salir primero. Jon estuvo a punto de sonreír, pero mientras cerraba la puerta de doble hoja, sintió un extraño escalofrío y se detuvo. Volvió a abrir la puerta y levantó la lámpara una vez más.

Nada. Y, sin embargo, había algo que no le gustaba, algo que se le escapaba. Tenía la impresión de que...

No sabía de qué.

Cerró la puerta y movió la cabeza con impaciencia para seguir a los demás hacia la planta baja y el comedor principal.

Dianne estaba haciendo solitarios con una copa de vino delante. Reggie estaba sentada detrás de una mesa tamborileando con los dedos sobre la superficie y con semblante malhumorado. Camy también estaba sentada detrás de la mesa, con la cabeza apoyada sobre los brazos cruzados. Alzó la vista cuando los hombres entraron.

—Jennie y las chicas dicen que no han visto a Susan por ninguna parte —dijo Camy.

—Abajo tampoco está —añadió Thayer alegremente.

—Y aquí no hay nada salvo tres mujeres exhaustas y dolidas —les dijo Reggie. Jon sonrió.

—¿A alguien le apetece una copa? —empezó a servirse un whisky.

Fue entonces cuando oyeron un chillido en el piso de arriba.

Sabrina gritó y dio un salto hacia atrás cuando una cabeza saltó del armario. Unos cabellos largos volaron hacia el suelo.

—¡Sabrina! Es la cabeza de un maniquí... ¡y una peluca! —dijo Brett, que se acercó por detrás y le pasó el brazo alrededor de la cintura.

Era cierto. En el suelo había una cabeza blanca de plástico y una peluca negra.

—Cariño, no pasa nada —le dijo V.J.

Sabrina se sentía como una idiota. Era, ni más ni menos, lo que Brett había dicho. Clavó la mirada en el armario. ¿Por qué diablos se le había metido en la cabeza que iba a encontrar algo horrible allí dentro? Estaba tan repleto de ropa que, al abrirlo, la cabeza había caído de la balda superior.

Mientras seguía contemplando el mueble, los demás irrumpieron en el dormitorio: Jon, seguido de Thayer, Joshua, Joe, incluso Dianne y la pobre Reggie, jadeando.

—¿Qué ha pasado? —preguntó Jon.

—Nada, nada —lo tranquilizó Sabrina enseguida—. Me he asustado por una tontería.

Jon se acercó a la cabeza caída de plástico y la recogió; también sostuvo en alto la peluca. Miró a Brett.

—No será tuya.

—No es mi estilo —lo negó Brett con la cabeza.

Jon se aproximó al armario y examinó su contenido.

—No sabía que hubiera estas cosas aquí.

—¿Eran de Cassie? —preguntó V.J.

—Sí. Lo siento, Brett; no te hemos dejado demasiado espacio libre para tus cosas.

—No tengo grandes necesidades —dijo Brett.

—¡Sí, claro! —exclamó V.J. con una carcajada.

—Bueno... ¿no habéis encontrado a Susan, verdad? —les preguntó Tom a los demás.

—No hay ni rastro de ella —contestó Joe.

Jon se detuvo delante de Sabrina.

—¿Estás bien?

Sabrina asintió.

—Me siento un poco estúpida.

—Todos estamos nerviosos.

—Y tú estabas sirviendo unas copas, ¿recuerdas? —le dijo Thayer.

—Sí —corroboró Jon, mientras contemplaba a Sabrina con mirada intensa. Se dio la vuelta y salió de la habitación. Todos se apresuraron a seguirlo.

Joshua lo ayudó a preparar las bebidas.

—Lo creáis o no —comentó—, nos estamos quedando sin hielo.

—A mí no me hace falta —le dijo Joe, y se sirvió dos dedos de bourbon.

Sabrina optó por un Tía María. Mientras aceptaba su copa y se apartaba, Jon dijo:

—Tenemos que seguir buscando a Susan.

—¡Pero esta noche no! —le dijo V.J.

—No, supongo que no —suspiró Jon, y miró la hora en su reloj de pulsera. Sabrina echó un vistazo al reloj de la repisa. Ya era casi la una de la madrugada.

—Joshua, Thayer, mañana recorreremos los alrededores a caballo por si hubiera decidido salir del castillo. En menos de cuarenta y ocho horas, las carreteras quedarán despejadas y debería volver la luz y el teléfono. Pero si Susan está ahí fuera... —empezó a decir en tono lúgubre.

—Si está ahí fuera sin calor ni un lugar en el que refugiarse, ya debe de estar muerta —concluyó Joe—. Y nosotros nos congelaríamos si intentáramos buscarla ahora. De todas formas, está tan oscuro que no veríamos nada.

Era cierto, pensó Sabrina. No podían hacer nada más aquella noche. Jon lo sabía; pero no parecía agradarle la idea.

—Bueno, entonces, demos por concluida la velada, ¿os parece? —Jon miró a Sabrina.

Sabrina bajó los ojos, incapaz de sostener su mirada. «¡La bata ha desaparecido!», quería gritarle. «¡Tu bata manchada de sangre!».

Pero en lugar de hablar, se alejó hacia las escaleras.

Una hora después, en el viejo castillo reinaba el silencio, salvo por los crujidos y gemidos que emitían sus viejas piedras y maderas todas las noches.

Sabrina daba vueltas en su habitación.

Todos habían subido a sus dormitorios, exhaustos, necesitados de descanso.

Esperó, temerosa de que Jon se presentara, temerosa de que no lo hiciera.

Habían registrado el castillo de punta a punta, salvo por los pasadizos secretos. Los lugares que sólo Jon conocía. Quería gritarle y huir. Pero él no aparecía.

Entonces, cuando ya iba a salir al balcón, percibió su presencia y, al darse la vuelta, lo vio.

Sabrina mantuvo la distancia mientras lo miraba fijamente. Alto, apuesto, atractivo, llevaba una bata distinta, tenía el pelo húmedo y el vello oscuro asomaba por entre las solapas de la prenda. La miraba con gravedad.

—¿Quieres que me vaya? —le preguntó.

—Tu bata había desaparecido —le dijo Sabrina—. La que estaba manchada de sangre.

—Tengo un servicio muy eficiente —respondió él.

—Ah... ¿No te cercioraste de que se la llevaran? —le preguntó.

—No —contestó Jon, mientras se acercaba a ella—. ¿Has encontrado algún cadáver sangriento en alguna parte y no quieres revelarnos tu descubrimiento?

Sabrina bajó los ojos. Jon estaba delante de ella; olía a jabón, a loción y a algo que era exclusivo de él. Sintió que algo se derretía en su interior y supo que lo deseaba. Y si él la tocaba...

—¿Dónde has estado? —preguntó con recelo. Jon ladeó la cabeza.

—Registrando los pasadizos secretos.

Era razonable. Ella misma había pensado que sería preciso hacerlo. Sin embargo... Había ido solo.

—¿Tienes miedo de mí? —le preguntó Jon.

—¿Debería tenerlo?

Jon movió la cabeza sin dejar de mirarla.

—No —contestó con firmeza.

Sabrina se mordió el labio, todavía sin moverse. Jon giró sobre sus talones y se dispuso a marcharse.

Tal vez fuera una estúpida, pero no podía soportarlo.

—¡Jon! —gritó, y corrió tras él.

Se arrojó sobre su espalda, rodeándolo con los brazos. Jon se quedó inmóvil durante un momento y, después, se dio la vuelta. Y mientras lo hacía, Sabrina forcejeó con el cinturón de su bata para deshacer el nudo. Enterró el rostro en su pecho, deslizó las manos por sus costillas, por sus caderas... Jon no llevaba nada debajo de la prenda. El roce de los dedos de Sabrina provocó una erección inmediata, y ella la tomó entre sus manos. Por fin, Sabrina alzó la vista, dispuesta a ir al encuentro de sus labios mientras él le levantaba la barbilla y la besaba.

Sabrina se recostó sobre él y empezó a besarlo por todas partes, apenas consciente de los gemidos guturales que emergían de la garganta de Jon mientras ella se dejaba caer y cerraba los labios en torno a su sexo. Jon hundió los dedos en sus cabellos rubios; después, la levantó y la tumbó despacio sobre la cama. A partir de ese momento, Sabrina lo sintió por todas partes; Jon la bañaba con las caricias ávidas de sus labios y de su lengua. No le permitió tener inhibiciones, y tampoco tuvo piedad con ella. Ahondó en sus lugares más íntimos, despacio, con puro fuego, hasta que ella se estremeció debajo de él con violencia. Después, la miró fijamente a los ojos mientras la penetraba y sentía cómo ella lo envolvía. Sabrina cerró los ojos y gozó de su pasión mientras Jon se movía cada vez más deprisa dentro de ella.

Cuando terminaron, Sabrina permaneció tendida, exhausta, en sus brazos, pensando que lo amaba con locura.

Y deseando que no fuera así.

Jon no dijo nada; siguió rodeándola con los brazos. Con los cuerpos entrelazados, se quedaron dormidos.

Casi dos horas más tarde, Jon se despertó con sobresalto. Se incorporó y miró a su alrededor. Estaba confuso. ¿Qué lo había despertado?

Entonces, advirtió que había tenido la extraña sensación de que lo estaban observando. Movió la cabeza.

Sabrina seguía durmiendo, dulce y hermosa, a su lado, con su cuerpo desnudo pegado al de él.

No había nada; ningún sonido extraño en la noche, ningún aroma extraño. Sólo la sensación de que no habían estado solos, de que alguien había estado observándolos mientras dormían...

Se levantó, se puso la bata y salió por el pasadizo secreto.

Reggie estaba vieja pero no muerta. Todavía. Y, los muy tontos, estaban pasando algo por alto.

Cuando tuvo la certeza de que todo el mundo dormía, se levantó de la cama. Se abrochó bien la bata de terciopelo y se puso sus cómodas pantuflas amarillas. Tenía una linterna muy buena, y la esgrimió. Armada como estaba, salió de su dormitorio.

En el pasillo reinaba el silencio, un silencio mortal.

No iba a encontrar ninguna pista en aquella planta, de eso estaba segura. Bajó al primer piso y echó un vistazo al comedor y a la biblioteca. No había ni un alma, salvo quizá algunos ratoncillos, pensó con buen humor. ¡Y tal vez algunas ratas bien gordas! Era un castillo muy antiguo.

En el comedor, tomó uno de los pesados candelabros que descansaban sobre la mesa. Con un mazo de latón en una mano y la linterna en la otra, estaba preparada para medirse con cualquiera. Aunque no creía que fuese necesario; hasta los monstruos necesitaban dormir. Sólo quería estar preparada.

Bajó las escaleras para proseguir la inspección. El agua de la piscina hacía ondas a la tenue luz. Los bolos permanecían erguidos, silenciosos.

En la capilla, se santiguó. En la cripta, rezó por los muertos. En la cámara de los horrores... vio al asesino.

Estaba en el centro de la estancia, buscando no sabía qué. Le gustaban los misterios, le encantaban, y pretendía resolver aquél.

Y lo hizo.

Entonces... oyó algo. Un leve ruido. Se dio la vuelta... y se encontró cara a cara con el asesino.

No llegó a gritar, ni el asesino llegó a ponerle un dedo encima. Reggie no quería darle la satisfacción de volver a matar.

El dolor que le estalló en el pecho se propagó por su cuerpo con la fuerza de una bomba atómica. Gracias a Dios, la agonía duro poco. No podía respirar. Abrió los ojos de par en par... y cayó desplomada en el suelo.

Oyó la risa del asesino y supo que se estaba muriendo.

El asesino pensaba que ella ya estaba muerta. Pero todavía no... Todavía no.

El sol entraba a raudales por la ventana.

Sabrina se despertó despacio, consciente de los rayos de luz cegadora que penetraban en la habitación. También era consciente del cuerpo cálido que estaba junto al suyo, y se volvió hacia él, complacida de que Jon estuviera con ella. Sin embargo, mientras se volvía, vio que él ya estaba despierto y que contemplaba el techo con el ceño fruncido.

El ceño abandonó su rostro en cuanto advirtió que lo estaba mirando.

—Hola.

—Hola —Sabrina se incorporó y se ciñó la sábana alrededor mientras lo miraba—. Estaba tan cansada que he dormido de un tirón. ¿Has pasado conmigo toda la noche?

Jon enarcó una ceja, vaciló y luego reconoció:

—Desaparecí durante un rato.

—¿Ah, sí?

Jon asintió.

—Ayer me dijiste que te habías despertado pensando que alguien te estaba observando, y yo te dije que no había sido yo, ¿recuerdas?

—Sí, claro. No llegué a ver a nadie. No era más que una sensación.

—Bueno, yo me desperté sintiendo lo mismo.

Sabrina levantó una ceja.

—Éste es tu castillo y tú eres su rey, ¿recuerdas? ¿Quién más podría haber estado aquí?

—No lo sé. Pero no me agradó la sensación. Era muy incómoda.

—Así que saliste a vagar otra vez por el castillo para ver si había alguien levantado, ¿verdad?

—Sí, algo así. Pero no vi a nadie. Y ahora tengo que ponerme en marcha. Voy a salir a caballo con Joshua y con Thayer para ver si podemos averiguar si Susan ha intentado salir de aquí. Aunque por qué dejó notas si pensaba atravesar montañas de nieve es algo que escapa a mi comprensión.

—Pero, si no se ha ido, ¿dónde puede estar?

—No lo sé. Y reconozco que cada vez tengo más miedo a averiguarlo. Aun así, después de la infructuosa búsqueda de anoche, lo más sensato es recorrer los alrededores. En fin, será mejor que me levante, ¿no crees?

Sabrina asintió. Él siguió mirándola, y Sabrina profirió una carcajada y lo abrazó. Despertarse con él era una oportunidad única que no debía desperdiciar. Hacer el amor una vez más era una tentación irresistible.

Sin embargo, después, Jon no se entretuvo. Se levantó, se duchó deprisa, la besó, se alejó, regresó, volvió a besarla y se marchó por el pasadizo secreto. Sabrina se quedó en la cama, cerró los ojos, y se quedó dormida.

No supo cuánto tiempo había pasado cuando unos golpes en la puerta la despertaron.

—¿Sí? —preguntó.

—Soy yo, V.J.

Sabrina se levantó, se puso la bata y abrió la puerta; V.J. entró, tensa y preocupada.

—Reggie no ha bajado a desayunar, y tampoco está en su habitación —anunció.

—¿Qué ocurre? —dijo otra voz. Brett, recién duchado, acababa de salir al pasillo y apareció en el umbral del cuarto de Sabrina.

—Estoy preocupada por Reggie —dijo V.J.

—Espera, estaré lista en un minuto. Te ayudaré a buscarla —dijo Sabrina.

Escogió algo de ropa y se metió en el cuarto de baño. Se dio una ducha rápida y, mientras se ponía los vaqueros y el jersey, oyó a V.J. y a Brett hablando en el dormitorio.

—A Susan podría pasársele por la cabeza desaparecer, pero a Reggie no —decía V.J. con firmeza.

—V.J., cálmate —dijo Brett.

—No lo entiendes. Reggie finge ser de hierro, pero toma un sinfín de medicamentos para el corazón.

—¿Jon lo sabe? —preguntó Sabrina, mientras salía del baño.

—Jon siempre intuye que algo no está bien, pero Reggie es muy cabezota. Creo que le contó toda una sarta de mentiras, asegurándole que estaba en perfecto estado de salud, para que la invitara a venir. Pero sé que ha Reggie le ha pasado algo, lo sé.

—Está bien. ¿Dónde podría estar? —preguntó Brett.

—Ya la he buscado en el comedor, en la biblioteca y en su cuarto —dijo V.J.

—Entonces, habría que ir abajo. A los sótanos —dijo Sabrina. Se preguntaba por qué se sentía cada vez más reacia a bajar a las antiguas mazmorras.

—En marcha —dijo Brett.

V.J. y Sabrina salieron detrás de él al pasillo. Joe estaba abriendo en ese momento la puerta de su habitación.

—¿Qué ocurre?

—No encontramos a Reggie —dijo V.J.—. ¿Quieres ayudarnos a buscarla?

—Claro. ¿Dónde está Tom?

—En la biblioteca. Seguramente, piensa que estoy con ella —dijo V.J.

—Entonces, vayamos a decírselo y busquemos a Reggie.

—De acuerdo —accedió Brett.

Cuando entraron en la biblioteca, Tom y Dianne estaban jugando a las cartas en una mesa junto al fuego. Sabrina vio cómo se le iluminaba el rostro a Tom al divisar a V.J., y se preguntó cómo habían conseguido disimular el amor que se profesaban durante tanto tiempo. Pero al ver sus semblantes graves, Tom frunció el ceño.

—¿Qué ocurre?

—No encuentro a Reggie —le dijo V.J.

—Vamos a buscarla en los sótanos —los informó Joe.

Mientras hablaba, oyeron cómo se abría la puerta principal. Sabrina se acercó a la puerta de la biblioteca y vio cómo una ráfaga de aire arrastraba a Jon, a Joshua y a Thayer al interior. Estaban exhaustos y muertos de frío. Todos tenían las narices enrojecidas y los ojos llorosos.

—¿No ha habido suerte? —preguntó Brett, aunque la respuesta era evidente.

—No —contestó Jon, mientras se desenrollaba la bufanda que llevaba al cuello—. Pero desde el risco se ve cómo las máquinas quitanieves han despejado gran parte del camino que sale del poblado. Podríamos irnos de aquí mañana mismo —parecía aliviado.

—Maldita sea, ¡tengo que arrimarme al fuego! —exclamó Thayer, y se abrió paso hacia la biblioteca—. Esto es horrible. Lo mismo pongo una demanda. Creo que tengo mis partes congeladas.

Sabrina sonrió mientras el ex policía pasaba a su lado. Después, su mirada se cruzó con la de Jon y vio la consternación que reflejaban sus ojos veteados.

—¿Qué ocurre? —preguntó con cautela mientras la observaba.

—V.J. está preocupada. No encontramos a Reggie.

—¡Dios! ¿Reggie? —repitió.

—Sí. Estábamos a punto de bajar al sótano a buscarla.

—¡Maldita sea! —masculló Jon. Se quitó el abrigo y los guantes y los soltó en el perchero. Sin preocuparse de la nieve que dejaba a su paso, se dirigió al tramo de escalera que conducía a los sótanos del castillo. Sabrina lo siguió, con Brett pegado a sus talones y el resto un poco más rezagados.

Jon descolgó una lámpara de uno de los apliques de pared y bajó rápidamente los escalones.

—¡Reggie! ¡Mierda!

—¿Jon? —lo llamó V.J. con nerviosismo—. ¿Ocurre algo malo, algo que no nos hayas dicho?

Jon se detuvo un momento y se volvió. V.J. estuvo a punto de arrollarlo.

—Sí, ocurre algo malo. Debería haber visto venir a Reggie. Ayer le pedimos que nos esperara sentada en el comedor mientras los demás buscábamos a Susan, y creo que la ofendimos. Puede que decidiera llevar a cabo su propia búsqueda en mitad de la noche. ¡No es consciente de su edad!

V.J. palideció. No se despegó de Jon mientras descendían los últimos peldaños.

—Yo miraré en la capilla —dijo Joe.

—Te sigo —le dijo Dianne.

—Iré a la cripta —se ofreció Thayer.

—Te acompaño —dijo Tom, aunque era evidente por su tono de voz que no le hacía gracia pasear entre las sepulturas.

—Brett, ¡mira en la sala de recreo! —le pidió Jon, que ya estaba entrando en la cámara de los horrores. Sabrina y V.J.

lo seguían de cerca–. ¡Dios mío! –susurró. Porque allí estaba Reggie, hecha un ovillo en el suelo, delante del retablo de Lady Ariana Stuart y su torturador–. ¡Reggie, Reggie! –se puso de rodillas al instante para comprobar si respiraba.

–¡Reggie! –chilló V.J., que también se agachó. Para entonces, los demás ya llegaban corriendo.

–Cielos, está muerta –dijo Joe.

–¿La han estrangulado, disparado? –preguntó Thayer.

–No... Creo que ha sido el corazón –dijo Jon; seguía arrodillado junto a ella–. Reggie, Reggie... –el afecto que sentía por la escritora se hacía evidente en su tono de voz.

–Dios mío, está muerta –susurró Dianne.

V.J. miró a Jon.

–Reanimación cardiopulmonar –le dijo. Él se encogió de hombros. Reggie estaba muerta, pero...

V.J. se inclinó sobre el rostro de Reggie; empezó a contar y a darle oxígeno mientras Jon le hacía el masaje cardíaco. De repente, sus ojos oscuros adquirieron una expresión extraña.

–Espera... Creo que... Dios mío, tiene pulso. Es muy débil, pero puede que esté respirando. ¡V.J.! ¡Está respirando!

–Puede que haya sufrido graves daños cerebrales –dijo Dianne–. Quizá deberíamos... –se interrumpió porque V.J. le había lanzado una mirada furibunda–. Dejarla ir –terminó en voz baja.

–Podría salir de ésta –insistió V.J.

–¿Cómo? –dijo Tom.

–Tal vez sólo esté en coma, en estado de shock –le explicó V.J. con impaciencia–. Si pudiéramos mantenerla en calor...

–Vamos a subirla –dijo Jon. Levantó a Reggie en brazos como si fuera una niña y subió los dos pisos de escaleras para conducirla a su habitación. Una vez allí, la tumbó con suavidad sobre la cama. V.J. le colocó la almohada, le quitó las pantuflas y empezó a frotarle las manos. Jon la cubrió con mantas.

Para entonces, Camy y Anna Lee habían salido de sus habitaciones para averiguar lo que pasaba.

—¿Qué ocurre? —preguntó Camy.

—Reggie... —empezó a decir Joe.

—¡Reggie está muerta! —anunció Anna Lee.

—Casi —dijo Brett con un suspiro.

—Tengo que ir al pueblo enseguida a buscar ayuda —murmuró Jon—. Es su única oportunidad. V.J., ¿podrías quedarte con Reggie?

—Por supuesto.

—Pero sola, no. Han de quedarse tres personas con ella en todo momento.

—Yo haré el primer turno —se ofreció Dianne.

—Tres personas con ella en todo momento —repitió Jon—. Y el resto, encerraos en vuestras habitaciones o manteneos unidos.

—Jon, puedo ir contigo —le dijo Joshua.

—No, solo iré más rápido —insistió Jon.

Se dio la vuelta y salió de la habitación. Miró a Sabrina, que estaba a la entrada del dormitorio, observando.

—¡Vete a tu cuarto! —le susurró Jon, y se alejó por el pasillo.

Sabrina oyó sus pasos, cada vez más lejanos. Vaciló pero decidió seguirlo.

El vestíbulo estaba desierto cuando bajó, pero Jon todavía no había descolgado el abrigo del perchero. Frunció el ceño, perpleja, y entonces advirtió que Jon había bajado a los sótanos.

Jon regresó al lugar en el que había encontrado a Reggie. En su afán por aferrarse a cualquier esperanza de que estuviera viva, había pasado por alto algo que saltaba a la vista.

Algo en lo que no había reparado hasta que no había dejado a Reggie sobre la cama.

La lámpara de queroseno que había soltado para arrodillarse junto a Reggie seguía donde la había dejado. Derramaba su luz sobre el suelo.

Jon recordaba haber visto la mano de Reggie sobre un montoncito de arena y paja que había resbalado del retablo. Buscó lo que lo había inquietado y lo encontró. Sí. Reggie había intentado escribir en la arena. Costaba leerlo; parecían espasmos de los dedos. Pero no. Había letras dibujadas en la arena. *Des... tri... po. No, pa... Destripa... dor.*

Jon enderezó la espalda y se quedó en cuclillas, pensativo. Después, miró hacia el retablo de Jack el Destripador. Se puso en pie y comprendió cuál había sido la sensación que había experimentado previamente. Olía como... Como cuando un animal se quedaba encerrado y moría. Hacía frío en las antiguas mazmorras, mucho frío, y aun así...

Mierda.

Echó a andar hacia el cuadro de figuras. Allí estaba Jack el Destripador con la clásica capa y sombrero negros y, a sus pies, yacía su víctima. Mary Kelly.

No, Mary Kelly, no. ¡Susan!

Muerta, consumiéndose, vestida con la ropa que había adornado la figura de cera. Era sangre de verdad y no pintura lo que se apelmazaba en el cuello cortado de la víctima.

Tenía los ojos abiertos y fijos. No había duda de que estaba muerta.

—¡Dios! —susurró en voz alta, y el hedor y el horror de lo que veía lo abrumaron. Se inclinó hacia delante para no sucumbir a las náuseas. Mientras lo hacía, comprendió que estaba alojando en su casa a un asesino mucho más peligroso de lo que había imaginado.

Ya no había duda de que Cassie había sido asesinada, y de que Susan había sabido algo... que le había costado la vida.

—¡Tonta! —acusó Jon al cadáver, mientras apretaba los dientes—. Susan, ¿por qué no nos dijiste la verdad? ¿Por qué tenías que jugar? —estaba enfadado con ella, estaba horrorizado. Susan había jugado con sus ansias de poder y había pagado con su vida.

—¿Jon?

Oyó que lo llamaban. Sabrina. Dios, no.

—¡Sabrina, no! —la previno. Pero ella se acercaba corriendo, con los ojos muy abiertos clavados en la mirada fija de Susan. La sangre seca en torno a su garganta, el horror...

Entonces, Sabrina lo miró a él. Y Jon vio el terror reflejado en su mirada.

20

—¡Dios mío! —exclamó Sabrina. Retrocedió, súbitamente consciente del hedor de la sangre, de la muerte. Abrió la boca para chillar.

—¡No, no! —le ordenó Jon, y le cubrió los labios con la mano. Con fuerza, ahogándola casi.

No, no.

Había sido una ingenua. Jon era un asesino.

—¡Maldita sea! —le susurró con fiereza—. No seas absurda. Yo no he hecho esto. Acabo de encontrarla porque Reggie debió de sufrir un infarto al ver el horror de la verdad. Nos dejó una pista, la palabra «Destripador» escrita en la arena. Tengo que llevarla a un hospital, ir en busca de ayuda y sacaros a todos de aquí. Reggie lo sabe, ¿lo entiendes?

Mientras Jon hablaba, Sabrina todavía seguía viendo a Susan. Veía su garganta. ¿Cómo podía habérsele pasado por alto que era un tajo auténtico, que la sangre era real?

Porque las figuras de cera eran tan buenas que parecían reales. Había que estar oliendo aquello para percatarse. Todo seguía igual, exactamente igual... salvo que la cera se había convertido en carne y la pintura en sangre.

Jon no lo había hecho. Eso decía él. Pero, si era el asesino, podría estrangularla en aquel preciso instante...

Jon le estaba quitando la mano de los labios.

—Tengo que ponerme en camino.

—¿Qué vamos a hacer? ¿Decírselo al resto?

—Es preciso. Si no divulgamos la noticia de que Susan está muerta, el hecho de que Reggie siga viva será una amenaza mucho mayor para el asesino.

Le dio la mano y juntos subieron los peldaños. Jon irrumpió en la biblioteca. Estaban todos menos V.J., Tom y Dianne, que seguían en la habitación de Reggie.

—Hemos encontrado a Susan —dijo Jon, mirándolos a todos.

—¿Está...?

—Muerta —anunció.

Anna Lee se puso en pie con vacilación.

—¿Otro ataque al corazón?

—No. La han degollado.

—¿Dónde está? —preguntó Thayer—. ¿Por qué no habíamos encontrado antes el cuerpo?

—Porque está en el retablo de Jack el Destripador —contestó Jon.

—¡Dios! —exclamó Joshua, que estaba bebiendo té junto al fuego. Dejó la taza en el plato, se puso en pie y corrió hacia las escaleras.

—¡Espera! —le gritó Jon, mientras lo seguía—. ¡Espera, Josh, no la toques! ¡Voy a avisar a la policía!

Pero Joshua ya estaba bajando las escaleras, con Jon y Thayer detrás. Joshua llegó junto al retablo y tocó a Susan antes de que pudieran impedírselo. Lo apartaron y él emitió un lamento horrible y desconsolado.

—¡Dios mío, Dios mío!

Sabrina los había seguido pero se quedó en el umbral. Anna Lee se echó a llorar a su lado.

—Señor... Creo que voy a vomitar —se dio la vuelta, con la mano en la boca, y corrió hacia el servicio de señoras.

—¡No la toques! ¡Que nadie la toque! —dijo Jon con vehemencia—. Joe, Thayer, ayudadme a sacar a Joshua de aquí. Camy, ve por Dianne. ¡Todo el mundo fuera!

Los empujó a todos al pequeño recibidor y cerró la puerta de doble hoja. Sabrina también sentía náuseas. Miró a Jon a los ojos y él le tendió la mano. Ella vaciló un instante; luego, se la estrechó.

Camy rodeaba a Anna Lee con el brazo. Juntas, empezaron a subir las escaleras. Se dirigieron a la biblioteca como autómatas.

Jon le sirvió una copa a Anna Lee y se la entregó. Miró a Camy.

—¿Estás bien?

Ella asintió.

—Necesito un coñac, pero ya me lo sirvo yo. Todos necesitamos beber algo.

—Servíos una copa y encerraos en vuestras habitaciones, enseguida. Antes de que me vaya —les dijo Jon.

—¿Y qué pasa con V.J., Tom y Dianne? —preguntó Joe.

—Están juntos. V.J. no puede ser culpable; jamás habría reparado en el pulso débil de Reggie de no haber sido por ella —dijo Jon.

—¿Y Dianne? —preguntó Joe.

—Quienquiera que mató a Susan mató a Cassie. Podéis imaginar todos los móviles que queráis, pero Dianne me trajo por la calle de la amargura en su empeño porque volviera a organizar una Semana del Misterio. No es una asesina y, desde luego, no mató a su propia madre. Así que, los demás, subid a vuestras habitaciones y echad la llave.

—¿Puedo encerrarme con Joe? —preguntó Anna Lee en voz baja—. Si no te importa —le dijo a Joe.

Joe sonrió.

—Claro. Sabes que no.

—Todo el mundo arriba —dijo Jon.

Empezaron a subir las escaleras. Jon le pidió a Joshua que explicara lo ocurrido a Tom, a V.J. y a Dianne y le encargó a Camy que subiera al ático y les dijera a Jennie y a las doncellas que tampoco salieran de sus habitaciones.

Joe y Anna Lee caminaban de la mano hacia la habitación de Joe.

—Supongo que no querrás que proteja a Sabrina —dijo Brett en tono esperanzado.

—Será mejor que los dos os quedéis en vuestras habitaciones y corráis el pestillo.

Brett detuvo a Sabrina.

—Sabes que no soy un asesino. Un mujeriego, sí, pero no un asesino. Si necesitas ayuda en ausencia de tu héroe... —dejó la frase en el aire y entró en su cuarto.

Jon entró en la habitación de Sabrina con ella. Arrastró una pesada silla y la apoyó sobre el panel del pasadizo secreto; después, apretó un ladrillo de la chimenea y otro ladrillo, con un cajón detrás, salió hacia fuera. Había una pequeña pistola en el cajón.

—¿Sabes cómo se usa? —le preguntó a Sabrina. Ella lo negó con la cabeza. Jon tomó el revólver y le hizo una demostración—. He quitado el seguro. Empúñala, apunta y aprieta el gatillo. Tiene seis balas.

Sabrina asintió y se humedeció los labios. Jon volvió a meter la pistola en el cajón y empujó el ladrillo.

—Ábrelo tú —le dijo a Sabrina. Ella lo abrió.

Jon asintió, la atrajo a sus brazos y la besó con fuerza.

—¡No sabes cuánto lo siento! —dijo pasado un momento—. Debería haber suspendido la semana hace tiempo.

—¿Y dejar que se escape el asesino? ¿Para que siga matando? Es un psicópata. Quizá podamos atraparlo ahora.

—Pero Susan ha muerto, y puede que Reggie muera también.

—Que Dios me perdone, porque nadie merece una muerte brutal, pero es evidente que Susan sabía algo y debería habérnoslo contado. En cuanto a Reggie...

—Reggie es una mujer extraordinaria —dijo Jon.

—Y quizá salga viva de esto.

—Ojalá nosotros también —la miró a los ojos con gravedad—. Puede que no sea el momento más indicado para esto, pero como tienes tendencia a desaparecer, déjame, al menos, que te haga la pregunta. ¿Quieres casarte conmigo?

Sabrina abrió la boca para contestar, pero él le cubrió los labios con un dedo.

—No me contestes todavía. Espera a que vuelva.

—Pero ya es muy tarde. Y fuera hace tanto frío...

—No me pasará nada. Desde el risco vi cómo habían despejado los caminos. Maldita sea, sabía que Susan no se había ido. Ni siquiera se había movido de aquí —reflexionó con amargura. La volvió a besar—. Te quiero, ¿sabes? Te he querido desde el día en que te conocí.

Sabrina sonrió.

—Yo también te quiero. Y quizá Brett tuviera derecho a seducir a Cassie. Por tu culpa, era incapaz de interesarme por ningún otro hombre.

—Sabes que no soy el asesino, ¿verdad? —le dijo, mientras le acariciaba la mejilla. Ella asintió—. Pero sabes que hay un asesino en el castillo.

Sabrina volvió a asentir.

—No le abriré la puerta a nadie. Y sé dónde está la pistola —se estremeció un poco. Jon la miró, la besó y se apartó.

—Tengo que irme.

Jon no miró atrás. Salió de la habitación y le ordenó

con brusquedad que corriera el pestillo. Sabrina obedeció.

Cuando dejó de oír los pasos de Jon, el castillo se sumió en el silencio. Durante unos minutos, Sabrina dio vueltas por la habitación. Después, se sentó. Intentó leer. El tiempo avanzaba con agónica lentitud. Miró el reloj, convencida de que habían transcurrido varias horas.

Treinta minutos.

Jon tardaría siglos en regresar.

Empezó a dar vueltas otra vez; después vaciló, convencida de que había oído un ruido. Y así era. Una especie de chirrido muy suave, casi inaudible. Se acercó a la puerta, pegó el oído, cerró los ojos y escuchó.

Un crujido. Un chirrido. Como una puerta al abrirse.

Entonces, comprendió que el ruido no provenía del pasillo sino del interior de la habitación. Giró en redondo... y comprendió por qué se había sentido vigilada en alguna ocasión, y por qué Jon había experimentado la misma sensación.

Había un segundo panel corredizo al otro lado de la habitación, a la derecha del balcón. Estaba abierto, y Brett se encontraba en el umbral.

Tenía la cara blanca como la cera, tensa. Sabrina contempló horrorizada cómo echaba a andar hacia ella.

—Brett... Brett... ¿Qué...?

¡Así que era Brett! ¡Él era el asesino! ¡Santo Dios! Tenía que gritar, abrir la puerta, pedir ayuda...

Jon acababa de ensillar el caballo cuando notó una palmadita en el hombro. Se volvió preparado para lo peor, consciente de que el asesino podía haberlo seguido para detenerlo.

Pero era el viejo Angus.

—¿Señor?

—Tengo a una anciana muriéndose, Angus, y algo peor. Un asesino.

—¿El asesino de su esposa, señor?

Jon miró a Angus y asintió con lentitud.

—Lo atraparemos, señor. Ya lo verá.

—Tengo que ir al pueblo, Angus.

—Señor, antes hay una cosa que debería saber —le dijo Angus con gravedad, con una leve sonrisa en los labios.

Sabrina no tuvo oportunidad de gritar. Brett se arrojó en sus brazos gritando su nombre.

—¡Sabrina!

Tenía los ojos cerrados... y estaba cubierto de sangre. Tenía una herida en la espalda.

—¡Brett! —tambaleándose mientras lo sostenía, Sabrina lo arrastró hasta la cama. Con frenesí, intentó frenar la hemorragia. Brett estaba inconsciente. Estaba tan absorta empleando una funda de almohada, el camisón y, después, la sábana para taparle la herida que no oyó ni vio nada.

Hasta que oyó un ruido.

Entonces, comprendió que alguien más había entrado después de Brett.

Alguien cubierto con una capa y un sombrero de copa que esgrimía un enorme cuchillo manchado de sangre. Estaba al pie de la cama.

Sabrina no podía verle la cara, sólo una bufanda que le cubría la boca y la nariz, y el sombrero bien calado. La figura le cortaba el paso hacia la puerta y avanzaba hacia ella.

Sabrina podía gritar, pero jamás recibiría ayuda a tiempo.

Sólo le quedaba una salida, el pasadizo secreto. Y no tenía ni idea de adónde conducía.

Pero no tenía elección.

Chilló a voz en cuello y, acto seguido, salió disparada hacia el panel abierto del pasadizo.

Jon volvió a entrar en el castillo por el portón del sótano, que conducía, a través de un corto pasillo, al cuarto de la calefacción, de la bomba de agua y, por último, a la capilla.

Entre las viejas vestiduras que había allí, encontró una capa negra con capucha. Se la puso y entró en la cámara de los horrores. Recorrió con la mirada todos los retablos, mientras decidía dónde debía esperar.

Se dio la vuelta y, por el rabillo del ojo, vio que algo se movía.

Una figura de cera. El torturador del retablo de Lady Ariana Stuart. La figura se abalanzó de improviso sobre él.

Esgrimía un cuchillo.

Jon agarró a la figura por el brazo. Cayeron al suelo dándose puñetazos. El cuchillo se elevó en el aire y cayó. Jon se movió deprisa, pero sintió el corte en el muslo. Apretó los dientes de dolor y rezó para no estar perdiendo demasiada sangre. El asesino volvía a esgrimir el cuchillo contra él. Jon se protegió golpeándolo en el brazo y logró darle un buen puñetazo en la mandíbula. El cuchillo salió disparado por el suelo. El asesino se incorporó, corrió tras el cuchillo, se dio la vuelta.

Pasos. Alguien se acercaba por entre los muros del castillo. ¿El cómplice?

Si lo atacaban entre los dos...

Oyó jadeos y gritos. Alguien huía de su perseguidor.
¡Dios bendito! Volvió a hundirle el puño a su agresor.

A pesar de la oscuridad y el terror y la desesperación que la dominaban, Sabrina sabía adónde se dirigían.
A las mazmorras.
Seguía reinando la oscuridad al final de la escalera de caracol, y no encontró nada más que una pared sólida delante de ella. Aterrada, empezó a golpearla.
Un panel cedió milagrosamente y Sabrina irrumpió en... ¡la cámara de los horrores!
Jack el destripador había desaparecido. Susan todavía yacía muerta en la tarima.
Oyó que alguien se movía a su espalda. El asesino. ¡Jack el Destripador había vuelto a la vida!
—¡No! —chilló Sabrina, y se dio media vuelta para huir. Él la agarró del pelo y la obligó a darse la vuelta. Sabrina forcejeaba, le golpeaba, lo arañaba. Oyó un gruñido y un gemido.
El hombre la empujó contra un retablo. Sabrina vio su propio rostro mientras la inmovilizaba, y vio más cuerda mientras el asesino intentaba asirla y amarrarla para poder matarla a placer...
Chilló y chilló... Y advirtió que el torturador que se cernía sobre ella también estaba vivo. Era Jon.
Jon se abalanzó de improviso sobre el atacante de Sabrina y los dos se precipitaron al suelo y se enredaron en una violenta pelea.
Un cuchillo saltó por el aire. Sabrina corrió a recuperarlo, pero desapareció dentro de la paja, debajo del retablo de cera. Jon y la figura oscura siguieron dándose puñetazos. Sabrina tanteó entre la paja, desistió y buscó alguna otra cosa con la que atacar al asesino.

Entonces, oyó un crujido estremecedor.

Una de las figuras encapuchadas cayó desplomada al suelo. La otra se volvió hacia ella y se descubrió.

—¡Jon! —Sabrina gritó su nombre y corrió hacia él. Jon la abrazó.

—Dios, Dios.

Sabrina lo besó. Luego, retrocedió.

—Pero, ¿quién...?

—Joshua —dijo Jon en voz baja.

—¿Joshua mató a Cassie? —preguntó con incredulidad.

—¡No!

La figura caída se incorporó a duras penas sobre los codos. El rostro agraciado de Joshua estaba magullado. Tenía los ojos medio cerrados, la nariz torcida e inflamada. Hasta hablar le costaba trabajo.

—No, yo no maté a Cassie, sino...

—Camy —terminó Jon—. Y tú mataste a Susan para protegerla.

Joshua rió y se atragantó.

—No. También fue Camy quien mató a Susan. Y a Reggie, pero... —alzó la vista con lágrimas en los ojos—. Has matado a Camy, ¿verdad? Ahí está, hecha un ovillo a tus pies, Jon.

Sabrina pensó que Joshua había perdido la cabeza. Entonces, comprendió que estaba hablando de un bulto que se encontraba a los pies de la figura de cera de Jon.

—Allí está Camy. Donde yo te inmortalicé en cera, ¿verdad, Jon? —preguntó Joshua.

—No está muerta; sólo inconsciente.

—Pero no importa, ¿verdad? Sería mejor que lo estuviera. Pasaremos el resto de nuestros días entre rejas.

Sabrina lo contemplaba con incredulidad.

—¿Por qué, Joshua? —le preguntó—. No lo entiendo.

—A mí también me cuesta hacerme a la idea —dijo Jon

con frialdad–. Confiaba en vosotros. Habría puesto mi vida en vuestras manos.

–Al principio... ocurrió, sin más –dijo Joshua–. Porque Cassie pensaba despedir a Camy y echarlo todo a perder entre Jon y yo. Verás, soy bueno –sonrió con incomodidad–. Pero el arte es como las novelas. Ser bueno no significa necesariamente ser famoso o rico. Mi fama se debía exclusivamente al interés de Jon por mi trabajo –hizo una mueca de dolor y miró a Jon con firmeza–. Camy me dijo que había matado a Cassie por accidente. Pero desde entonces... ha habido otros accidentes. Una joven del pueblo amiga mía se precipitó por el risco el año pasado y... –se encogió de hombros–. Tenías razón en lo de la bala del pasillo, Jon. Fue Camy quien la disparó. Le dije que era una locura, pero ella insistía en que era parte del juego. Después, disparó a los caballos mientras cabalgábamos. No sé si pretendía mataros a alguno de vosotros o a Brett, pero habría resultado fácil achacar la muerte a que los caballos se encabritaron. Camy escribió la nota sobre la que luego te mintió y en la que te acusaba de ser el asesino de tu esposa para crear tensión entre vosotros. Para desviar la atención.

Joshua frunció el ceño. Su dolor era evidente.

–¿Cómo lo has sabido, Jon? ¿Cómo es que has vuelto? ¿Cómo has sospechado que Camy y yo...? –dejó la frase en el aire y se encogió de hombros–. Pensé que podríamos huir. Sabía que con los avances de la medicina forense, resultaría fácil averiguar quién había matado a Susan. Pero habría dado lo mismo, ya habríamos desaparecido. Estaríamos en México, en Guatemala, en África, en alguna parte... Pero Brett quiso hacerse el niño prodigio y bajó a husmear. Nos sorprendió a Camy y a mí aquí abajo. Tuve que intentar silenciarlo. Pero, ¿cómo supiste lo que pasaba, Jon?

—Angus os había visto juntos, Josh. A ti y a Camy.

—¿Pero por qué no te has ido? —preguntó Joshua con semblante patético mientras utilizaba la pared para levantarse despacio del suelo—. ¿Por qué no te has ido a buscar ayuda para Reggie?

—El hijo de Angus había logrado venir por fin al castillo para echar una mano a su padre, y partió hacia el pueblo en mi lugar —dijo Jon—. Cuando Angus me dijo que os había visto juntos a menudo, y a escondidas, empecé a temer que ocurriese algo más grave si me iba.

—¡Y algo más grave está a punto de ocurrir! —dijo de repente una voz con vehemencia. Sabrina y Jon giraron sobre sus talones. Camy se había levantado del suelo. Hurgó en el bolsillo de su capa y sacó una pistola—. Sé cómo usarla... Me empeñé en aprender. Una mujer que se queda sola en un viejo castillo en pleno campo... Necesitaba estar armada para protegerme, ¿sabéis? —les dijo—. Maldito seas, Jon, ¡no podías dejar a la arpía descansar en paz! Nunca quise hacerte daño. Sabías que Cassie era un monstruo, y Susan era mucho peor, y...

—¿Qué me dices de la joven del pueblo? —le preguntó Jon con suavidad.

Camy dio la impresión de estar a punto de mentir. Después, se encogió de hombros.

—Me estorbaba. No me gusta tener rivales. Joshua pensaba que era hermosa. Levántate, Joshua. Lo siento, Jon, pero ahora tú también tendrás que morir.

Jon la miró fijamente y cruzó los brazos.

—No lo creo. Ahora, Joshua sabe que eres una psicópata; no piensa ayudarte. Y no voy a consentir que me mates.

—¡No puedes matarnos a todos, Camy! —protestó Sabrina. La joven miró a Sabrina y profirió una carcajada.

—De verdad, lamento que te hayan metido en esto. No pareces mala persona. Y Reggie, si no fuera una vieja entrometida... Aun así, era divertido amedrentaros. Os creéis tan listos... Jon pensaba que conocía todos los pasadizos secretos de su castillo, pero yo era la que los conocía todos. Y los usaba. Sí, me divierte observar a la gente. Hasta os miré mientras dormíais. Vosotros erais los inteligentes escritores de novelas de misterio, pero yo era la que tenía el poder, el poder sobre la vida y la muerte, sobre todos vosotros. Fue muy divertido usar la bata de Jon para limpiarme la sangre después de liquidar a Susan. Me hacía gracia observarte. Estabas tan enamorada... y te sentías tan tonta por querer a un posible asesino. ¿No sigues sospechando de él, incluso ahora?

—No —dijo Sabrina, y también cruzó los brazos—. No. Vamos a casarnos.

—¡Vais a morir! —dijo Camy, y se echó a reír.

—Camy, eres un monstruo —dijo Jon—. Sabrina, ¿vamos a casarnos?

—Lo antes posible. La vida es demasiado corta para desperdiciarla —le dijo.

Camy, irritada porque no le estuvieran prestando atención, exclamó:

—¡No te imaginas lo corta que es!

—Camy, eres un monstruo abominable, y ya has causado bastantes estragos en mi vida —le dijo Jon, y empezó a cojear hacia ella.

—Mantente alejado, Jon, o te dispararé.

—¡Hazlo! Y apunta bien —dijo con furia—. Mátame, porque si te pongo las manos encima...

—¡Espera, Jon! Camy, esto tiene que parar. Hemos terminado... —empezó a decir Joshua, pero Camy estaba apuntando con aire lúgubre.

—¡No! —chilló Sabrina. Sonó un disparo—. ¡Dios mío!

Camy había disparado a Joshua. El impacto le había dado en el hombro; chocó contra la pared y resbaló al suelo.

Sabrina echó a andar hacia Joshua y Camy apuntó hacia ella y disparó. Falló. Sabrina se arrojó al suelo mientras Jon corría hacia Camy.

Camy lanzó dos disparos disuasorios y se escondió detrás de uno de los retablos.

—¡Jon! —gritó Sabrina, y empezó a incorporarse.

—¡No te muevas! —le ordenó Jon.

Pero había que moverse. Jon sabía tan bien como ella que debían obligar a Camy a seguir disparando hasta que se quedara sin munición.

Y Sabrina rezaba para que el revólver sólo tuviera seis balas.

Sabrina echó a correr otra vez por la sala. Camy volvió a disparar y falló. Sólo quedaba una bala.

—¡Maldita sea, Sabrina, no te muevas! —le ordenó Jon.

En aquella ocasión, obedeció. Los tres estaban escondidos entre los retablos, sin que nadie supiera exactamente dónde se encontraban los demás.

De repente, Camy se puso en pie; estaba justo detrás de Sabrina. Sonrió y apuntó.

—Si te mato a ti, será como matar a Jon —le dijo con suavidad. Y empezó a apretar el gatillo.

Jon surgió por detrás de la figura de Lady Ariana Stuart como una ola, como una fuerza de la naturaleza, un fénix vengador que resurgía de sus cenizas. Se abalanzó sobre Camy y la agarró de los tobillos.

Camy chilló mientras intentaba apuntar y disparar, pero perdió el equilibrio. Mientras caía, trató de apuntar a Jon. El revolver explotó.

Al igual que una segunda arma desde algún rincón de la sala.

Camy se quedó inerme, con los ojos abiertos, la mirada fija. Muerta.

Brett, blanco como la cera y envuelto en las vendas

que Sabrina había improvisado, estaba de pie, tambaleándose, en el umbral del pasadizo secreto.

—¿Jon? —pregunto en voz baja—. Dios mío, ¿he llegado demasiado tarde?

—Sólo con un par de heridas de retraso —dijo Jon, mientras se ponía en pie con una mano en el antebrazo.

—Sé que eres un luchador —le dijo Brett—. Y puede que la hubieras desarmado. Pero no podía arriesgarme a perder a mi mejor amigo —Brett sonrió y se desmayó.

Jon se acercó a Sabrina y la ayudó a levantarse.

Camy estaba muerta. Joshua estaba herido o muerto. Brett yacía en el suelo, inconsciente. Jon y ella estaban solos entre la masacre.

—Todo ha terminado —dijo Jon en voz baja—. Señor, por fin ha terminado —repitió—. Mira si Joshua está vivo, si hay esperanzas de que salga de ésta. Voy a subir a Brett y a detener la hemorragia. ¿No te parece increíble? Al final, ha resultado ser mi mejor amigo —se arrodilló junto a Brett y lo levantó con cuidado. Después, miró a Sabrina—. ¿De verdad creías en mí? —le preguntó.

—Mi corazón siempre te creía.

—Pero sospechabas de mí.

—La lógica me obligaba a hacerlo, pero...

—¿Pero qué?

—Mi corazón no atendía a razones —le dijo Sabrina.

Jon sonrió y, cojeando, salió delante de ella de la cámara de los horrores.

Epílogo

—¡Jon!

Oyó que lo llamaban y volvió la cabeza.

Allí estaba ella, en el balcón, llamándolo. Se detuvo, sonrió y la saludó con la mano.

Habían pasado dos años desde que el equipo médico irrumpiera en el castillo, seguido de la policía. Tanto Reggie como Brett habían sobrevivido. La herida de Jon se había cerrado sin contratiempos, dejando sólo una minúscula cicatriz. Joshua había muerto en la mesa de operaciones.

Los medios de comunicación se habían cebado con la muerte de Joshua Valine y la patología del insólito artista. Su obra había recibido mucha publicidad y atención, aunque de manera póstuma. Pero los rumores entristecieron a Jon. Joshua había sido culpable aunque, sobre todo, de enamorarse y de negarse a pensar con la cabeza en lugar de con el corazón. Se había convertido en cómplice de unos actos brutales, y Jon a menudo se preguntaba si el artista habría podido sobrevivir año tras año en la cárcel. La bala de Camy y la determinación de Brett de proteger a su anfitrión y amigo habían dado el caso por cerrado sin necesidad de celebrar un juicio.

Sabrina se había ido con el equipo médico aquella noche para estar con Brett... como amiga. Y en cuanto la policía acabó con él, dos semanas después de lo ocurrido, Jon abandonó el castillo de Lochlyre. Necesitaba estar solo, asimilar lo ocurrido.

Después, por fin, logró ir en busca de Sabrina. Y fue sólo entonces, con ella, cuando se vino abajo. Creía que había olvidado lo que era llorar, y no se había dado cuenta de que se había culpado de la muerte de Cassie y de Susan y del sufrimiento vivido en el castillo. Pero aquella primera noche en compañía de Sabrina, empezó a perdonarse... y a enamorarse de nuevo.

Se casaron en la intimidad, en presencia de la familia de Sabrina. Jon nunca había sido más feliz.

En el día de su primer aniversario, nació su primer hijo. Y, poco después, Sabrina insistió en abandonar los Estados Unidos y regresar allí, al castillo de Lochlyre. El castillo no era maligno, le había dicho, sólo algunas personas. Le encantaba aquel lugar y se había propuesto convertirlo en un remanso de paz y felicidad. Entre los dos lo conseguirían.

Y así había sido.

—¡Jon!

—¿Qué?

—Me estás mirando.

—Me has llamado.

—He recibido una postal de V.J. y de Tom. Están en España, y quieren venir a pasar una semana con nosotros.

—¡Estupendo! Diles que vengan.

Jon estaba sorprendido por la felicidad que sentía. Le encantaba el castillo. Y, gracias a Dios, había otras personas que también querían volver allí.

—V.J. dice que tenemos que organizar otra Semana del Misterio.

—Eso ya lo pensaremos, ¿de acuerdo?
—De acuerdo.
Los ojos de Sabrina centelleaban a la luz del sol. La brisa le agitaba el pelo, que flotaba en torno a su rostro. Estaba magnífica, seductora, en el balcón del castillo. Jon se había deshecho de la estatua de Poseidón y en su lugar había plantado una gran variedad de flores.
Sabrina se peinó el pelo hacia atrás.
—Jon...
—¿Querías algo más? —le preguntó.
—¡Sí!
—¿El qué?
—El bebé está dormido.
—¿Y?
—Pensaba que igual te apetecía subir un rato...
Jon sonrió, alzó una mano y echó a andar de regreso hacia el castillo. No había duda; no deseaba estar en ningún otro lugar.

Títulos publicados en Top Novel

Bajo sospecha – Alex Kava
La conveniencia de amar – Candace Camp
Lecciones privadas – Linda Howard
Con los brazos abiertos – Nora Roberts
Retrato de un crimen – Heather Graham
La misión mas dulce – Linda Howard
¿Por qué a Jane...? – Erica Spindler
Atrapado por sus besos – Stephanie Laurens
Corazones heridos – Diana Palmer
Sin aliento – Alex Kava
La noche del mirlo – Heather Graham
Escándalo – Candace Camp
Placeres furtivos – Linda Howard
Fruta prohibida – Erica Spindler
Escándalo y pasión – Stephanie Laurens
Juego sin nombre – Nora Roberts
Cazador de almas – Alex Kava
La huérfana – Stella Cameron
En Peligro - Carla Neggers
Un velo de misterio - Candace Camp

www.ingramcontent.com/pod-product-compliance
Lightning Source LLC
LaVergne TN
LVHW030340070526
838199LV00067B/6379